樵夫诗词

燕山樵夫　著

文物出版社

封面設計：程星濤
攝　　影：王　偉
責任校對：李　薇
責任編輯：張　瑋
責任印製：梁秋卉

图书在版编目（CIP）数据

樵夫詩詞 / 燕山樵夫著. — 北京 ：文物出版社，2013. 3
ISBN 978-7-5010-3677-6

I. ①樵…　Ⅱ. ①燕…　Ⅲ. ①詩詞—作品集—中國—當代　Ⅳ. ① I227

中國版本圖書館CIP數據核字（2013）第005778號

樵夫詩詞
燕山樵夫　著
文 物 出 版 社 出 版 發 行
（北京市東直門内北小街 2 號樓）
http：//www.wenwu.com
E-mail：web@wenwu.com
北京寶蕾元科技發展有限責任公司制版
北 京 京 都 六 環 印 刷 廠 印 刷
新 華 書 店 經 銷
889 × 1194　1/16　印張：14.75
2013 年 3 月第 1 版　2013年 3 月第 1 次印刷
ISBN 978-7-5010-3677-6　定價：168.00 圓

目録

我之詩詞觀　一
七律・參軍後致克洲兄（一九七二年十二月）　七
自由詩・架綫生活（一九七八年四月四日）　一〇
七古・評諸葛（一九七八年八月）　一二
自由詩・矛盾自述（一九七八年十月）　一八
自由詞・送女情（一九八二年十月二十五日）　一九
七絶・題農家四季（一九八三年二月十三日）　二一
五絶・題《八駿圖》（一九八三年二月十三日）　二三

七絕・九咪戲蝶圖（一九八三年二月十三日） 二五
四言詩・感時（一九八三年十一月二十三日） 二七
減字木蘭花・長城（一九八五年三月十一日） 二九
自由詩・帶兵人（一九九〇年一月十六日） 三一
自由詩・寫字四題（一九九一年六月） 三三
七絕・賞月評蘇（一九九一年九月二十四日） 三五
採桑子・戰嚴冬（一九九一年十二月二十九日） 三八
臨江仙・離軍營（一九九二年七月） 四一
七絕・龍慶峽（一九九三年七月） 四六
四言詩・賀張老八十大壽（一九九三年九月三十日） 四八
沁園春・覓英雄（一九九三年十二月二十六日） 五七
自由詩・紀念毛澤東（一九九三年十二月二十六日） 五九
虞美人・隔窗望春（一九九六年四月九日） 六四

滿江紅・尼亞加拉大瀑布（一九九六年十一月十日） 六七
自由詩・觀克羅拉多大峽谷（一九九六年十一月二十一日） 七〇
念奴嬌・夜登張飛廟（一九九七年一月二十九日） 七二
五律・鳳還巢（一九九七年六月） 七九
西江月・跨黄河（一九九七年六月） 八二
五律・咏太湖（一九九七年十一月） 八七
五言詩・禽鳥吟（一九九八年六月二日） 八九
七言詩・觀花樸俏皆宜（一九九八年九月一日） 九〇
雜言詩・送女赴學（一九九八年九月三日） 九二
七古・凌泰山（一九九八年九月四日） 九八
七律・登龍門（一九九八年十月） 一〇五
南鄉子・臨香港（一九九八年十二月） 一〇八
十六字令二首・論難易（一九九九年三月一日） 一一一

憶秦娥・五月西風（一九九九年五月十日） 一一三
滿江紅・國慶思源（一九九九年九月十五日） 一一六
自由詩・五星紅旗（一九九九年十月一日） 一二〇
水調歌頭・生機（一九九九年十一月二日） 一二三
七律二首・世紀演義（一九九九年十二月三十日） 一二六
五絶・京西大覺寺茶苑（二〇〇一年六月九日） 一二九
七律・天池（二〇〇一年九月十四日） 一三一
破陣子・長征壯歌（二〇〇一年十月） 一三五
浪淘沙・五十有感（二〇〇一年十一月二十三日） 一三八
四言詩・悼趙公（二〇〇一年十二月十二日） 一四〇
七古・青山戀（二〇〇二年五月） 一四六
賀新郎・明遠問道（二〇〇二年五月十四日） 一四七
自由詞・霧靈山（二〇〇二年九月十四日） 一五四

七律·學子萬里行（二〇〇三年三月二十一日） 一五五
漁家傲·縱跨太平洋（二〇〇三年三月二十二日） 一五八
鷓鴣天·戰薩斯（二〇〇三年五月六日） 一六三
西江月·三八綫（二〇〇四年五月二一日） 一六五
江城子·九寨觀水（二〇〇四年十月二十七日） 一六七
四言詩·德篇（二〇〇五年六月一日） 一七〇
七言詩·隋唐好漢評（二〇〇七年三月五日） 一八一
蘭陵王（改用平韵）·尋軍營（二〇〇七年四月） 一八四
雜言詩·黄果巨瀑奇觀（二〇〇八年五月二十六日） 一九三
七律·神州多事秋（二〇〇八年七月十六日） 一九五
卜算子·望晨空（二〇〇八年九月二十三日） 一九七
長相思（三叠）·話兩岸（二〇〇九年四月三十日） 一九九
七言詩·武夷三景（二〇一〇年四月） 二〇一

京劇唱詞・骨肉情（二〇一〇年六月九日） 二〇六
自由詞・樹峰《讀辛》唱和（二〇一〇年七月二十三日） 二〇七
七古・雨中世博（二〇一〇年九月十三日） 二一三
七絶・花向人（二〇一一年三月三十一日） 二一六
花非花・閱兵張家界（二〇一一年五月二十四日） 二一八
七律・雨中觀荷（二〇一一年八月二十六日） 二二〇
菩薩蠻・禾木售畫（二〇一二年九月十五日） 二二二

我之詩詞觀

燕山樵夫（一九九九年七月三日）

古體詩詞（本文特指古風和格律詩詞）是中華民族傳統文學的重要組成部分，是高度凝煉了的文學形式，堪稱民族文學的精萃。它以精煉定格的文學體裁，以簡約靈動的語言形式，蘊涵着博大精深的思想內容。一兩行詩詞佳句，有如千軍萬馬，勝似千言萬語，開辟出廣闊的思維空間，揭示出深刻的思想內涵，令人賞心，令人陶醉，令人遐想，令人回味。這是其他文學形式所難以達到的。感謝我們的祖先，是他們留給了我們如此珍貴的文學遺產。

古體詩詞，難以大衆化，不似當今小說、散文、報告文學易讀易懂。與這些流行的文學體裁相比，古體詩詞如同陽春白雪，和者蓋寡。這是由於它晦澀，它固板，同時也是由於它深奥，它高超，它不同凡響。這也正是它珍貴價值之所在。我認爲古體詩詞不僅思想深，而且體裁美，格律詩朗朗上口，長短句鏗鏘有力，能給人一種文化陶冶和精神享受。從《詩經》到《樂府》，從李白到毛澤東，精品千件，大作萬種，這些名言佳句，啓迪和影響着人們，使人們的思想境界和文化素養得到升華，其作用、其價值不可限量。

在當代，人們對於詩詞，我看可分爲三個層次：第一是能讀，此爲大多數；第二是能欣賞，領略意境，此類人數較爲次之；第三是能創作，此類爲數更少。普及性、大衆化，是文學藝術生命力的群衆基礎，但有些一時難以普及的東西，祇要它有思想價值、藝術價值，同樣具有生命力，而且不受時代限制，一個時期冷落了，另一個時期還會被重視起來，如同京劇等國粹藝術一樣，盡管難以普及，但不會失傳，仍然有其歷史地位。當今商品經濟社會，人們更多地崇尚物質利益，追求物質享受，没有多少人來顧及和欣賞古體詩詞了。正因爲如此，我們作爲華夏兒女、炎黄子孫，需要有人重視發掘、研究，並演習創作，使其不斷延續，不斷發展，不斷創新，使這一古老燦爛的民族文學形式傳承下去，這是歷史留給我們這一代人的重要責任。這樣寶貴的東西，如果到我們這一代斷流了，我們將有愧先人，有負子孫。

學習詩詞，不像上級文件那樣帶有强制性，也不像言情小説那樣具有吸引力，學習詩詞全憑興趣愛好，全憑繼承民族文化的責任感。相當時期以來，由於各種因素，使包括詩詞等各類古典文學在內的傳統文化遭到冷遇。爾後幸有毛澤東詩詞的先後編註出版，這無疑是對古體詩詞的宣傳起到了巨大的推動作用。毛澤東詩詞意境高超、氣魄宏大，加上他作爲領袖、政治家、執政者的社會地位，文借人威，文托人位，達到了人文結合、相得益彰的宣傳效果。毛澤東的詩詞成就，毛澤東的詩詞傳播，對中華民族詩詞藝術的繼承和發展，具有着重大的歷史意義。

從毛澤東等詩詞大家的自身素質來看，我認爲，學習和創作古體詩詞，應力求具備如下基本條件：其一，應具備博大的胸懷、廣闊的眼界、高超的意境。其二，要有較深的文學素養，知識面要寬。其三，要有深刻敏鋭的觀察力，有豐富無限的想象力。其四，要有科學的思想方法和思維方式，有正確的人生觀，熱愛生活，向往美好。這樣才能創作出思想進步的、格調高雅的、藝術精良的詩詞佳品，才能使人（首先是自己）得到思想熏陶和藝術享受。試想，如果李白是個氣量狹小、厭倦生活的人，焉能道出『天生我材必有用，千金散盡還復來』的達觀；如果蘇東坡是個不懂哲理的人，焉能悟出《題西林壁》的道理；如果毛澤東衹盯住韶山冲，焉能抒出『太平世界，環球同此凉熱』之情懷！歸納起來，詩詞創作乃至其他文學藝術創作，有兩方面是不可或缺的，一是思想修養，二是藝術修養。而且詩詞創作對這兩方面的要求更高。有了這兩個，再加上創新精神，融入進步事業，契合時代發展，定能推陳出新，寫出好的作品，將詩詞這一優秀的文學形式，繼承下來，發展下去。

由於詩詞藝術規範的特殊性、嚴格性，詩詞創作既是激情衝動，又需格外嚴謹。作詩是有感而發，不吐不快，正所謂『悲憤出詩人』、『激情出詩人』。不像其他文章、學習作業、總結計劃等可以作爲任務下達，指令完成，詩詞的創作規律是不可以這樣的，不能四平八穩，不能應付差事。創作詩詞的人，要既豪放又縝密，既空想又實際，既普通又特別，有足够的思想空間任其馳騁，有足够的文化素養任其使用，有足够的生活底蘊任其發掘。作詩多運用形象思維，需要誇張，需要浪漫，需要比興，思想是不能受束縛的。在詩詞規範與語義的關係上，我讚成這樣的觀點：要遵守規範，没有規範不成詩詞，但兩者衝突的時候，規範可適度放寬，格律服從於思想，形式服從於内容。同時，詩詞創作要求打破一般文理常規，需要跳躍性思維，内容結構跨度大。毛澤東的《賀新郎·讀史》，寥寥數語，縱横億萬年，把從猿變人到當代社會的全部歷史過程和其中真諦，盡情地展現出來了。這是大家風範。名言佳句不可多得，乃千慮之一得，百思之一悟。真正的精品，往往不是脱口而出，那樣洋洋灑灑、滔滔不絶，而是需要時間，需要深思熟慮，反復推敲，千錘百煉。

我讀的詩詞不多，作詩填詞也衹是學習寫作，試着把自己的思想以詩詞爲載體表現出來，試着攀附風雅。我從大山走來，家鄉奇峰林立、溝壑縱横，有利於培養立體思維，使得思想起伏跌宕；我從軍營走來，它有利於培養我果敢剛毅、不屈不撓的性格，經歷各地也開闊了我的眼界，培養吞吐山河的氣慨；我從企業走來，它告訴我要既嚴謹從事又不拘一格，既面對現實又充滿想象。這些都有助於我的詩詞創作。

我對新體詩詞（本文特指自由詩、自由詞、雜言詩）也學習創作一些，但數量更少。各類論說文，較之詩詞寫的要多，那既是出於工作需要，也是出於一種學習愛好。有興趣才肯於鑽研。儘管我的詩詞創作少而糙，但我從精神上却得到了一些收獲。哪怕能爲我們民族的詩詞大海融入一小滴水，能有一點作品奉獻社會並傳之後世，那將是我的最大滿足。

旗夫诗词

七律・參軍後致克洲兄

（一九七二年十二月）

三蘇❶現世有洲兄❷，難忘青梅送弟情❸。
品罷文章君事耒❹，吟成詩句我從戎。
燕山嘯嘯風隨虎❺，漢水滔滔浪逐龍❻。
兄弟同心稱鐵壁，他年戰場逞豪雄。

寫作背景：

時值文化大革命後期，雖已發生林彪九・一三政治事件，但極左思潮依然强烈。當時中蘇關繫緊張，邊界時有武裝衝突，毛澤東繼『備戰備荒爲人民』號召之後，又作出『深挖洞，廣積糧，不稱霸』指示，國内戰備氣氛濃烈。在這種形勢下，作者滿懷報國之情和成才之志，於一九七二年十二月參加了中國人民解放軍，在新兵連爲田克洲致信中所作此詩。

註釋：

❶三蘇：指宋代大文學家蘇洵、蘇軾、蘇轍父子。

❷洲兄：田克洲，北京懷柔魚水洞村人，生有一子一女，父子三人皆爲才學之士。勞動之餘，常與作者談論詩章、文字。

❸作者參軍時，田克洲曾以青梅酒餞行。

❹耒：農耕用具。事耒，指從事農業生産勞動。

❺田克洲家住京北山區，屬燕山山脉。

❻作者所在軍營地處湖北省光化縣（今老河口市），爲漢江之畔。

導讀：

這是一首抒情詩。作者參軍，來到千里之外的新兵連。新的環境，新的生活，對一個初出茅廬的農村青年來説，是一個重要轉折。這時的思想自然是不平静的，既有對家鄉生活、家鄉親友的懷念，又有對未來事業的憧憬。『新兵信多，老兵病多』，這是當年軍營中流行的一句形象話語。作者也不例外，剛到軍營，就立即給親友寫信，其中就有詩中所稱『克洲兄』的。因田克洲是個文化人，作者在信中附了這首律詩（後有改動）。

詩的開頭便對田克洲作出評價和讚美，把田克洲父子三人比作宋代蘇洵、蘇軾、蘇轍三父子，與『三蘇』相媲美，一下子便提高了田克洲父子三人的地位，也奠定了作者本人交友的基調。作者利用了詩的誇張比興語言，借用古人名望，既讚美了別人，又烘托了自己。

不知是有意安排，還是無意巧合，田克洲以青梅酒爲即將參軍的作者餞行，寓意很高雅。《三國演義》中『煮酒論英雄』的故事，爲人們傳誦，田克洲以青梅煮酒餞行，作者深深體會到其中的鼓勵進取鞭策成才的美意，於詩中道出『難忘青梅送弟情』之句。汪倫曾用『踏歌聲』爲李白送行，使李白感懷不忘，認爲其深情厚意超過了水深千尺的桃花潭 。田克洲的青梅酒，作者也自然格外看重。

從第三、第四句來看，道出了作者與『洲兄』的真正友誼，原來是詩友、文友，而不是『酒友』、『牌友』。『品罷文章』、『吟成詩句』之後，二人一個提鎬下田勞動生産，一個扛槍參軍保衛祖國。不同的崗位，一樣的心情；不同的地域，一樣的豪情。什麼樣的豪情？作者在第五、六句便以燕山嘯風的猛虎、漢水嘶濤的蛟龍作出比喻。燕人有張飛蓋世，漢水有趙雲揚威，難道不是英雄麼！思想又回映到青梅餞行的含義上來了。有了報效祖國的赤膽忠心，有了效法古人的英雄膽魄，兄弟攜手，軍民團結，便不懼沙場烈火，不怕強敵來襲，還有什麼不可戰勝的呢！

該詩通過對真摯友情的描寫，抒發了參軍報國之情。與二十年後的《臨江仙·離軍營》相呼應，映照了一個完整的軍旅生涯過程。

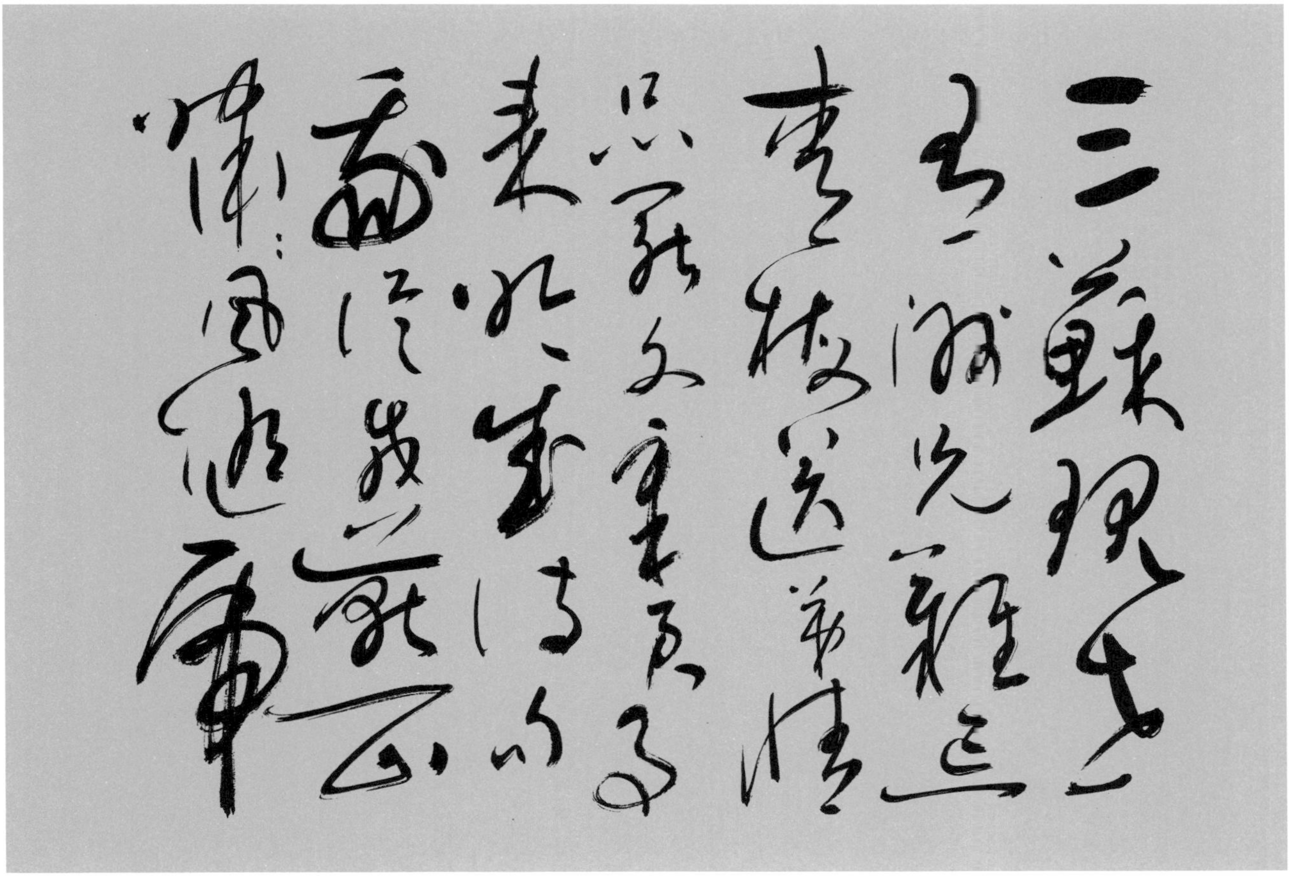

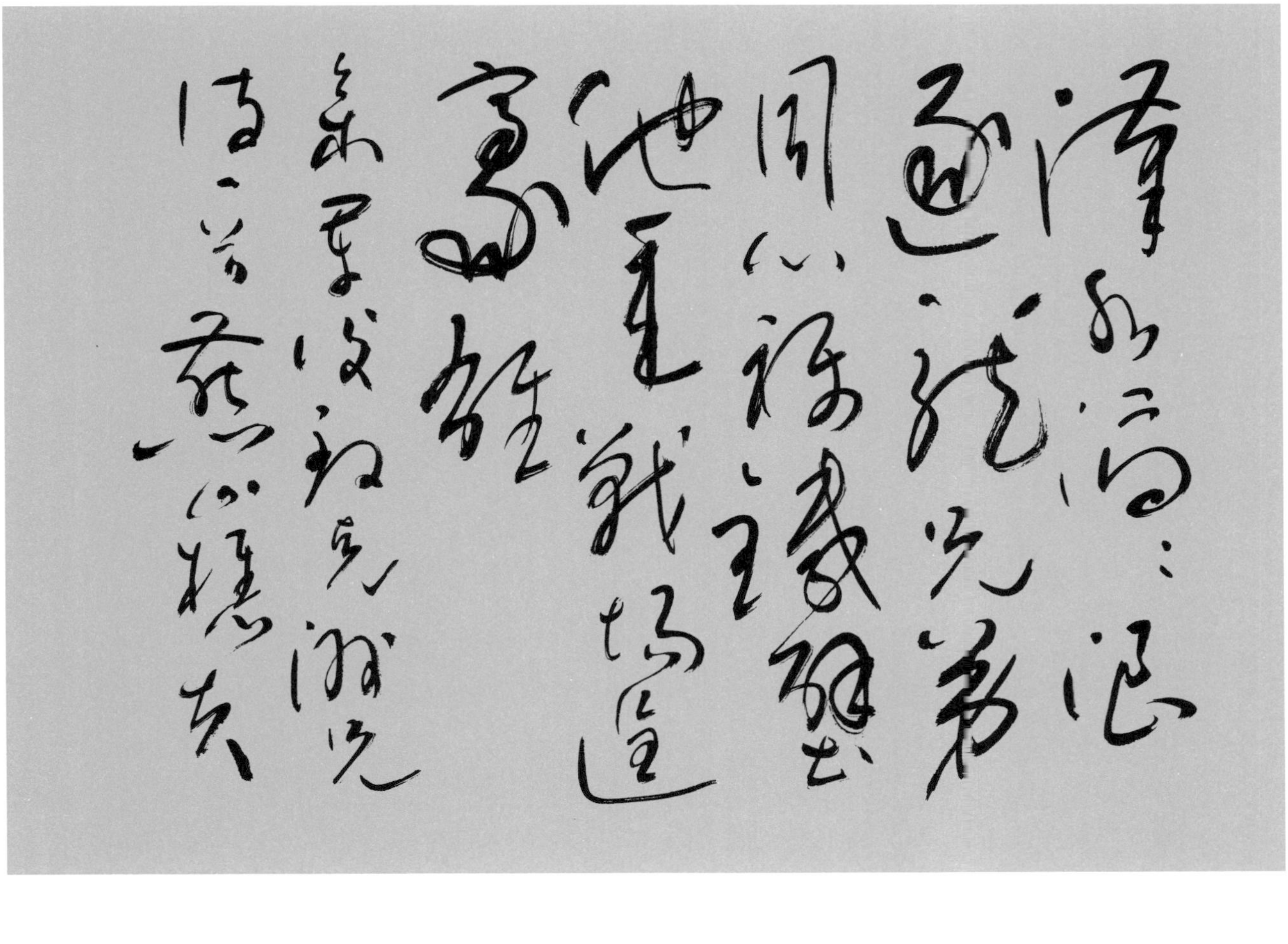

自由詩・架綫生活

（一九七八年四月四日）

早起紅霞灑滿天，晚歸頭頂月兒彎。
車馳樹掠人歡唱，雖苦猶榮好樂觀。
飯竈露天衆友餐，草編通鋪大家眠。
夢中還念施工事，一覺醒來到明天。

測量

量繩、鏡子、花杆，標準又高又嚴。
遥看標旗迎風展，一步一步向前。

挖坑

起初還是血泡，以後變成老繭。
小洞挖得滴溜圓，戰士你追我趕。

運杆

碗口粗，瀝青杆，一聲喊，扛上肩。
工作勇於挑重擔，争做英雄好漢。

緊綫

哨子喧，小旗閃，衆人站成一條綫。
齊心協力向後拉，口中高喊一二三！

導讀：

這是通信兵架綫生活的真實寫照，是作者當年與戰士一起執行架空明綫任務時，在大通鋪上寫成的。架綫工作是艱苦的，風餐露宿，拼耗體力；架綫工作是危險的，容易出事故。作者苦中尋樂，樂觀看待艱苦生活，用平直、真切、熱情的語言記述了這段生活經歷，表達了真實的思想感受。

第一段濃縮了一天的架綫生活。『早起晚歸』，不說辛苦，而説『朝霞』、『彎月』和途中敞篷卡車上的歡聲笑語，體現出『雖苦猶榮』的樂觀心境。『飯竈露天』、『草編通鋪』，官兵一致同甘苦。『夢中還念施工事』，表達了對工程任務的高度責任心。官兵們一天一天就是這樣過來的。

後面四段小專題，分別講幾道施工程序及其特徵。測量、挖坑、運杆、栽杆、放綫、緊綫，就這麽幾個主要步驟，没有切身經歷是體會不出來的。寫過程體現着奮進的精神和拼搏的干勁，把架綫兵的緊張、火熱的工作狀態再現出來了。

七古・評諸葛[1]

（一九七八年八月）

隆中草堂卧龍眠，使君三躬始出山[2]。
火燒博望初用計，直令曹公心膽寒[3]。
奔波轉戰赴江南，聯吴抗曹説孫權[4]。
草船借得北軍箭，足見先生學識淵。
三氣公瑾荆州據[5]，輔弼先主取西川[6]。
玄德智昏伐吴郡，自此業衰國事艱。
安居平得兵五路，瀘水揮師懾南蠻。
前後兩篇出師表，先生忠義見一斑。
殫精竭慮扶後主，將星隕落五丈原[7]。
諸葛一生多玄機，亦明亦暗實可惜。
三分天下隆中對[8]，戰略方針事已期。
每臨危難顯智勇，治蜀拓業出劣棋。
治政治軍人才匱，吴魏寥廓蜀天低。
誤用馬謖未足怪[9]，歧視魏延計不依[10]：
奇兵不發子午谷，六出祁山無進取。
『謀事在人』多保守，『成事在天』時不與[11]。
個人榮辱乃事小，社稷空落失大體。
自古英雄有長短，亦不妨諸葛大名垂寰宇。

三

註釋：

[1]諸葛，即諸葛亮，字孔明。三國時期杰出軍事家、謀略家、政治家。祖籍山東琅琊，少居湖北襄陽隆中，又一説爲河南南陽卧龍崗，人稱『卧龍』。劉備三顧茅廬，請諸葛亮出山輔佐大業，被後世傳爲佳話。諸葛亮出山後，發揮聰明才智，幫助勢孤兵寡之劉備建立蜀漢政權，位居丞相，後加封爲武鄉侯。

[2]使君，即劉備，劉玄德，東漢遠支皇族，人稱劉使君。三國時政治家，蜀國之君。

❸曹公，曹操，字孟德，三國時杰出政治家、軍事家、詩人。爲東漢丞相，封爲魏王，後被追尊爲魏武帝。

❹孫權，字仲謀，三國時政治家，吴國君主。

❺公瑾，周瑜，字公瑾，吴國軍事統帥。

❻先主，指劉備。劉備爲蜀漢先主，其子劉禪爲後主。

❼諸葛亮於北伐時病喪五丈原軍中。

❽隆中對，指劉備於隆中請諸葛亮出山時關於天下大勢的對話。對話中，諸葛亮精辟地分析了政治形勢，提出了成就大業的戰略方針，後被實踐所證實。

❾馬謖，字幼常，蜀漢將領。諸葛亮北伐時，因任用馬謖守街亭失利，導致蜀軍大敗。

❿魏延，字文長，蜀漢名將，屢建戰功，封南鄭侯。曾向諸葛亮提出由子午谷出奇兵制勝之高策，未被採納。然諸葛亮實行穩扎穩打之方針，雖六出祁山，得而復失，終無進展。

⓫諸葛亮於上方谷困住司馬懿，放火焚燒，然天降大雨，司馬懿得脱。諸葛亮感嘆『謀事在人，成事在天』。三國時喻成事條件有『天時地利人和』之説，諸葛亮北伐均不具備上述條件，屬明知不可爲而爲之。

導讀：

諸葛亮是個家喻户曉的歷史人物，被人們看作智慧的化身、完美的形象，很少有人論及他的缺陷、失誤。作者在詩中充分肯定了諸葛亮的忠義、智慧和功績，同時也指出他的缺點和不足。

在《三國演義》小説中，凡諸葛亮的敗筆都從客觀上加以美化和掩飾，使讀者很難從中看出缺點，但作者通過全面分析，看到了諸葛亮之不足的一面，認爲主要表現在其『治蜀拓業』的方針方法上。第一，忽視了人才培養，用人有偏見，視野太小。『蜀中無大將，廖化作先鋒』，諸葛亮作爲『相父』有直接責任。第二，對有些問題處理不公道，對劉氏兄弟偏袒，對『外人』苛刻。如對待關羽的驕横多採取縱容態度，終釀成大禍。對待魏延則不同，出力不討好，有功不信任。此點與劉備相差甚遠。第三，事必躬親，不注意發揮别人的積極性，整體隊伍效能不高，而自己也耗盡精力。此點遠不及司馬懿。第四，戰術上過於保守，使進取中原一事無成，徒費人力物力。

作者從以上幾個方面指出了諸葛亮的缺憾，在後四句提出了兩個觀點：一是個人榮辱事小，國家興亡事大，位置要擺正，不能僅爲個人名節而影響事業；二是歷史英雄人物，自有其長短利弊，應當學習繼承古人長處，防止克服古人短處。這是學史學人的重要原則。任何歷史人物，即使是最杰出、最精明的人物，也會受到當時歷史條件的局限，不可能做到盡善盡美。

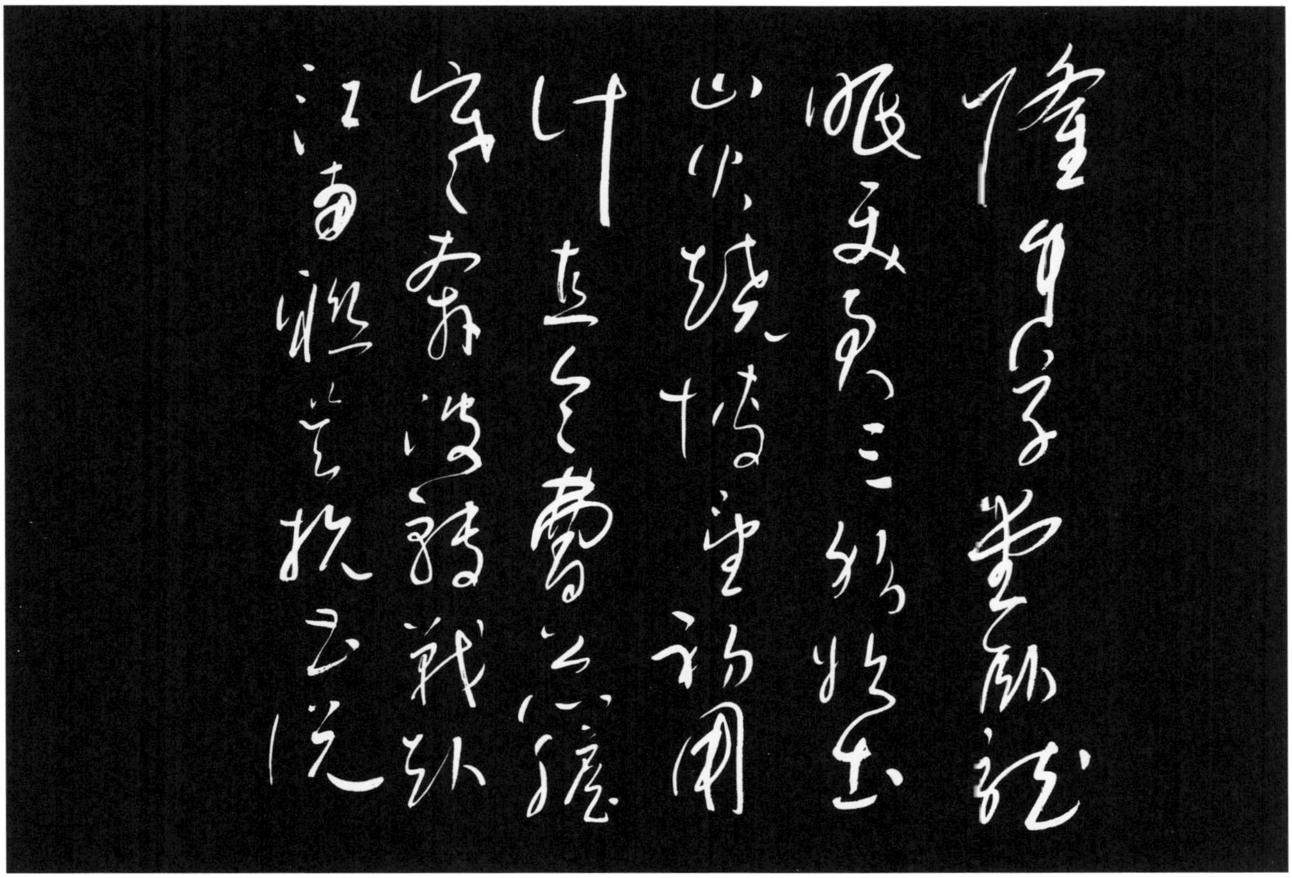

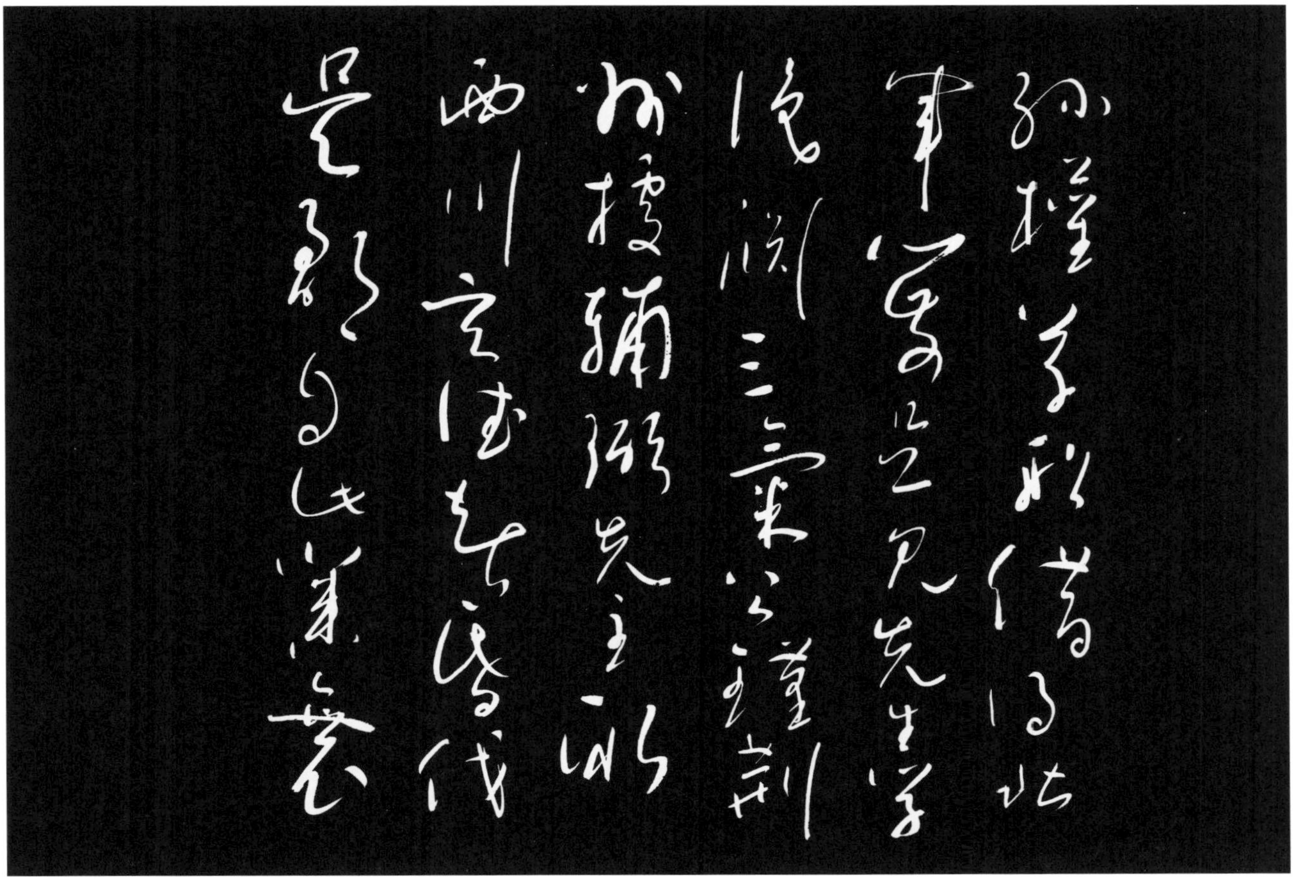

国事赖安危半
[illegible]
师接东[illegible]子[illegible]
南海师[illegible]先生
忠义一[illegible]精
诗书扶复主将是
[illegible]

为一生有[illegible]明
之情实一惜三人天
下[illegible]
钱事已[illegible]危
维新[illegible]
业出有[illegible]
人[illegible]

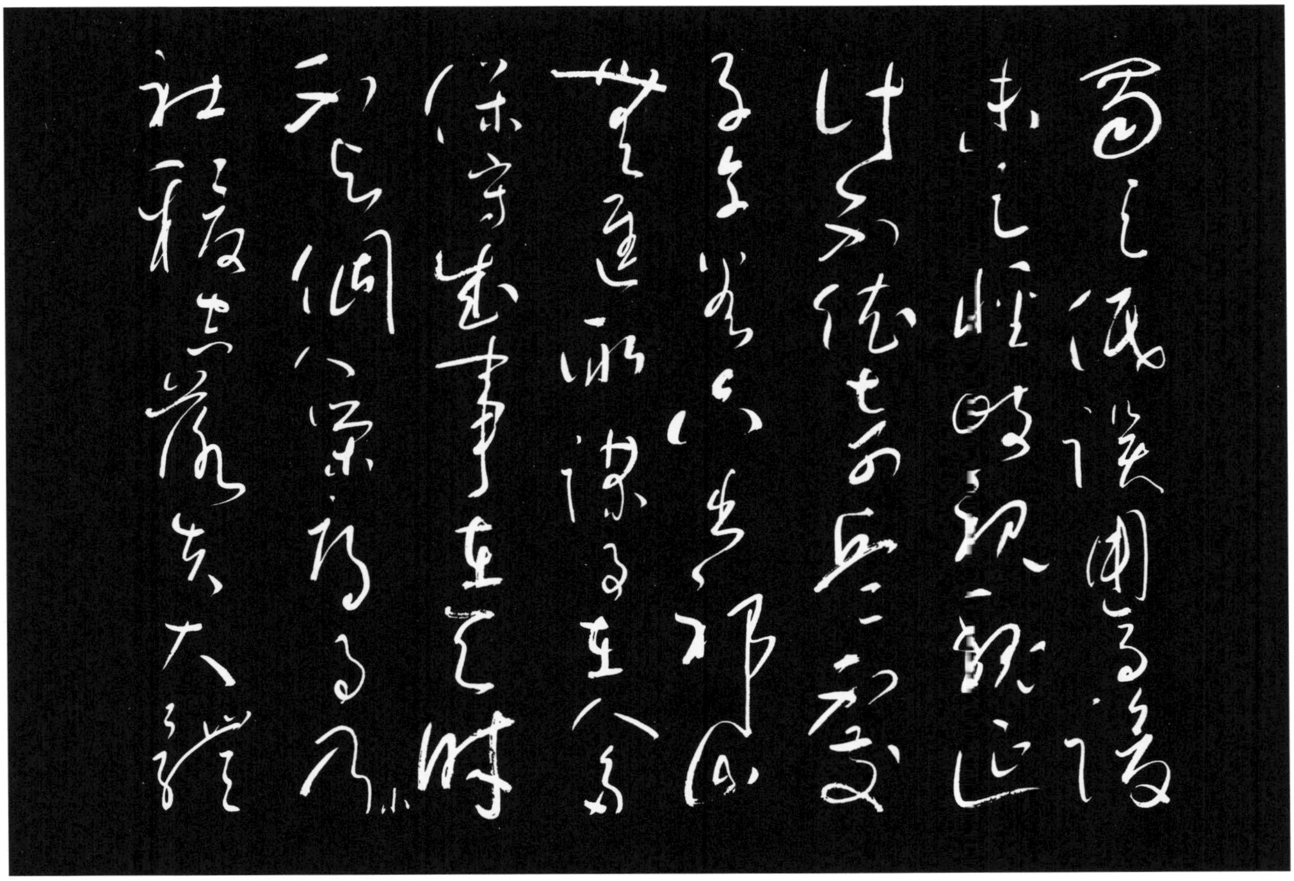

自由詩・矛盾自述

（一九七八年十月）

我叫矛盾，世界由我組成。
我是自然之源，我是歷史之宗。
我無時不在，無處不有，這就是我的普遍性。
我不拘一格，多樣多種，我又有我的特殊性。
我們的各對伙伴，都依一定條件——
處在一個統一體中。
我們互相依賴，存亡與共；
我們彼此排斥，互相鬥争。
鬥争的結果是，互相轉化，建立新的家庭。
在新的舞臺上，又演繹出新的内容。
如此不斷運動，步步高升。
我們的表現豐富多彩，變化無盡無窮……

人們研究我們，衆説紛紜，争論不停。
經歷多少春秋，還是無産階級高明。
他們的代表是：
德國的馬克思，俄國的列寧，中國的毛澤東，
真不愧是火眼金睛：
看出了我們的聯繫，抓住了我們的運動；
用『對立統一』把我們評定，以『絶對相對』
把我們貫通。
人們用此理認識世界，創造前程。
至於我們矛盾嘛——要爲人類很好地立功。

自由詞・送女情

一九八二年十月二十五日於河南長葛車站送别妻女，情思無限，以筆記懷。

汽笛鳴，車開動，菁菁小手擺❶：『爸爸再見』叫連聲，聲聲叫得心肝疼。

人已去，屋内空，不見小菁菁。

時光西逝真絶義，列車北去更無情❷。

物運走，地掃净❸，舉手高打拱❹：再見相居好屋舍，再見愛女小菁菁。

註釋：

❶菁菁，作者之女田菁，一九八〇年出生。一九八二年十月隨母到部隊探親。

❷田菁乘車自河南回北京，故曰『列車北去』。

❸家屬來隊探親，臨時借房居住，離隊後打掃干净移交。

❹打拱，古時禮節。

導讀：

父女情，骨肉情，在特定的時間，特定的地點，以特定的形式刻劃出來。自然、深刻、真摯。

特定的時間：兩地分居，女兒三歲，到部隊相聚一個月後送别的時刻，自然是牽腸挂肚，難以割捨，此人之常情，世之常理。特定的地點：送别的車站，團聚過的屋舍，正是引發離情别緒引發深刻思念的地方。特定的方式：指自創的形式。這種長短句，古詞牌没有，似古詞而無詞牌，是新詞又固定格式，屬真情涌動不吐不快的一種臨機創造。

全詞分爲三片。第一片寫車站送别的心情。汽笛鳴響，列車啓動，女兒在車窗口擺着小手和爸爸再見。此時站臺上的爸爸將是何種心情！『無情未必真豪杰，憐子如何不丈夫』，大文學家魯迅如是說。大英雄毛澤東也有親情，『汽笛一聲腸已斷，從此天涯孤旅』，寫得也很悲切。

第二片是回到屋中的感想。睹物思人，本是親人相聚一個月的小屋，往日下班回來有小女相迎，現在人走屋空，不見女兒身影。這時作者並沒直接寫如何惆悵懷念，而是通過咒怨時光絶義和列車無情，表達自己萬般離情。

第三片是告別小屋的情懷。把屋子打掃干凈，雙手打拱，告別小屋，告別愛女。告別小屋是因爲這裏曾住過愛女，愛女及屋，對屋舍也有了感情。告別小屋後，作者又回到崗位上投入緊張工作。

七絶・題農家四季

（一九八三年二月十三日）

春日有情誘花開，
夏蟬無意唱農宅。
秋風放膽襲庭院，
冬雪悄然飾樓臺。

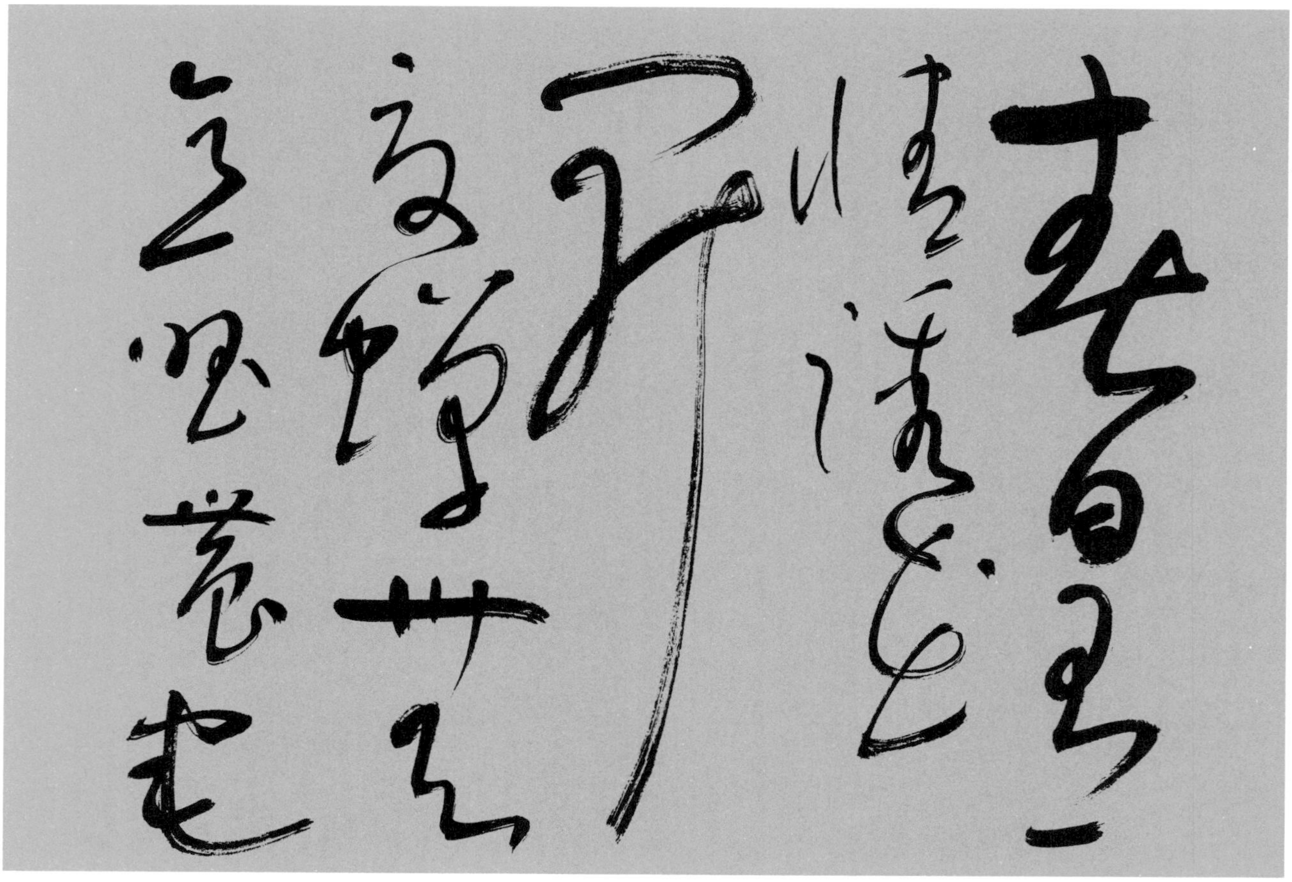

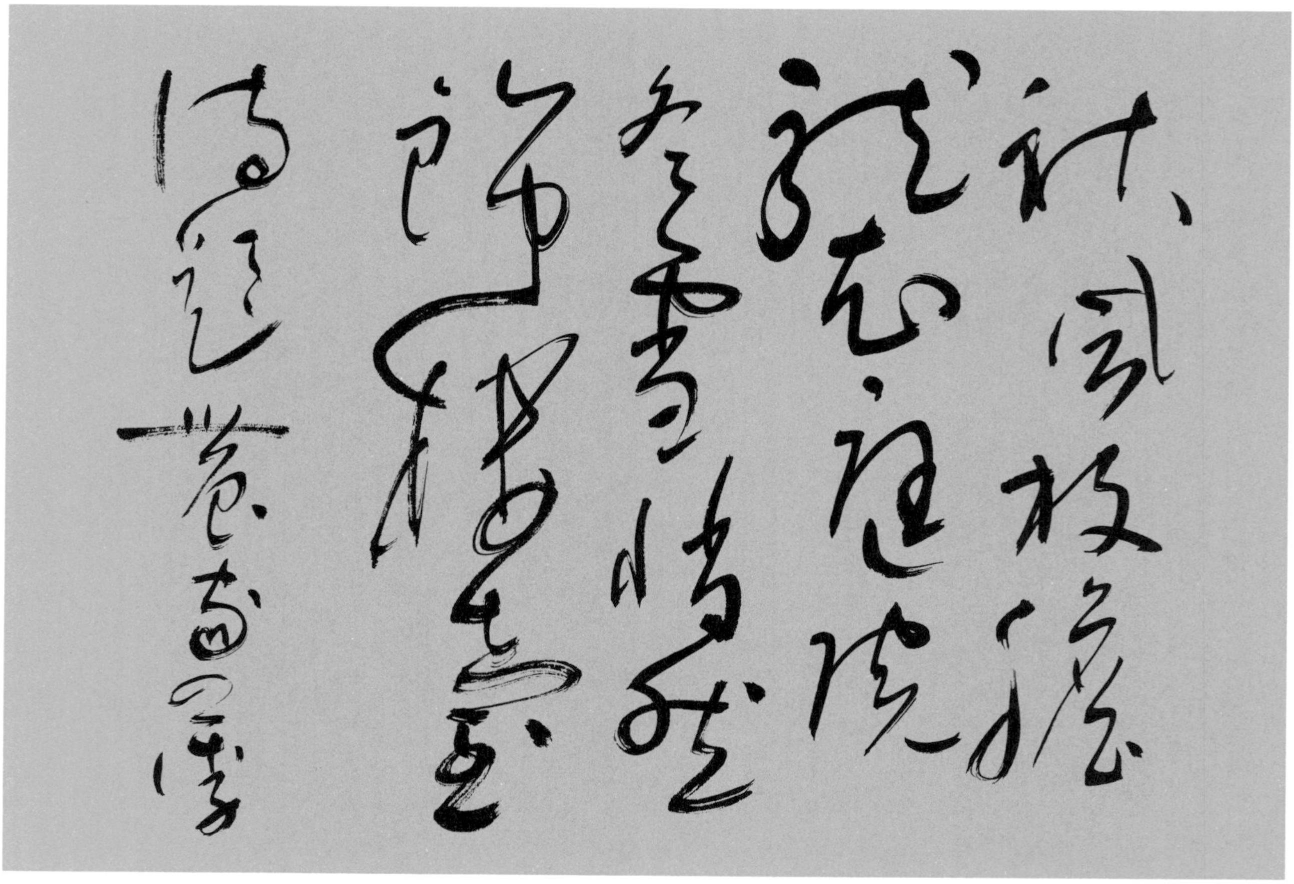

五絕・題《八駿圖》

（一九八三年二月十三日）

溪水浣林間，驕驄戲大川。
揮蹄擊勁草，仰首嘯長天。

導讀：

《八駿圖》畫法、版本很多，從畫面背景上看，有山川叢林之中的，也有曠野草地之上的；從駿馬動態上看，有玩耍嬉戲的，也有奔馳騰驤的。作者一九八三年春節探家，觀賞壁上之年畫《八駿圖》，畫中山川流水，駿馬嘶鳴，甚美甚壯，遂由畫意產生詩情。用二十字，狀《八駿圖》。

試看：溪水、山川，青草、林間，駿馬、藍天，美態、動態，全部體現。山川是秀美的，大自然本身就有生命，僅此自然景物，就值得一觀，值得讚美。何況加上八匹活靈活現、狀態各异的駿馬，更加顯示出畫景生機。『戲大川』的『戲』字，把馬的自由、酣暢點出來了，可以任人超出畫面去想象：追逐玩耍、交首啃癢、翻蹄打滾、食草飲水、甩尾驅蠅、屈腿盤卧、昂首嘶鳴、縱躍奔騰等等，然詩中衹列舉兩個動作，『揮蹄擊勁草，仰首嘯長天』，駿馬足踏大地，又怎是不志在藍天呢！詩中有以馬喻人之意。

俗話説：畫是無言的詩，詩是有言的畫。詩即畫、畫即詩，人即物、物即人，言之不謬也。

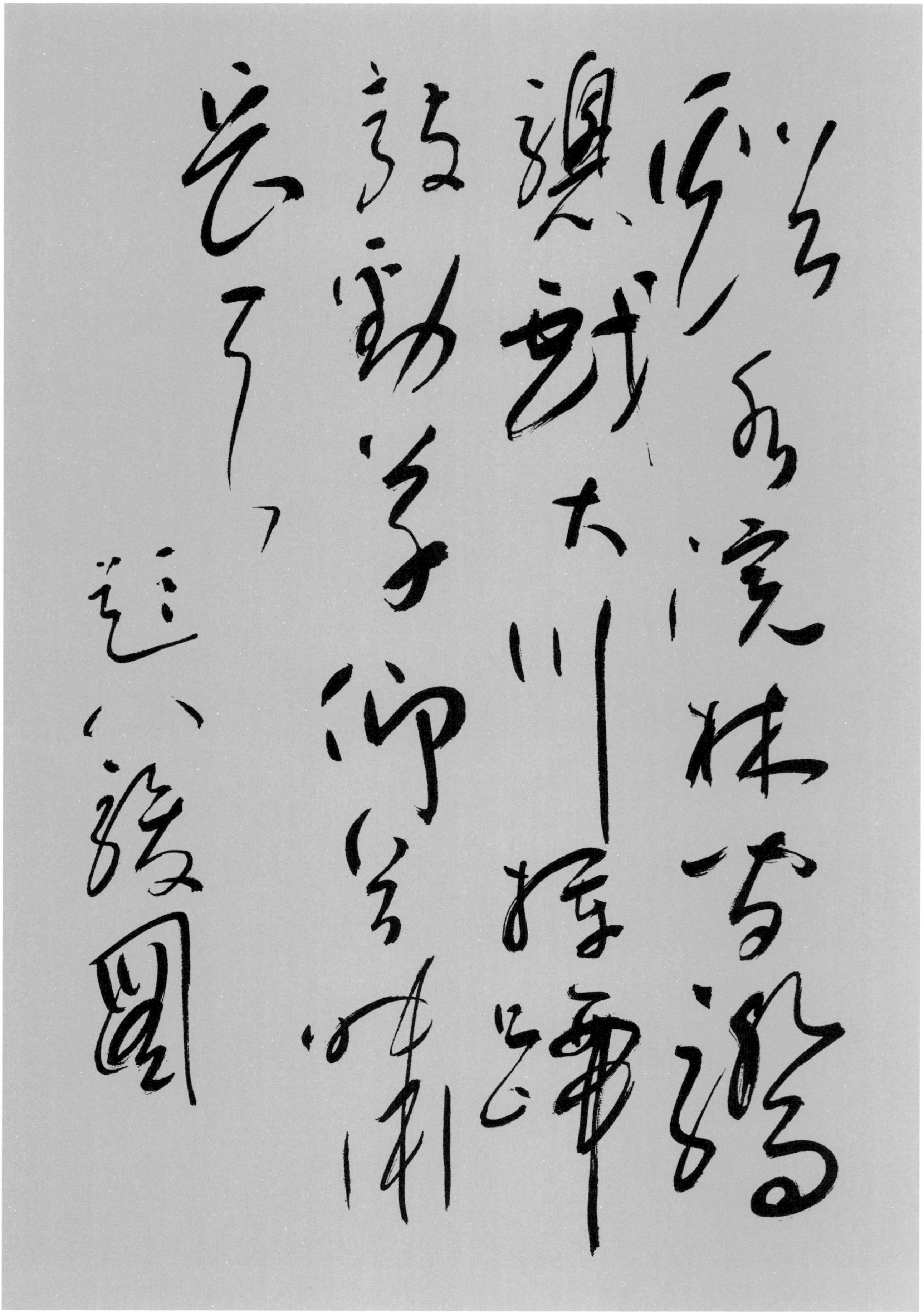

七絶・九咪戲蝶圖

（一九八三年二月十三日）

草青花俏彩蝶飛，
九小於菟❶鬥雉翚❷。
閃轉騰挪播幻影，
撲抓縱躍抖神威。

註釋：

❶於菟（wūtú，讀烏徒），老虎。古人謂虎有於菟之稱。這裏將猫喻虎。

❷雉，雉鷄。雄雉鷄長有漂亮頎長之尾翎，此翎曰翚。古戲中英豪人物頭冠所插長翎即爲雉翚。這裏將蝶喻雉。

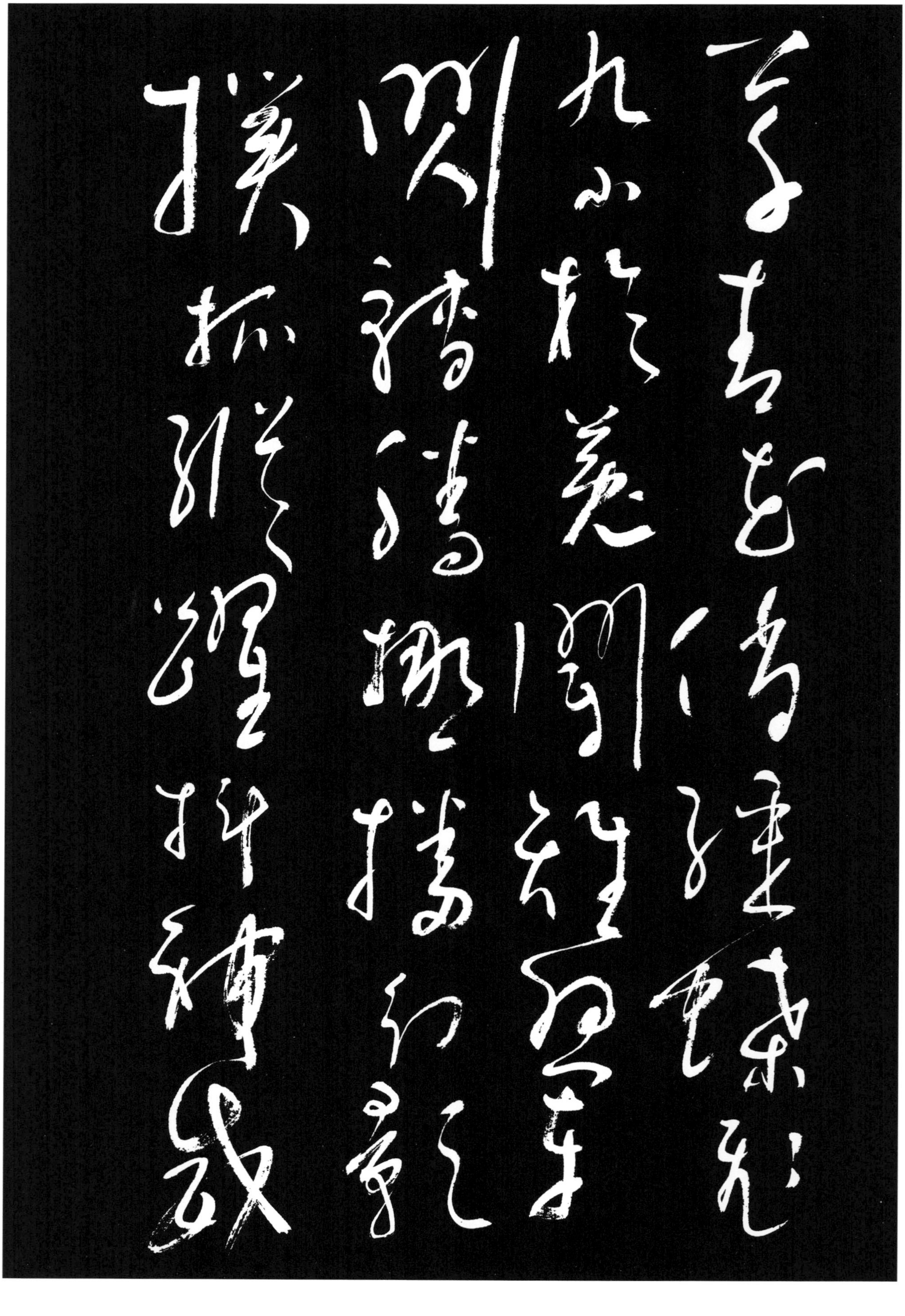

四言詩・感時

一九八三年十一月二十三日（作者三十二歲生日）晚七時半，觀窗外日落天黑，念人生須臾，因有此感。

日落又升，日升又落。
朝朝暮暮，人生幾何？
不效曹公，無酒亦歌❶：
我不負時，時不負我❷。
勤於學習，勇於探索；
建功立業，修成『正果』。
利民利己，爲家爲國。
如此度日，焉成蹉跎！

註釋：

❶曹公，指曹操，曹孟德。曹孟德有『對酒當歌，人生幾何』之句，世人亦有『李白斗酒詩百篇』之説，作者認爲那是個人嗜好，不好酒、不豪飲也同樣壯懷激烈。

❷曹孟德有『寧教我負天下人，不教天下人負我』之利己主義觀點。作者反其意而行之，用在對待時間、年華的態度上。此詩寫成後，作者又揮毫撰寫『胸有點墨，當書千秋奇文；身懷薄力，應建萬代殊勛』之聯以勵其志。

導讀：

這是作者對於人生，對於時日態度的抒發寫照。

時間是向前直綫延伸的一維性坐標。在地球人看來，時間是在日落日升、日升日落的無限循環中消逝的。就時間本身來説，時間無始無終；就一個人的生命來説，時間是十分有限的，六十年、八十年、一百年，都是有限度的。在人生的幾十年當中，真正的作用發揮期、事業創造期更是短暫的。在短暫的時間内，如何才能不虛度年華做出業績而使人生更有價值呢？作者提出不能辜負時間，要抓緊時間，學習探索，修成『正果』，這是指要具備建功立業的能力和條件；提出要爲國爲民，獻身進步正義的事業，這是指建功立業的方向和所走道路的性質。具備條件和選擇道路，是人生成功的兩大前提。

減字木蘭花·長城

（一九八五年三月十一日）

巨龍雄卧，橫貫北國連大漠。
可見秦皇？萬古蒼桑風雪長。
是非利弊，自有後人來定議。
待到金秋，碩果連天不盡收。

寫作背景：

鄧小平領導的中國改革開放和社會主義現代化建設這一前無古人的偉大事業，已進入了第七個年頭。由於强大的歷史慣性，已習慣了『左』的一套做法的人們，覺得有些不理解，不適應，存有疑慮，衆説紛紜。此時，作者登長城，思國事，懷改革開放事業正義信念，發出『待到金秋，碩果連天不盡收』的感慨，讓歷史作出評價。

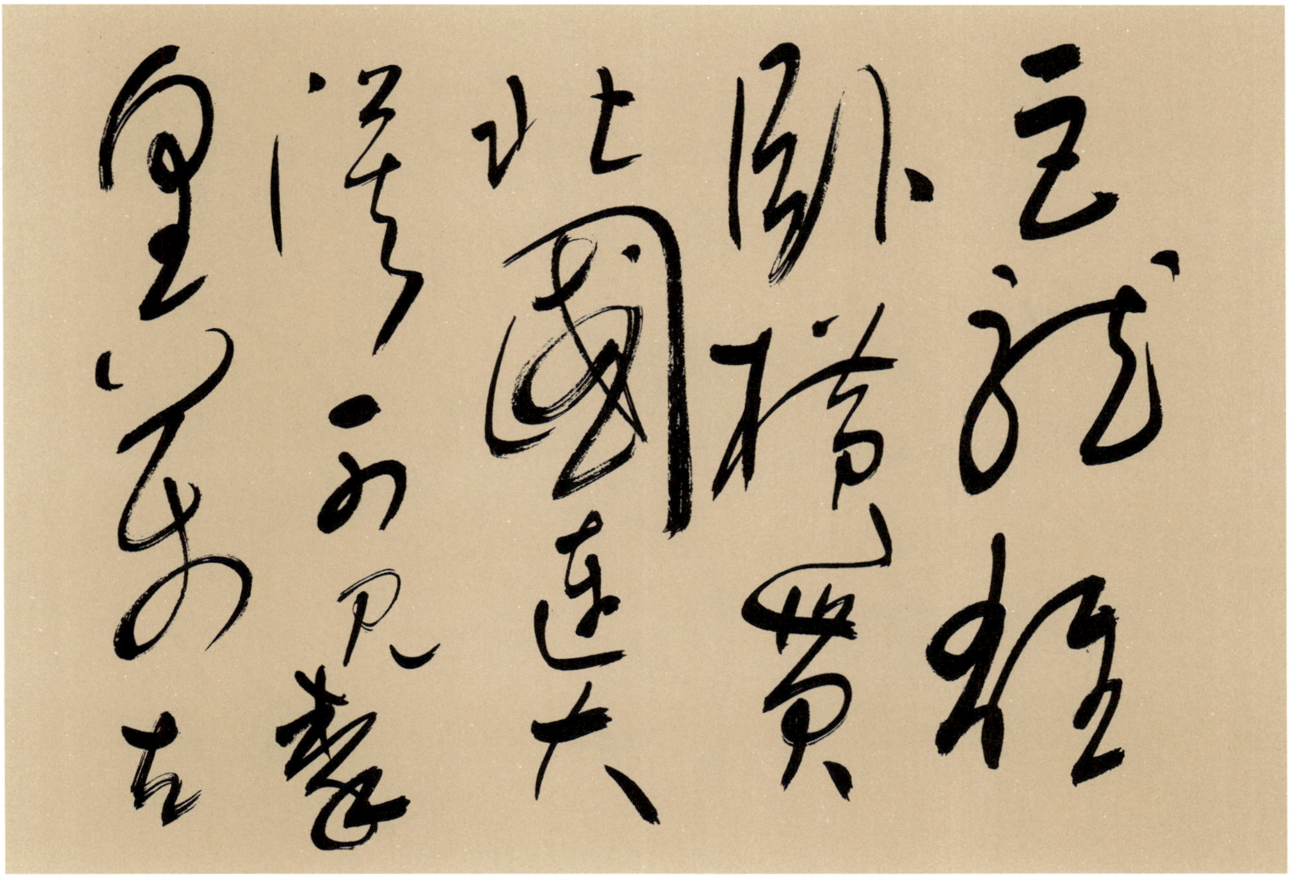

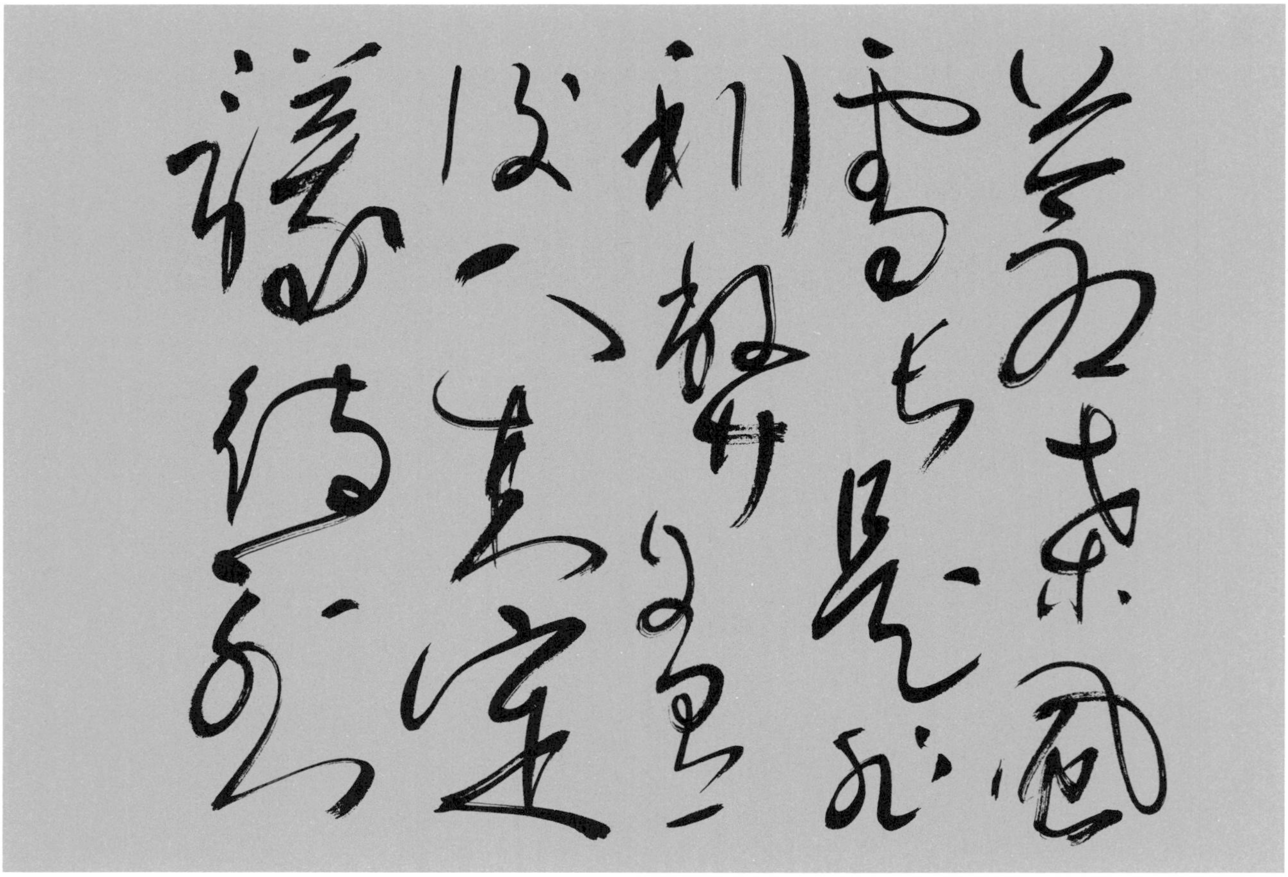

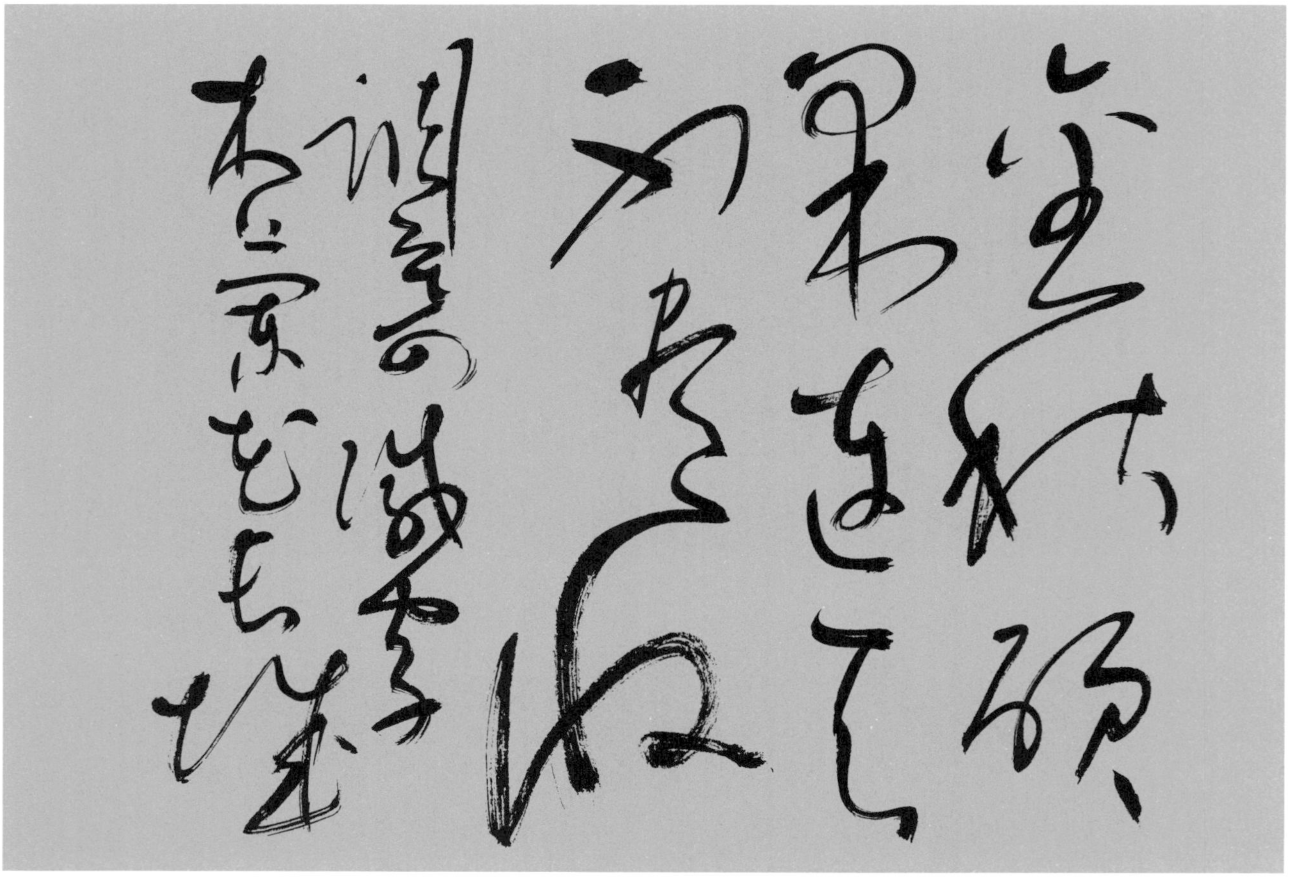

自由詩・帶兵人

——爲本部隊基層干部座談會獻辭

（一九九〇年一月十六日）

可敬的基層帶兵人，
我讚美你。
你是部隊建設的中堅，
你是鋼鐵長城的根基；
你肩負着人民的重託，
你承載着戰士的期冀。
基層的各項任務等待你去完成，
連隊的繁雜事項需要你去處理。
從軍事訓練，到伙食問題，
從日常瑣事，到安全問題，
大到政治方向，小到軍容風紀，
無一不操心，無一不費力。
戰士有心事，你要去聊一聊，
工作有矛盾，你要去理一理。
部隊休息了，最操心的還是你：
四處房間轉一轉——
還有哪個人未歸，還有哪個燈未熄，
每個分散駐點，每個執勤哨位，
你都絲毫不敢麻痹……
你最後一個睡，最早一個起，
從早到晚，馬不停蹄。
自己有了煩心事，也不便同部屬談起，
躲在背地裏，暗自嘆息，
戰士來了，憂容收起，
談笑風生，毫無倦意。
連隊有了成績，你内心歡喜；
工作出了問題，你檢討受批；
有時出誤會，還受『夾板氣』，

做個當家人啊，委實不容易！
趁此時，多磨礪，
好處恰恰在這裏：
酸甜苦辣嘗一嘗，可以終身受益。
盡職盡責，盡心盡力，
對得起戰士，無愧於自己，
這就是精神上莫大的慰藉。
今日鍛就基本功，
他年舞臺演大戲，
事業之路正從基層脚下起。
將軍途，時可期，
千錘百煉志不移。
可敬的基層帶兵人，
我祝福你。

自由詩・寫字四題

（一九九一年六月）

（一）

寫字與做人——

追求莊凝、嚴謹、剛勁、瀟灑、練達。

（二）

寫字與做文——

每一筆無不服從整篇全局的需要。

（三）

寫字與做事——

立意高超，環環入扣；

靈活通變，不拘一格。

（四）

寫字與進步——

初寫成，孤芳自賞；

挂幾日，自慚形穢；

這便是新的起點。

導讀：

作者平時喜愛書法藝術。在任團政委期間，爲提高飛行人員文化素養，成爲文武雙全一專多能的人才，積極倡導和支持飛行人員利用業餘時間學習書法，請本部隊飛行教官中的書法家張才同志任教，經常組織筆會和作品展覽，成績斐然。一九九一年，空軍政治部在北京組織百名飛行人員書法大展，該團就有九人作品參展，佔近十分之一。作者以詩題賀，同該團入選作品一起刊登於《中國空軍》雜誌。後來作者略作調整，增加一題，成爲現在的《寫字四題》。

詩中把寫字與『做人、做文、做事、進步』四個方面聯繫起來，找出其中共同規律和要義，挖出積極而具哲理性的東西，使思想得到升華。作者還適時爲飛行人員撰題書法聯，將書法的形體藝術同聯句的浪漫内涵結合起來，以圖起到積極促進作用。這裏僅舉三例：

（一）架機逐玉兔；
提筆走青龍。

（二）軟筆、硬筆、筆筆生花繪宏圖，五洲增色；
長機、僚機、機機鳴雷震寰宇，四海揚波。

（三）自撰自書，書遍長空猶未盡；
亦陶亦樂，樂滿軍營尚有盈。

七絶·賞月評蘇

（一九九一年九月二十四日）

中秋皓月照樓臺，
遥望北天佈陰霾。
勢有平衡鶯燕舞，
局無均態虎狼來。

寫作背景：

一九一七年，列寧領導俄國十月革命勝利，世界上出現了第一個社會主義國家。蘇聯建國後進行了輝煌的衛國戰争，打敗了法西斯反動派，爾後國力得到進一步加强，形成蘇美兩極長期對峙的政治局面，對世界和平起到了重要作用。八十年代，美對蘇加緊進行滲透瓦解，到九十年代初，東歐劇變，蘇聯解體，社會主義陣營實力大跌，打破了國際力量的平衡，使世界格局發生不利變化。一九九一年中秋節，作者所在部隊機關在辦公樓頂平臺舉辦中秋賞月晚會。席間，作者遥望北天，思念國際形勢，遂作此詩。

導讀：

該詩寫的是政治題材，運用的是對比、聯想手法。開頭講的是國内形勢。中國改革開放已進入第十三個年頭，經濟形勢較好，政局比較穩定。時恰中秋，皓月當空，樓臺之上，歡聲笑語。然而，遥望北天，陰雲密布，喻指東歐劇變、蘇聯解體的政治動蕩局面。尤其是蘇聯，作爲社會主義大國，對世界和平作用極大。蘇聯一朝解體，使得世界震驚，中國也無不震撼。本來，中國改革開放，蘇聯改革體制，各選各的道路，亦無可厚非，但對世界力量平衡，無疑是巨大衝擊。作者是從這個角度開展評説，表示憂慮的。强大的國家解體，一時使國際大勢失衡，作者作爲軍人，在當時提出這樣的疑問是不無道理的。由此看到，中國的壓力更大了，任務更重了，更要發奮圖强，既爲了中國富强，也爲了世界和平。本詩後兩句從哲學層面上道出了事物是否平衡（相對而言）的重大政治意義。

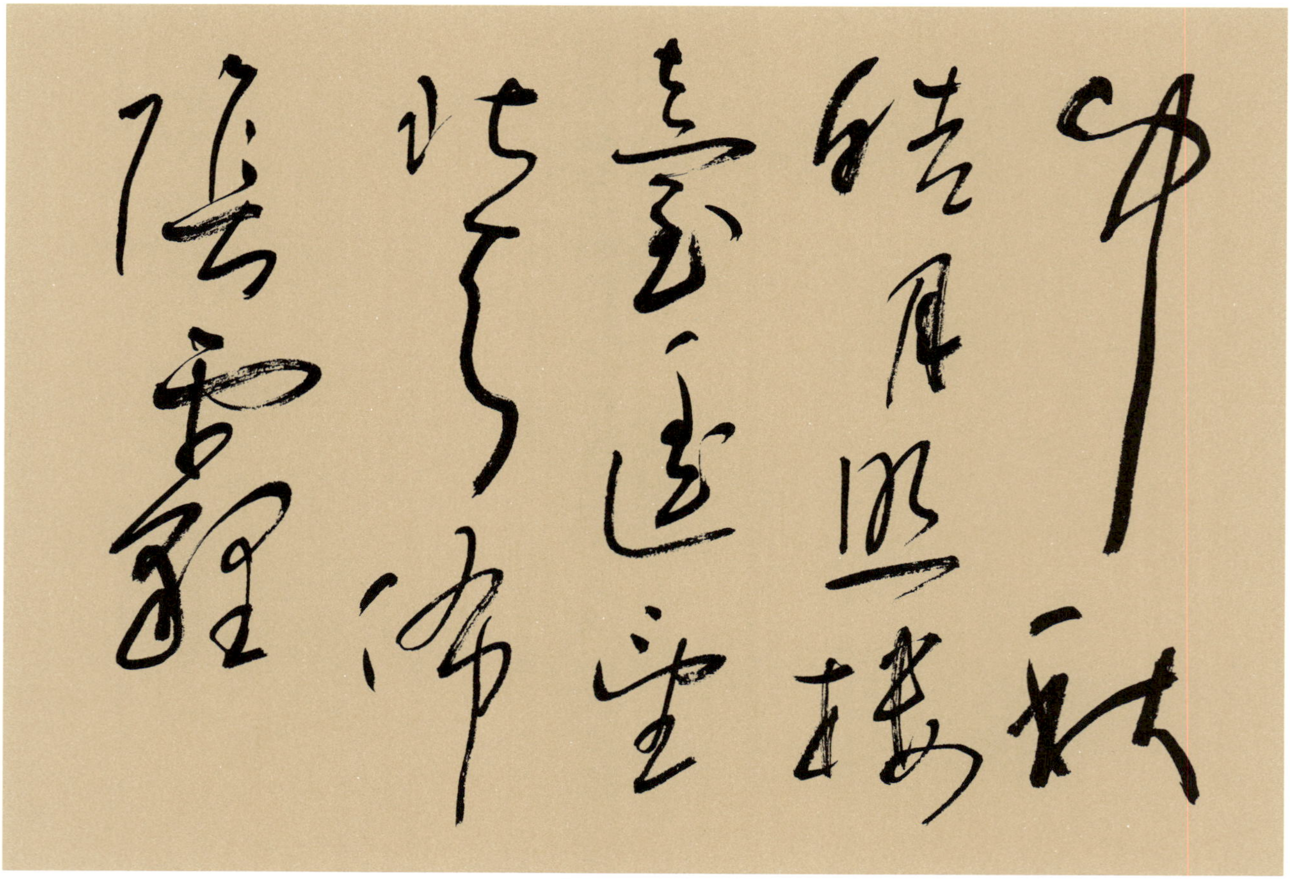

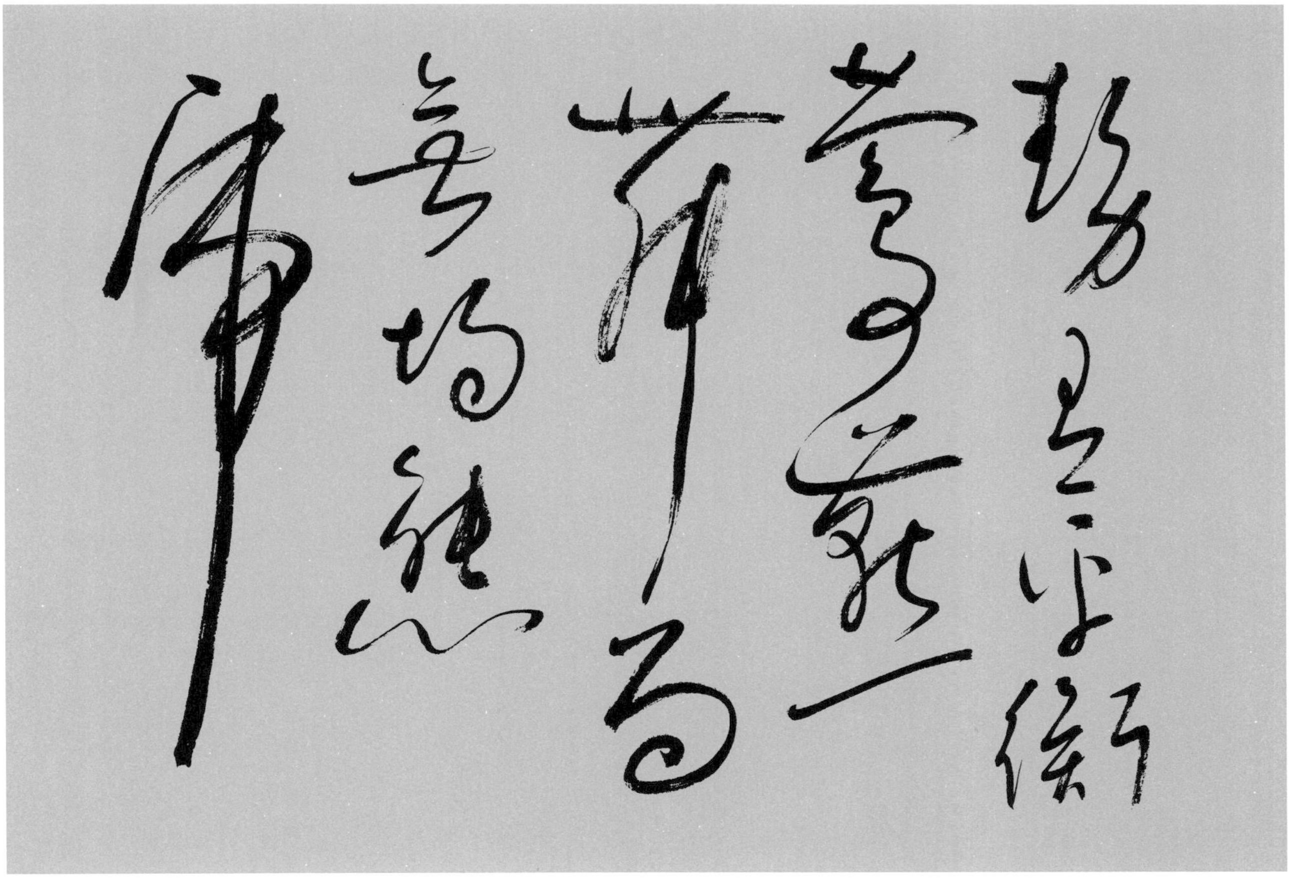

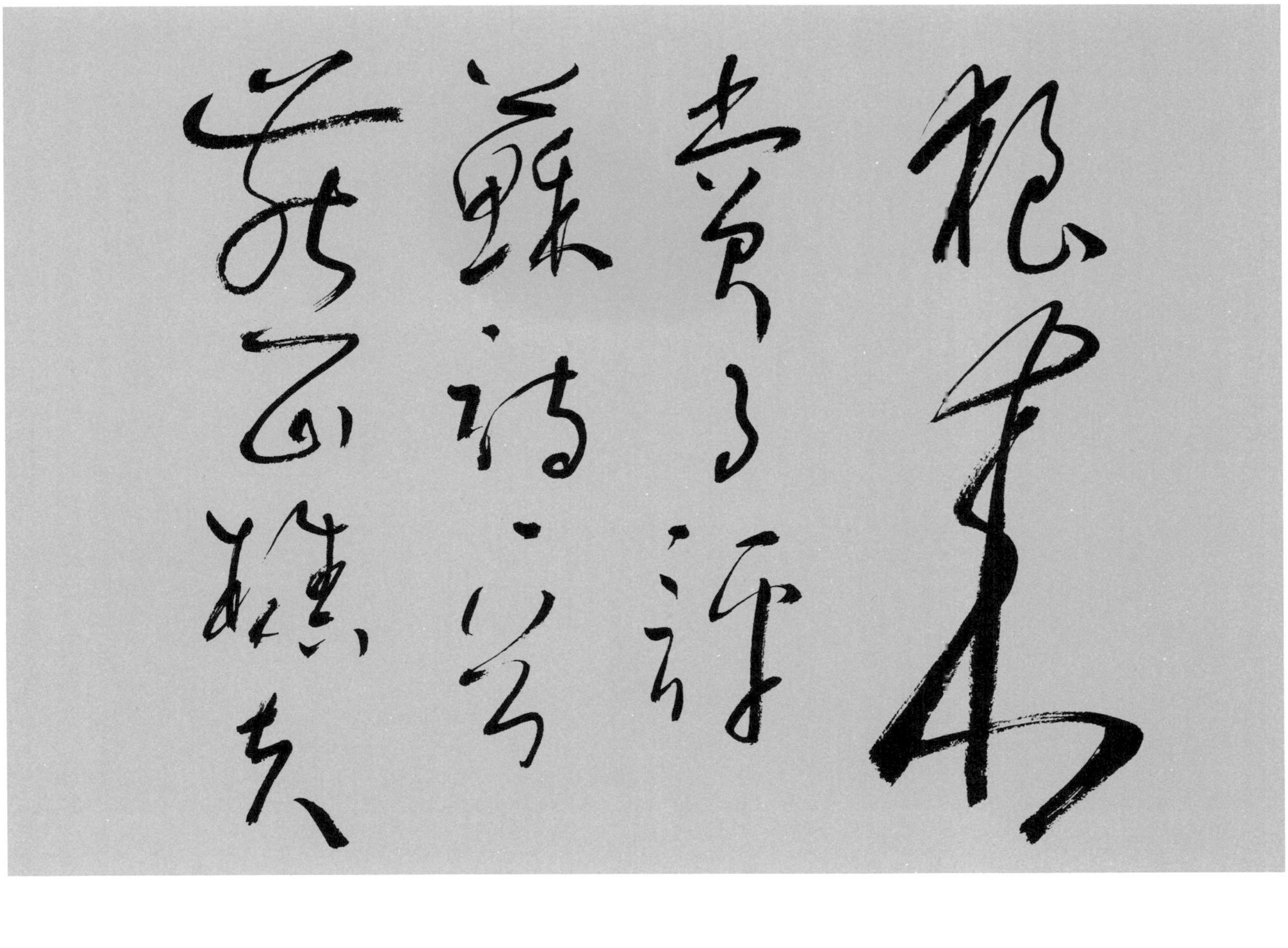

採桑子・戰嚴冬

（一九九一年十二月二十九日）

風雷寒暑尋常事，
霜打青松。
雪軋青松，
泰嶽盤根傲太空。

男兒熱血戎裝束，
身置寒冬。
何懼寒冬，
煉就真功唱大風❶。

寫作背景：

當時作者任中國人民解放軍空軍某飛行訓練團政委，在河北涿州機場。時值隆冬，北風呼嘯，作者深入飛行訓練第一綫，看到飛行人員、機務人員、後勤保障人員不懼嚴寒，熱情訓練的感人場面，寫下此詞，抒發艱苦磨練、報國立功之情懷。

註釋：

❶大風，漢高祖劉邦《大風歌》：『大風起兮雲飛揚，威加海內兮歸故鄉，安得猛士兮守四方』。

導讀：

這是一首軍旅戰地抒情詞，說的是作者深入訓練現場，通過感受現場自然氣候的寒冷和官兵訓練的火熱，抒發不懼困難和成才報國的情懷。青松耐嚴寒，傲霜雪，作者把訓練官兵比作泰山頂上的青松。陳毅元帥詩云：『大雪壓青松，青松挺且直。』上半闋主要描寫青松，下半闋直接寫訓練官兵：一群立志報國的熱血男兒，身束戎裝，置於寒冬之中，刻苦訓練，有志而無畏。飛機馬達轟鳴，空中編隊穿行，跑道起落不停，機務一絲不苟，通訊準確無誤，指揮沉着鎮定。爲了什麽？『煉就真功唱大風』，訓練出合格飛行員，將來升空殺敵，保衛祖國領空。練就真功，蓄勢待發，不單指軍事方面，還有成才報國的其他志向。作爲政治軍官，是不會僅從軍事角度考慮問題的。最後一句是全詞的靈魂。

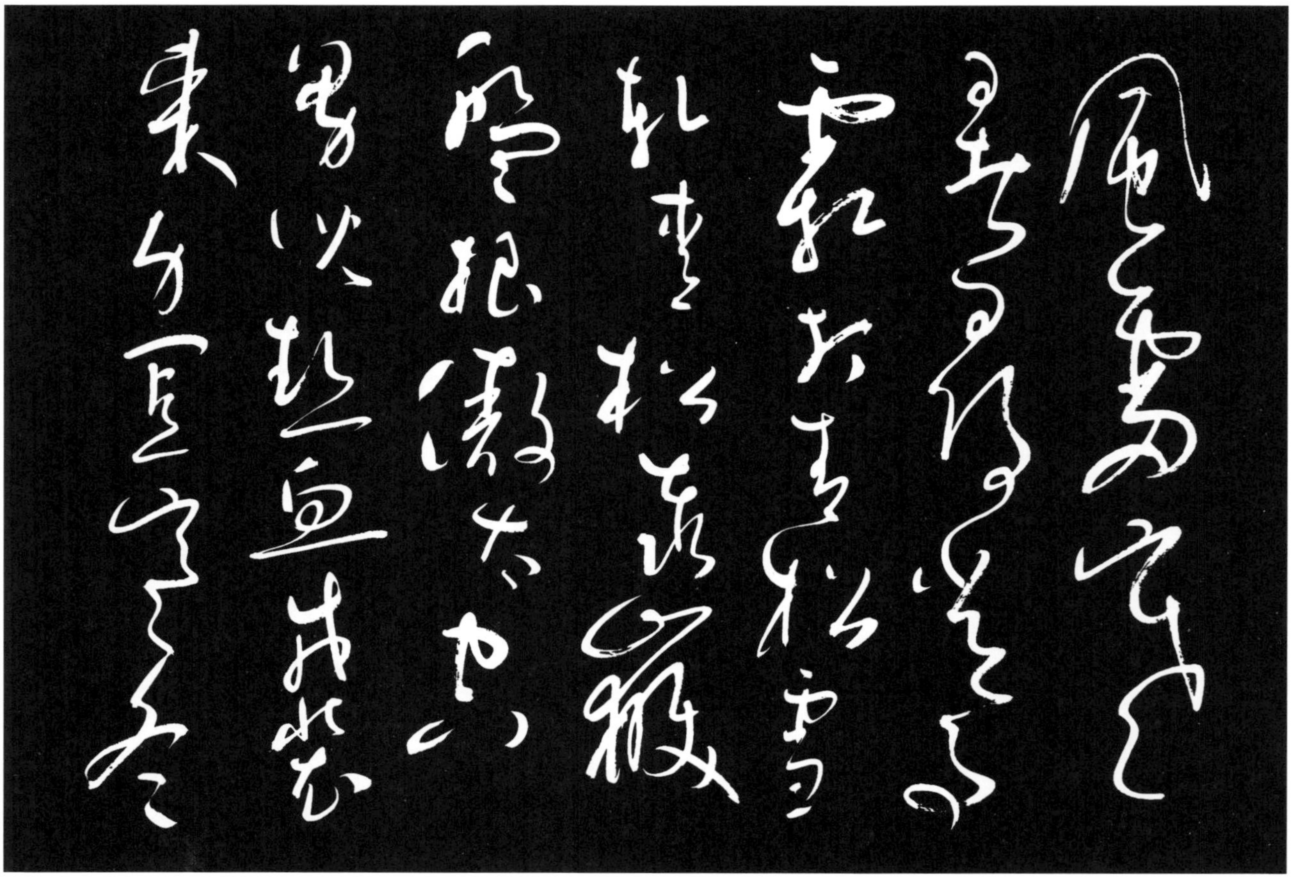

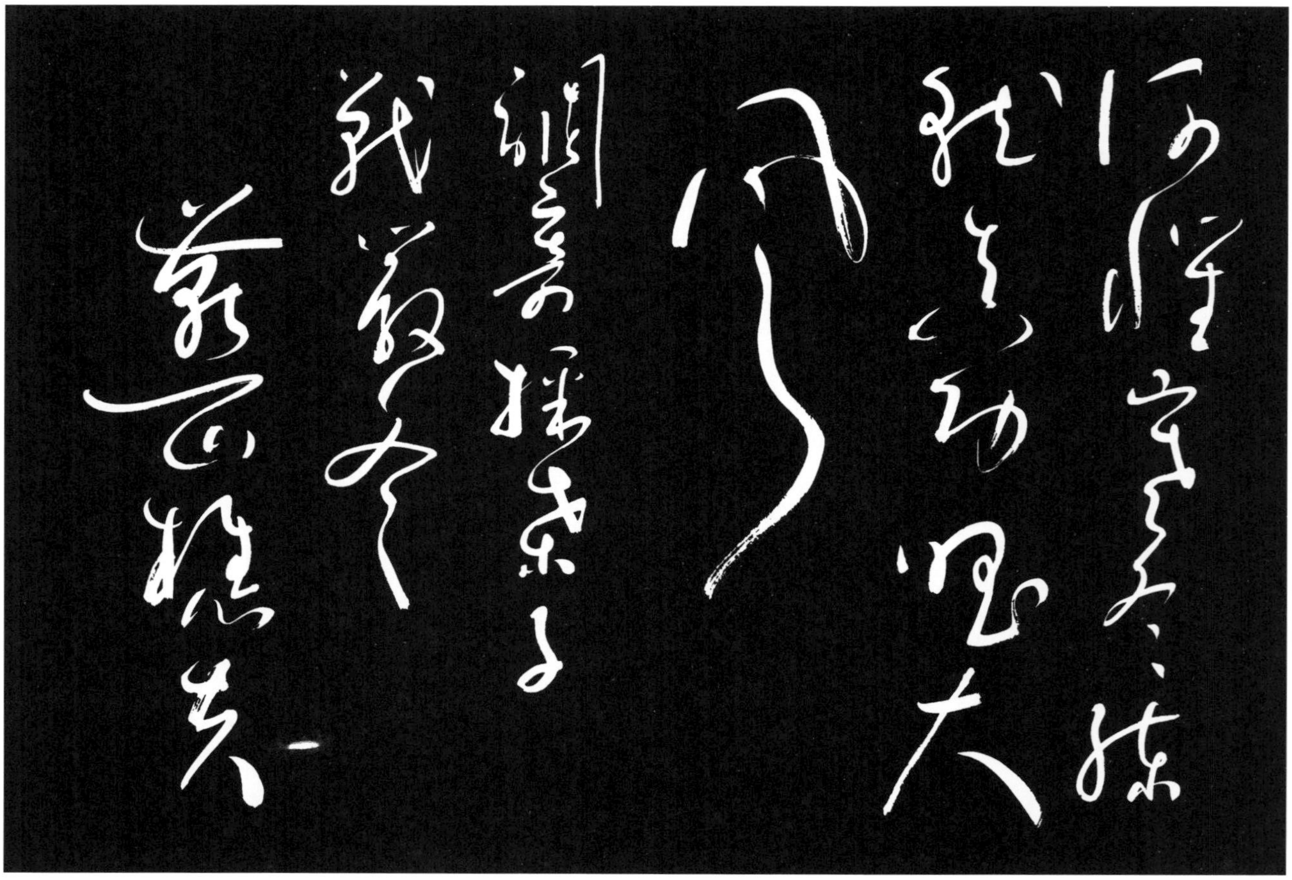

臨江仙·離軍營

（一九九二年七月）

余一九七二年參加人民解放軍，今轉業地方工作，軍旅生涯二十年耳。念人生路途尚遠，男兒壯志未減，故步《三國演義》卷首《臨江仙》原韵，以誌襟懷。

虎踞高山龍卧水，
少年志壯心雄。
戎裝廿載業不空。
關山三萬里，
無愧朝陽紅。

開放改革航向定，
迎來秋月春風。
宏篇續寫恰時逢。
古今言勝敗，
衹在一念中。

導讀：

這是作者軍旅詩詞的收尾篇，回顧了軍旅生涯，展望了今後事業。壯志不衰，雄心不減。

作者開篇就説，受家鄉山水的養育，少年便立大志。軍營生活二十年整，正值人生青春的寶貴時光，奉獻給了人民國防事業。回首二十年，在部隊的培養教育下，刻苦學習，勤奮工作，在各個工作崗位上都創造了優异成績，從一個普通農村青年，成長爲一個團級主要領導干部。『無愧朝陽紅』，没有辜負自己青春年華，没有辜負部隊的培養，没有辜負親友的期望，交了一個圓滿的答卷。詞中字裏行間充滿着一股成功的豪邁，滲透出對軍旅生活的珍視。

轉業地方怎麽幹？如何『續寫宏篇』？作者仍抱有信心，持樂觀態度。『開放改革航向定，迎來秋月春風。』年初鄧小平同志南巡重要談話，似春雷在神州大地上回響，作者就是應這個形勢需要轉業地方的，要繼續一展身手，幹一番事業。認爲改革開放，恰逢其時。但作爲在部隊工作二十年的軍人，到了地方，工作變了，環境變了，要重新適應，面臨新的選擇。『古今言勝敗，衹在一念中』，這兩句充滿哲理。人生道路、人生做事，成敗利鈍，貴在設計，設計的好壞，决心怎麽下，往往在於關鍵時刻的一個念頭，這是要十分重視把握好了的，是萬萬不可掉以輕心的。作者既對自身能力充滿信心，但其中又透出格外冷静，能够認識到『一念關係成敗』，這是非常寶貴的體驗。這就把豪情、自信、冷静、機智統一起來了，具備了成就事業的基本心理狀態。

附：《三國演義》卷首《臨江仙》詞

滚滚長江東逝水，
浪花淘盡英雄。
是非成敗轉頭空。
青山依舊在，
幾度夕陽紅。

白髮漁樵江渚上，
慣看秋月春風。
一壺濁酒喜相逢。
古今多少事，
都付笑談中。

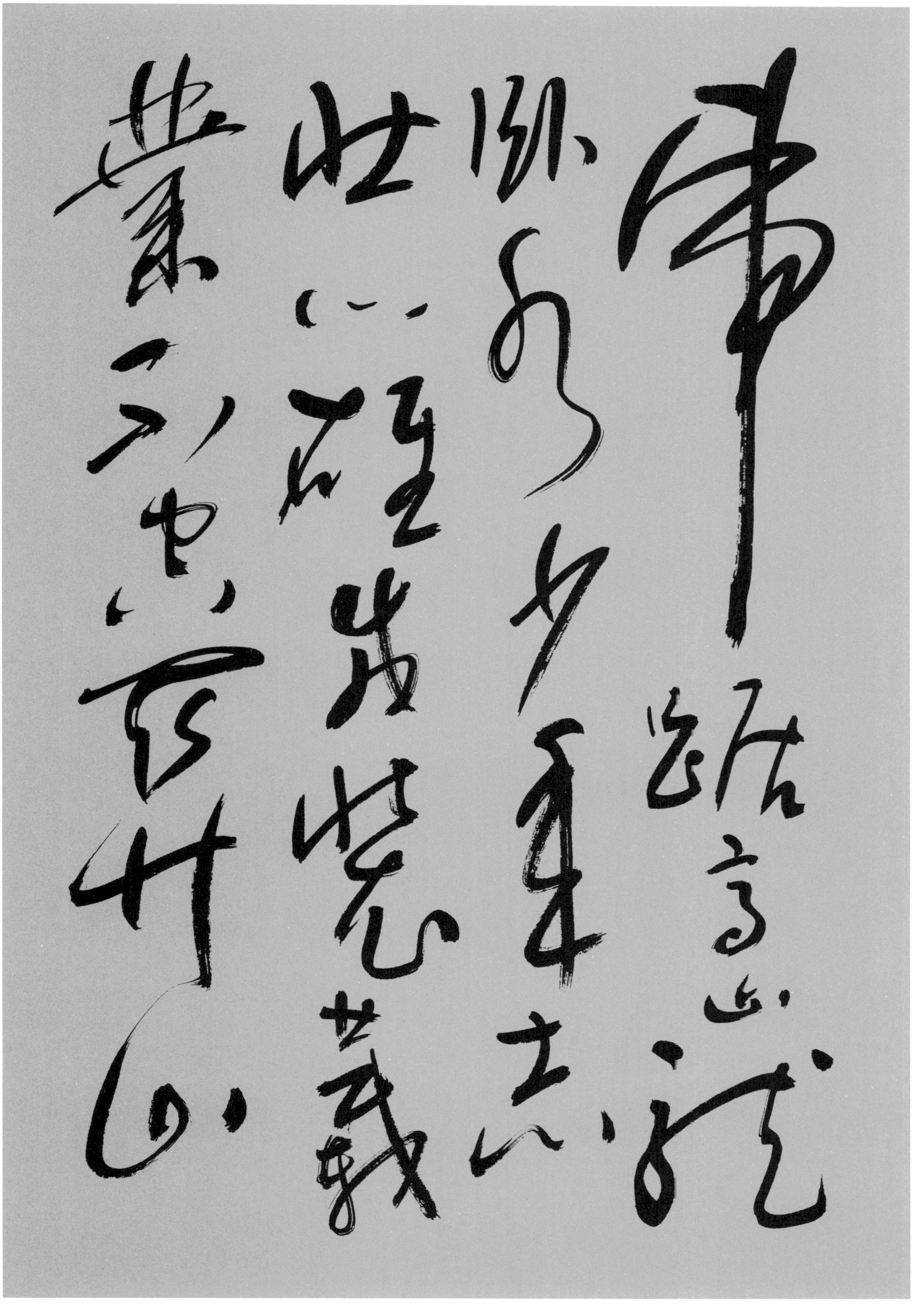

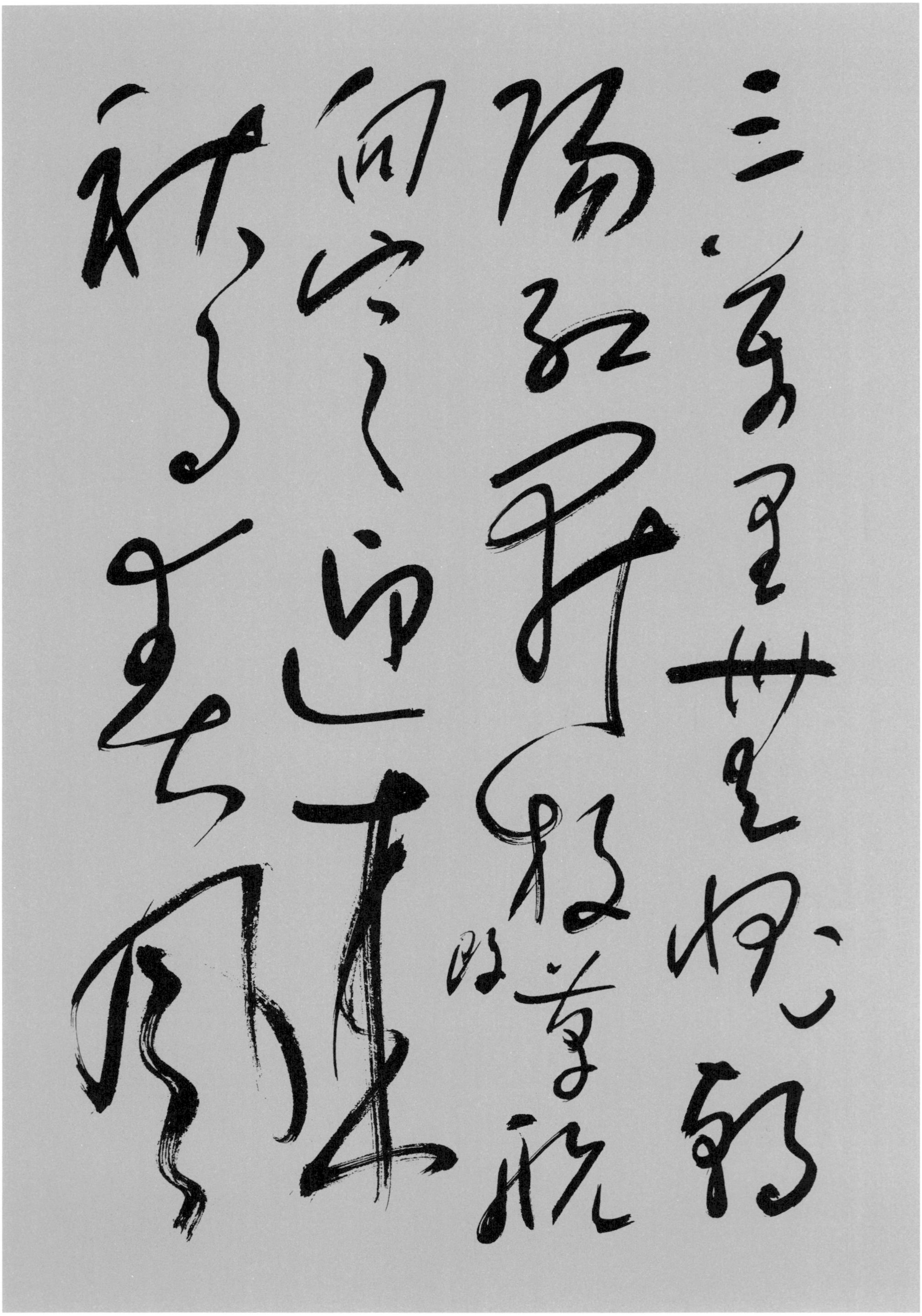

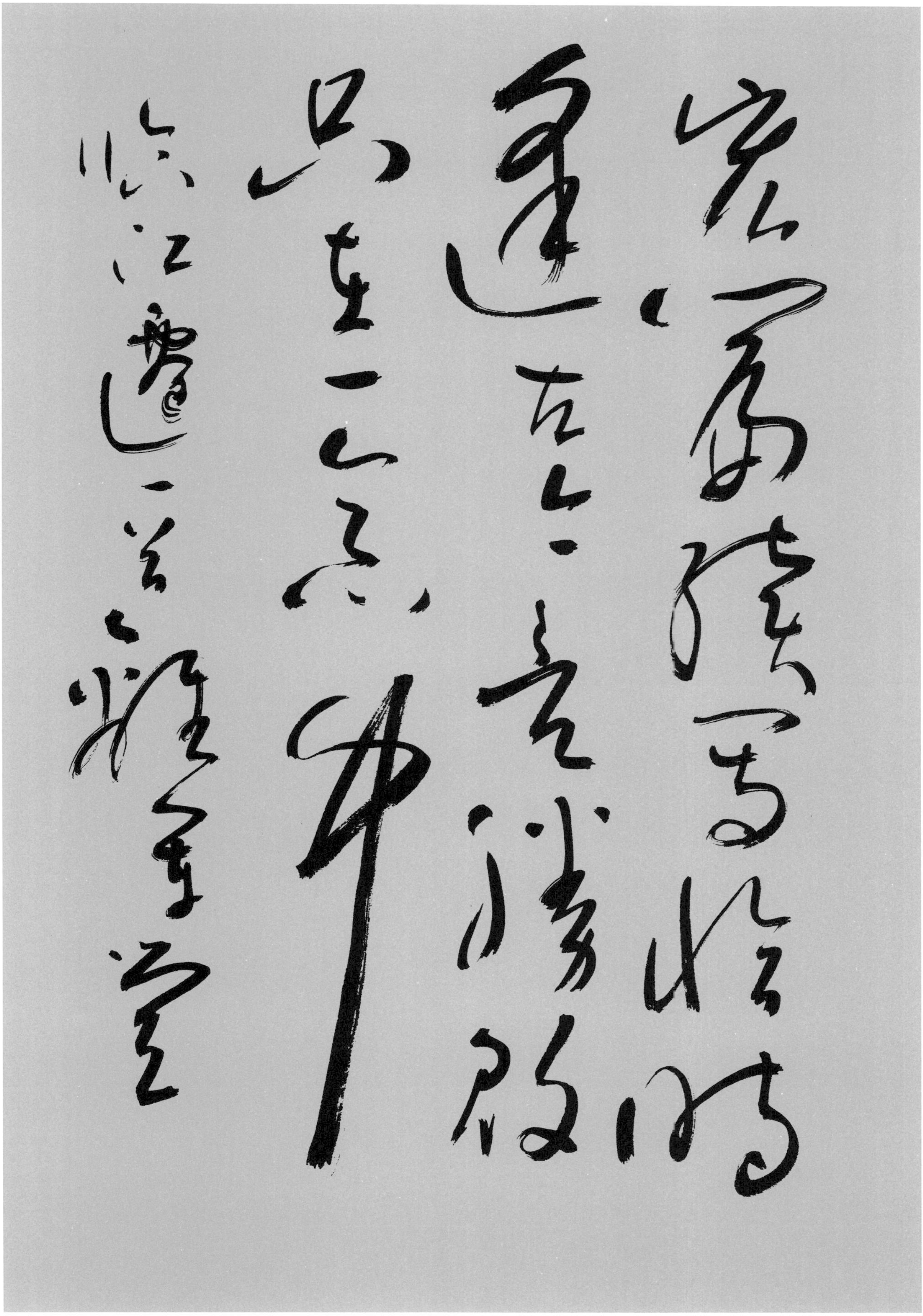

七絕・龍慶峽❶

（一九九三年七月）

劈嶺削峰創意獨，
强徵美色秀瑤湖。
先擷洱海爲藍本❷，
再取灕江作畫圖❸。

註釋：

❶龍慶峽，位於北京西北延慶松山自然保護區。湖岸山峰峭利，如刀削斧剁。湖水潔净清澈，像明鏡平卧。湖光山色，相映成趣，素有『塞外小灕江』美稱。

❷洱海，位於雲南大理、洱源兩地之間，乃高原大湖。湖濱有蒼山相襯，碧水青山，美不勝收。爲著名山水風景區。

❸灕江，廣西之灕江，其獨有的山水畫廊景色，在國内外早享盛譽。

研窮刻畫創意精
徵集美色秀靈湖光攝
滙溶為藝術再現灕江作畫圖
錄慶施詩云
黃山樵書

四言詩・賀張老[1]八十大壽

（一九九三年九月三十日）

一九九三年重陽節，恰逢張祚延老先生八十壽辰，吾與諸友爲張老祝壽。值此佳日，不可無辭，即以此拙文敬頌張老。

九九重陽，菊黄秋金。
張老華誕，大壽八旬。
晚輩情至，撰文讚君：
一讚張老，愛國愛民；
統一戰綫，奔波京津；
幾經風險，過眼烟雲。
二讚張老，頑强堅韌；
錯誤打擊，不泯雄心；
戰勝病魔，振作精神。
三讚張老，治病救人；
義務行醫，不取分文；
醫道高明，奇灸神針；
縱有頑癥，妙手回春。
四讚張老，以誠待人；
親和友善，扶危濟困；
維護朋友，處處留心；
幫助同志，子牙胸襟[2]。
五讚張老，治家高深；
雙親和睦，相敬如賓；
雖經坎坷，愈老彌真；
嚴教子女，成才爲民。
張老高德，片言難盡；
祝君高壽，再度九旬；
吾等更待，百年大辰！

註釋：

❶張祚延，安徽蕭縣人。一九一四年出生，一九三五年在北京就學，加入中國農工民主黨，參加了一二·九愛國運動。七七事變時參加二十九軍同日寇作戰負傷。一九四二年加入中國民主同盟，響應中國共産黨號召，致力於統一戰綫和民主革命工作。解放後赴南方參加土地改革工作，因染重病回京。又受反右鬥争擴大化牽連，被迫退職。時已雙腿殘疾，遂拜師學醫，奇迹般恢復健康，而後治病救人，施恩行善。中共十一届三中全會後落實政策，在民盟中央辦理離休。

❷子牙，姜子牙，吕尚、吕望，亦稱師尚父、姜太公。滿腹韜略，智勇雙全。其於高齡之時，輔佐周文王、武王伐紂滅商有大功。『子牙胸襟』喻指像姜子牙那樣具有助人精神和能力。

導讀：

讚頌一位老人，集中抓住『德』，通過『五讚』頌揚了張老的『高德』，將一位經歷風雨坎坷老人的一生作出了評價，這是精神祝壽的妙法，勝過千金賀禮。全文體現了對一位高德老人的崇敬之情，末尾又體現了對八旬老人的祝福之意。

一般來説，人們爲位高名重的作祝辭唱讚歌的比較多，對於一個高尚的普通人來説，動墨很少。張老一非高官，二非名流，乃是千千萬萬做工作行善事的老人之一，但作者爲之動情動意，於尋常之中見亮點，於平凡之中見偉大，給予熱情洋溢之讚頌，體現了作者所崇尚的品德。應當重視普通人，應當寫寫普通人。

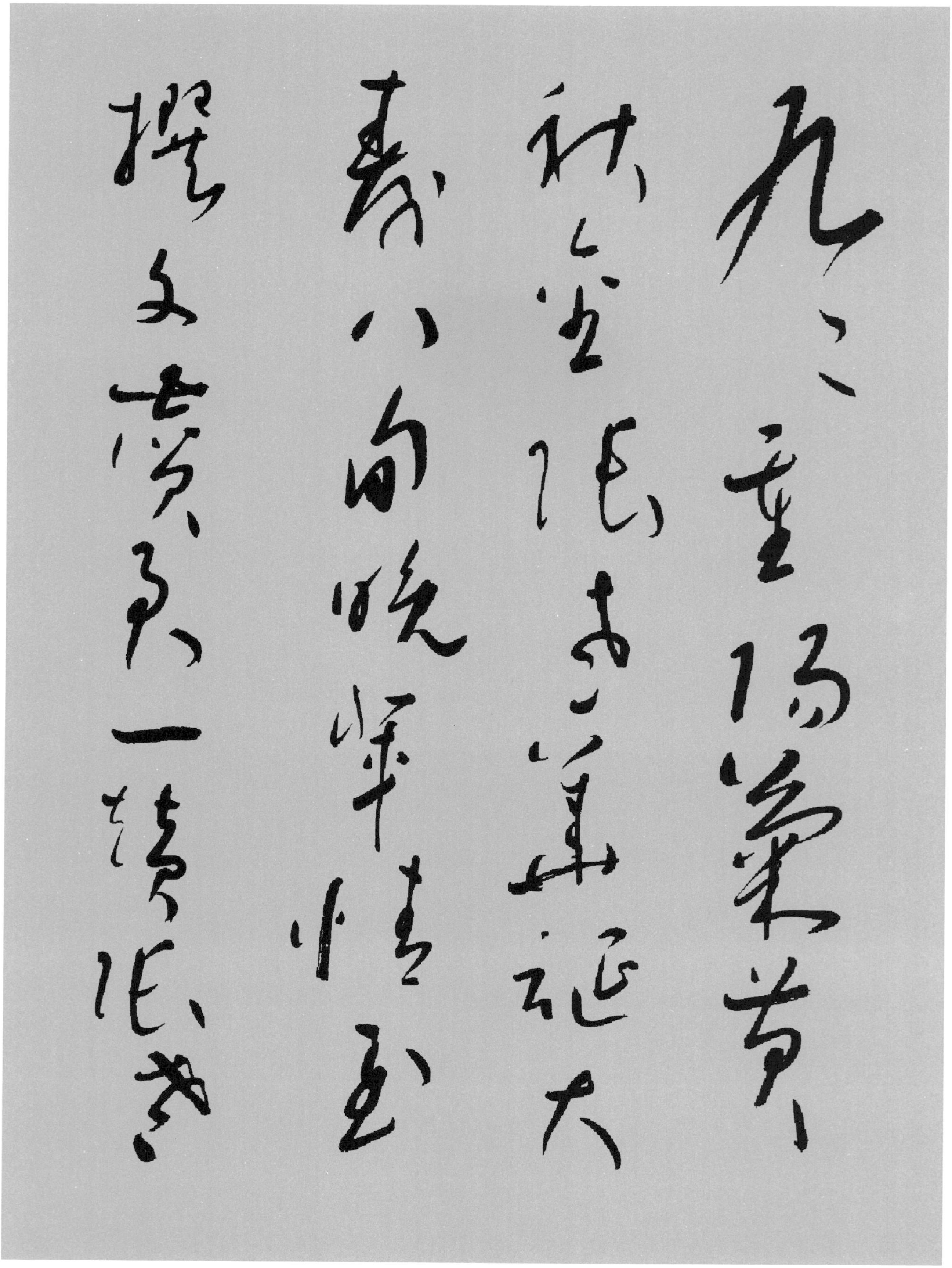

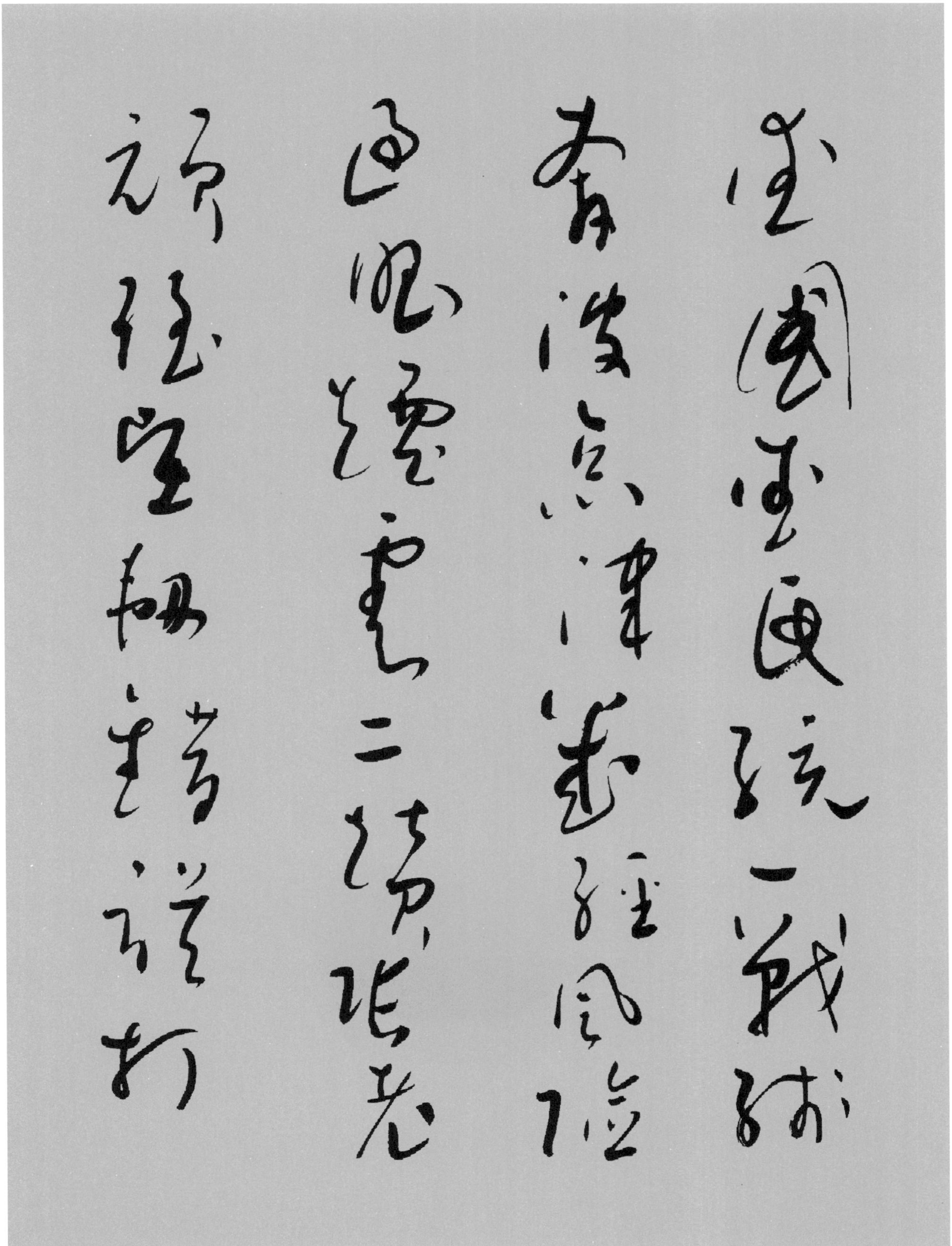

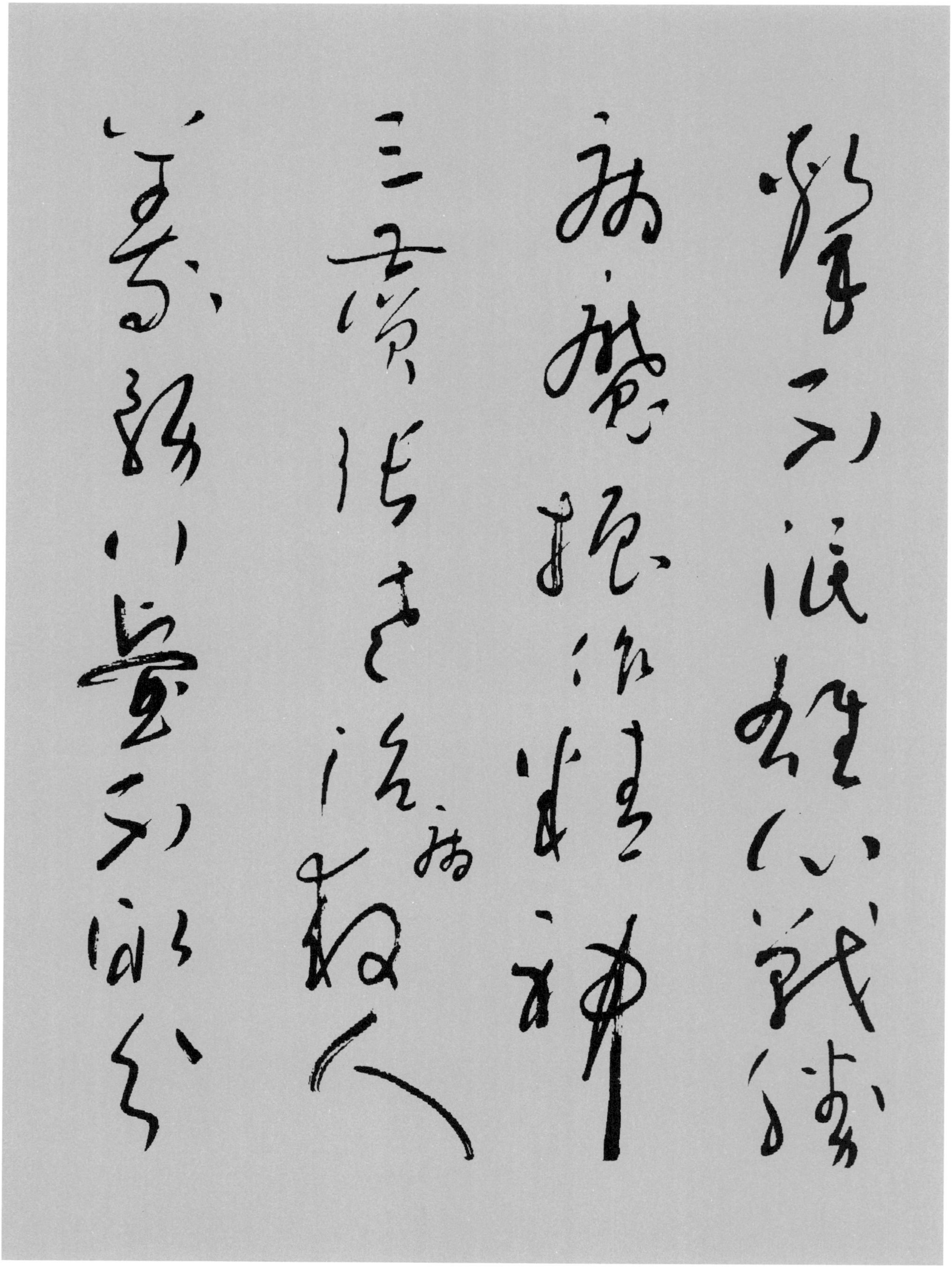

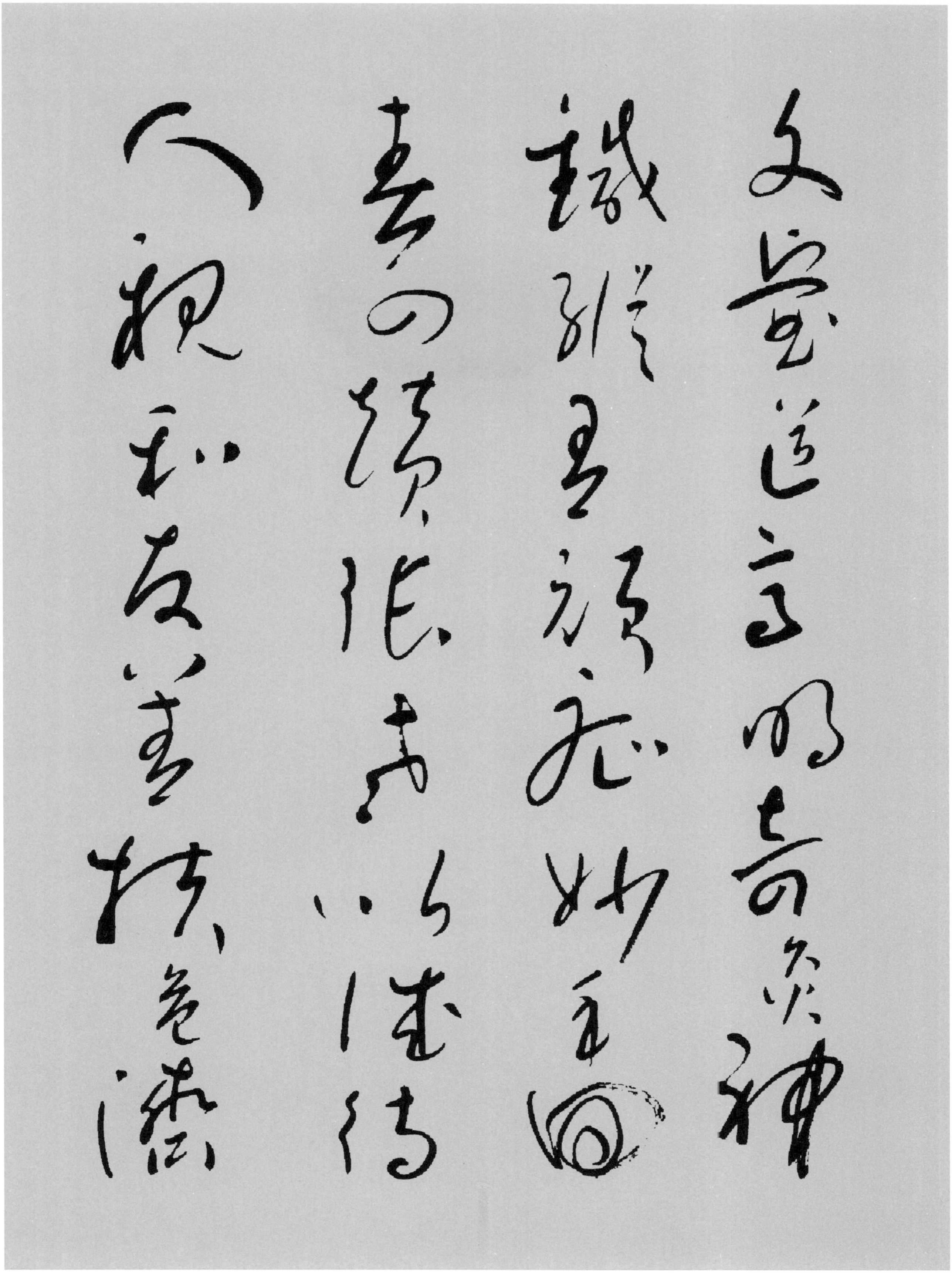

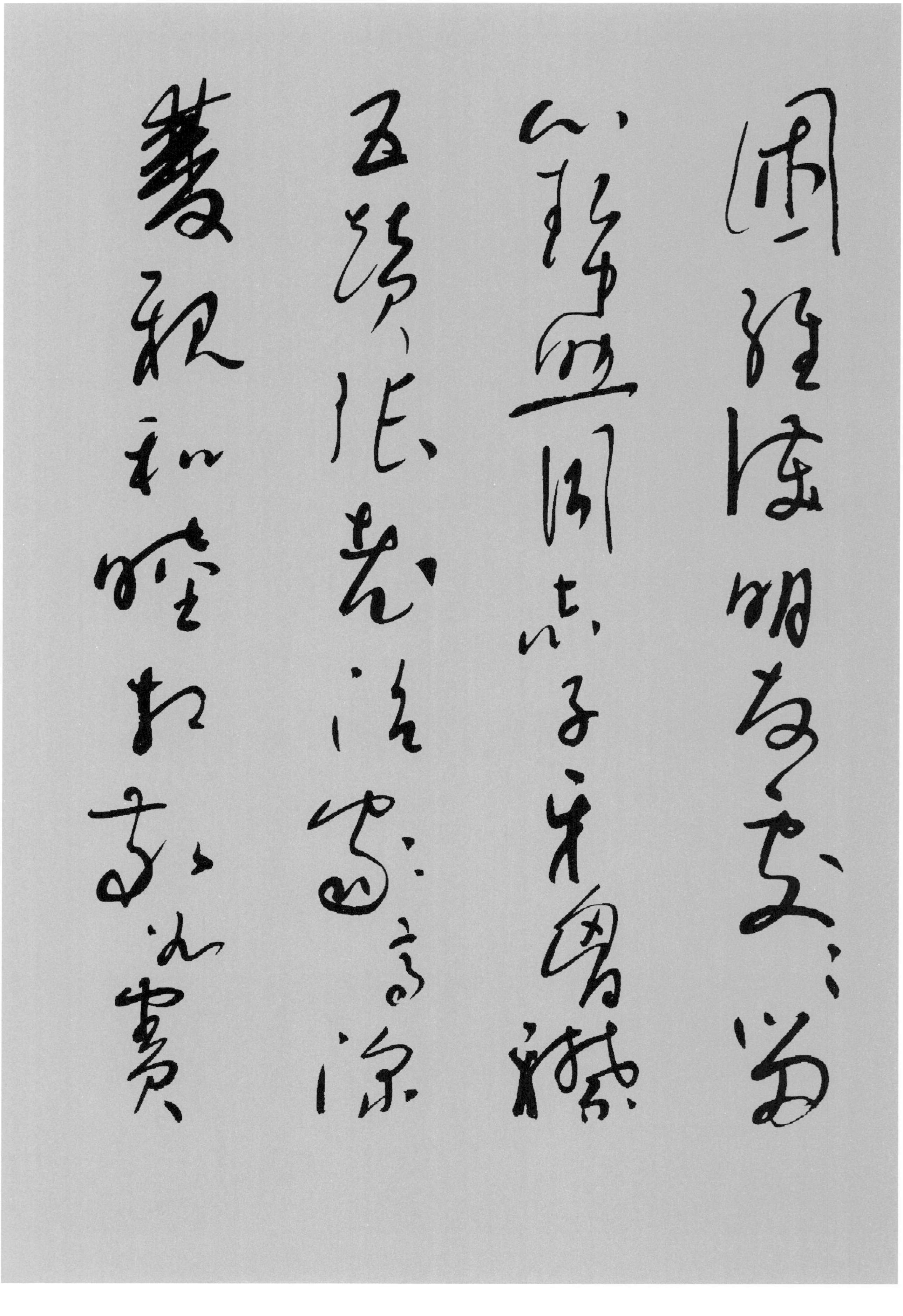

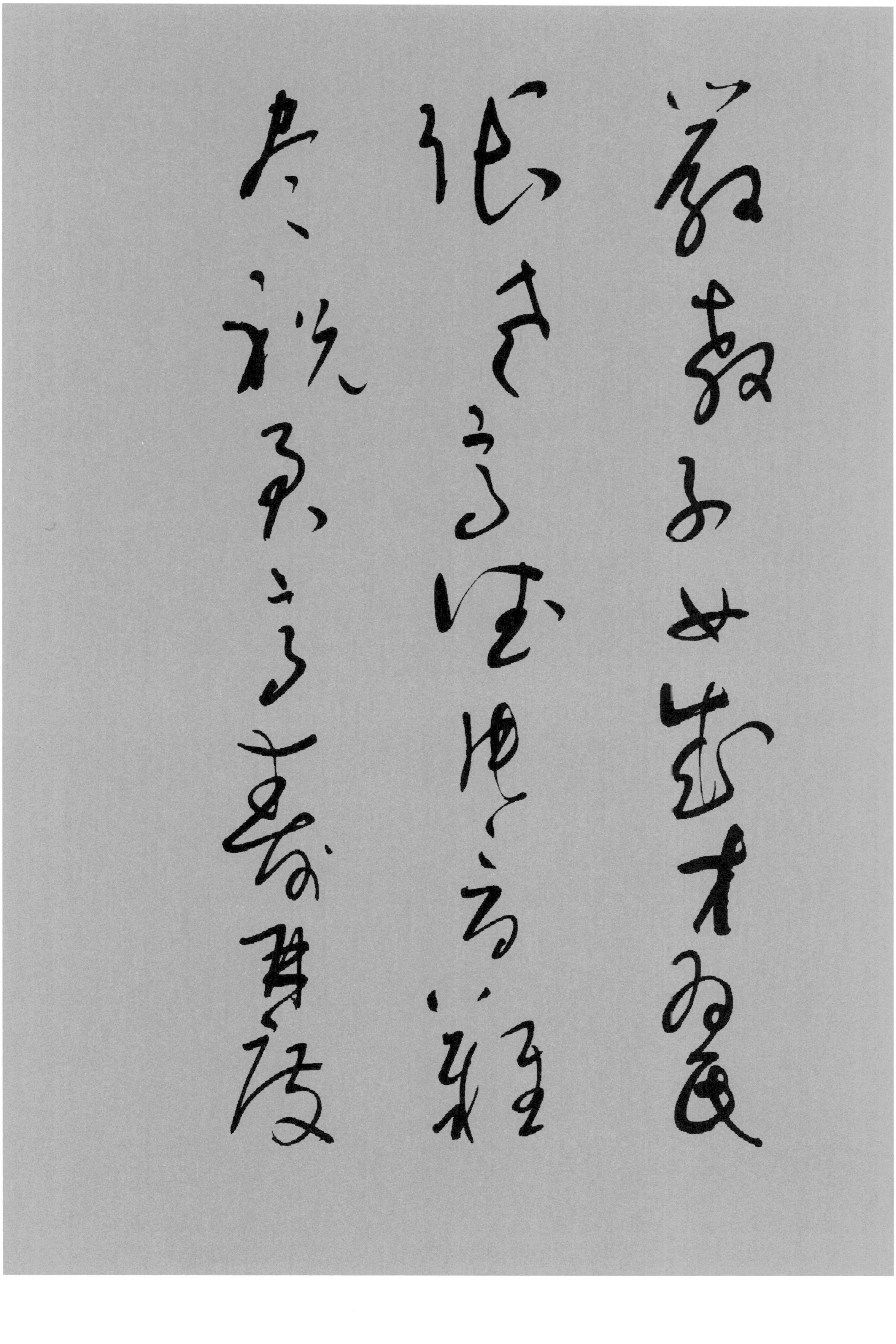

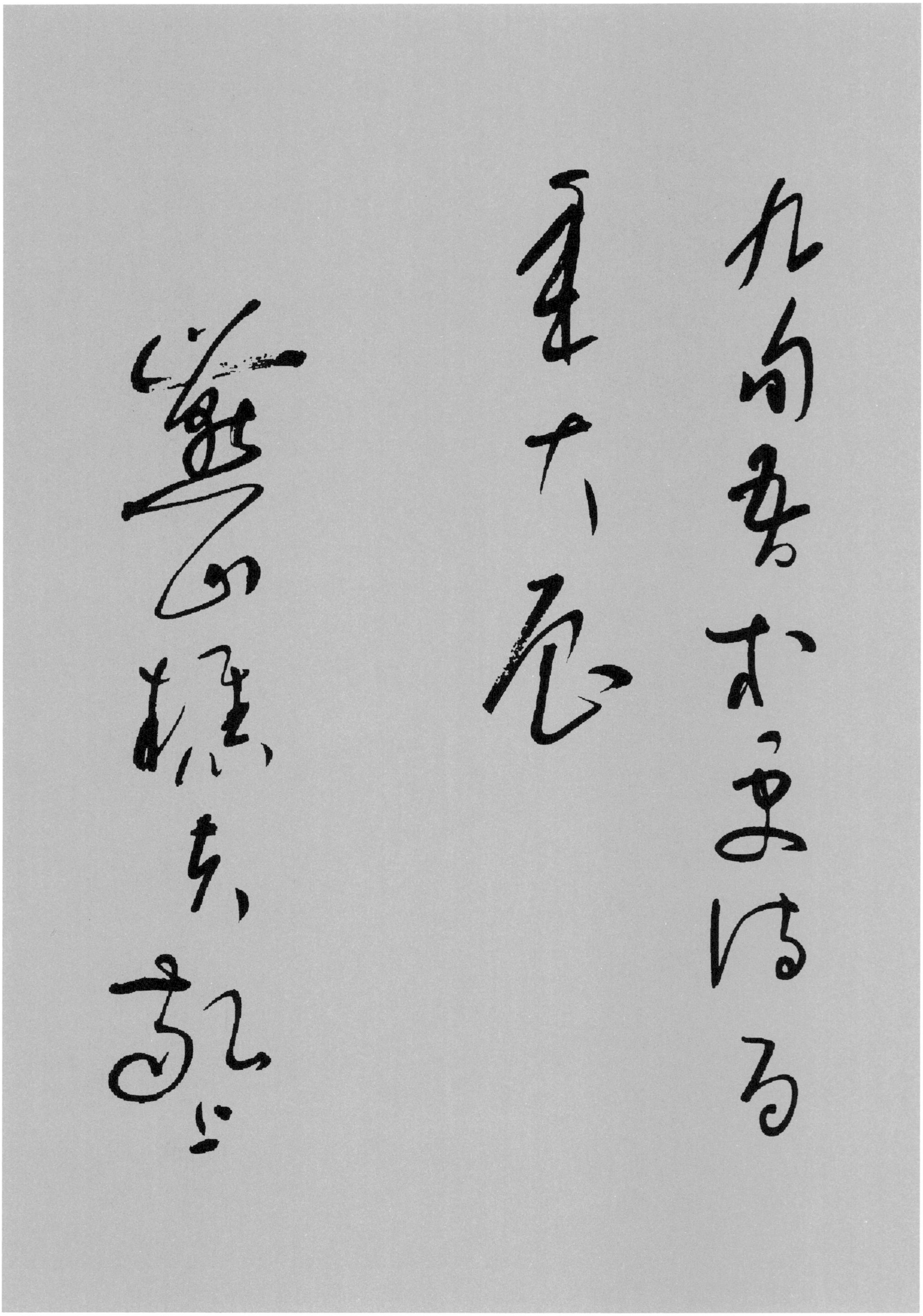

沁園春・覓英雄

——爲毛澤東誕辰一百周年而作

（一九九三年十二月二十六日）

歷史悠悠，過客芸芸，覓覽英雄。
看龍争虎鬥，群英逐鹿；
過招軍陣，對弈宮廷。
個中豪杰，林林總總，還屬毛公冠首名。
擎天地，使中華昂首，績偉功豐。

文章盡納胸中。
舒口氣、狂飈捲地風。
視寰球小小，敵酋爲蠅；
倚天仗劍，馳騁縱横。
腹内行船，額頭走馬，挺起腰身比天公。
揮一筆、變貔貅百萬，誰敢争鋒！

寫作説明：

恰值毛澤東一百周年誕辰，作者所在企業舉辦紀念活動，遂應工會同志之約寫下此詞。作者認爲在毛澤東詩詞中，以其《沁園春・雪》最爲杰出，即以此詞牌填詞回敬毛澤東。詞中下半闋亦多用毛澤東詩詞語義。作者以此詞在紀念大會上吟咏，同時還創作朗誦一首自由體詩《紀念毛澤東》。

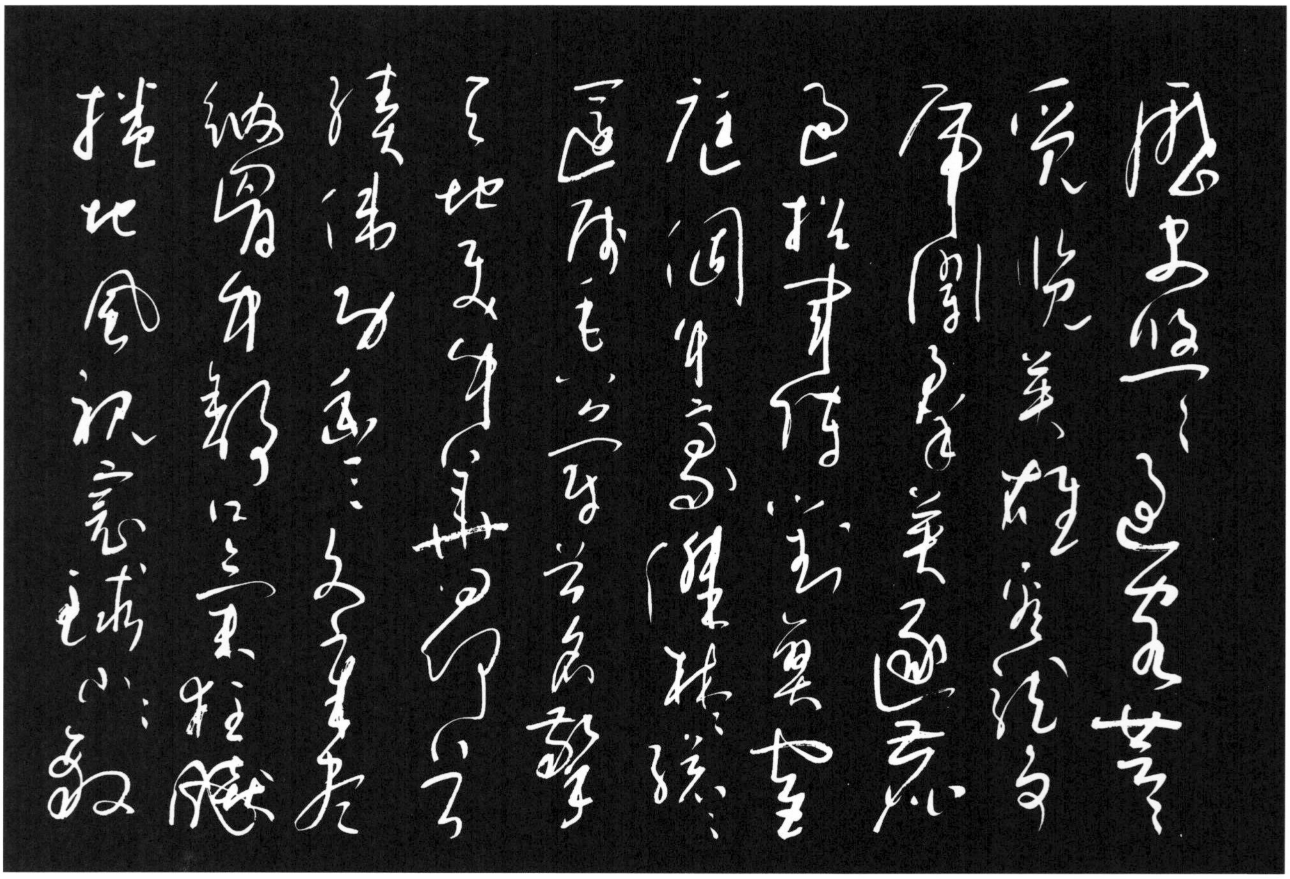

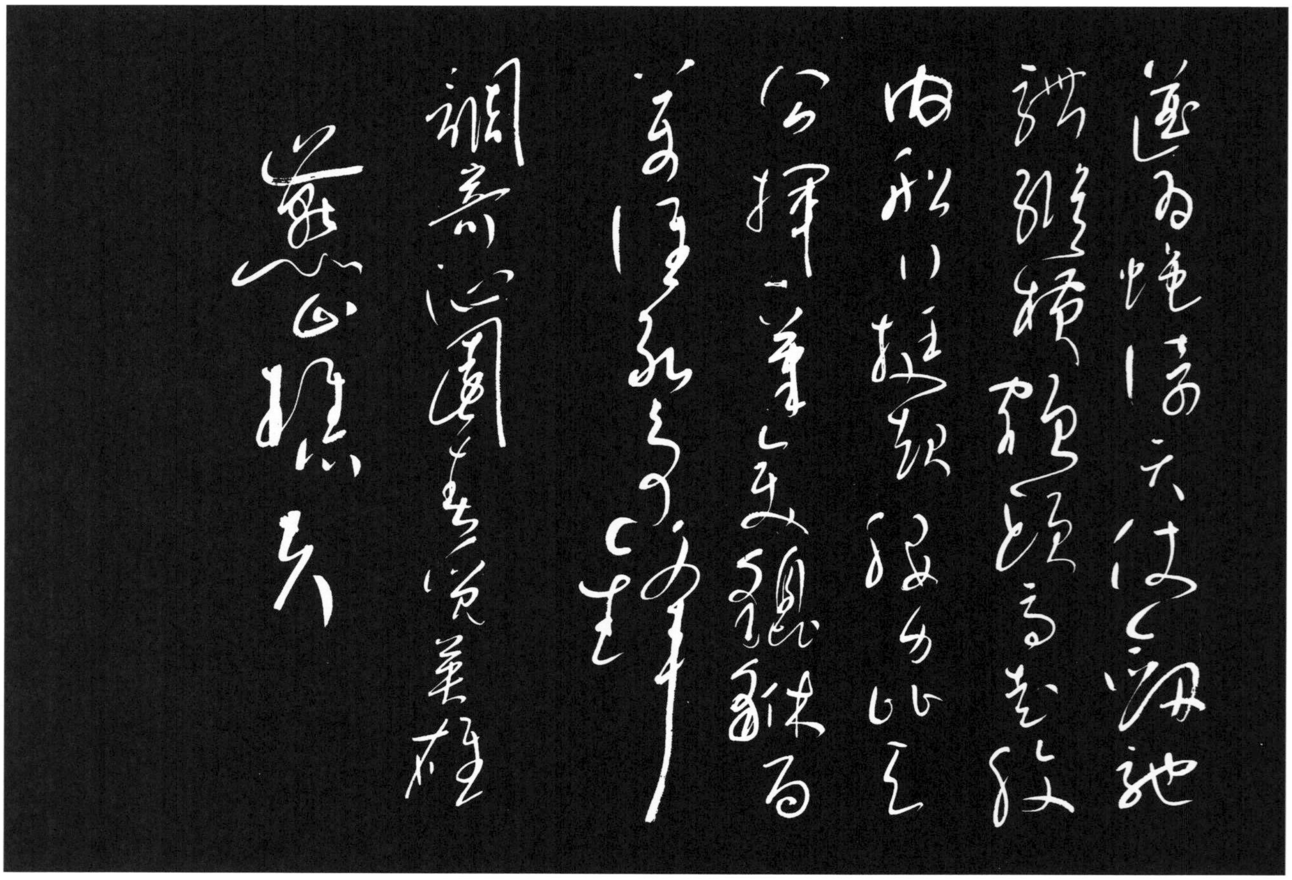

自由詩・紀念毛澤東

（一九九三年十二月二十六日）

一百年前的今天，
在湖南的韶山冲，
一個偉大的生命誕生！
由於這一生命的誕生，
使中國發生了翻天覆地的變動：
幾千年的剥削制度徹底結束，
億萬人於社會底層獲得新生；
外國列强在中國第一次遭到慘敗，
中國人第一次在世界上昂首挺胸。
這個人就是人民領袖毛澤東！
中國出了毛澤東，
這是中國的幸運，
這是中國人的光榮！

一、人民至上

他最相信人民，
時刻以民爲本，
把人民挂在心上：
『人民，衹有人民，才是創造世界歷史的動力』，
『兵民是勝利之本』，
『群衆是真正的英雄』，
——他認爲世界上最有力量的是人民。
『人民解放軍』，
『人民共和國』，
『人民政府』，
『人民日報』，
『人民警察』，

——他認爲一切都應屬於人民。
『爲人民服務』，
『爲人民利益堅持好的，爲人民利益改正錯的』，
『我們的文學藝術是爲人民大衆的』，
『一切爲了人民健康』，
『發展體育運動，增强人民體質』，
——他認爲一切都應爲了人民。
在天安門城樓上由衷喊出『人民萬歲』，
——他認爲『上帝』就是人民。
他爲人民之憂而憂，
他爲人民之樂而樂。
爲人民他獻出六位親人，
爲人民他獻出畢生精力。
他位置極尊，權力最大，
並沒有爲自己留下任何私産，
却爲人民留下了萬里江山……

二、理論巨匠

中國革命是前無古人的事業，
偉大的革命需要偉大的理論。
學習實踐在前，
理論創造在後；
理論指導在前，
革命成功在後。
中國革命的每一步，
無不依賴他的理論指引。
從《中國社會各階級的分析》，
到《關於正確處理人民内部矛盾的問題》，
奇章數篇，光彩熠熠，
雄文浩浩，爲民立極。

古田的小屋裏，
他寫下《星星之火，可以燎原》，
創造農村根據地，
工農億萬舉紅旗。
延安的窑洞中，
他寫下《論持久戰》，
論文千秋嘆觀止，
戰争八載勝東夷。
《新民主主義論》，
指出革命兩步走，
確定事業新格局。
《實踐論》、《矛盾論》，
徹底糾正錯誤傾向，
提供人們哲學武器。
理論家、革命家、思想家、政治家、軍事家、
戰略家、書法家、詩詞家，
八位熔一體，
古今中外，
祗有毛澤東稱得起！

三、戰略奇才

戰亂造就軍事家，
紛争培育謀略家。
諸葛、孫武，
高才英名揚千古，
却不及毛澤東令人敬慕。
他——
一個農民的兒子，
一介白面書生，
未曾上過軍校，
也未留洋習武，

但他堪稱中國現代武壇的鼻祖。
多少軍界高人甘心在他麾下聽令，
多少武將名流又不得不在他手中認輸。
江西反圍剿，以少勝衆；
四渡赤水河，巧奪天工；
八年持久戰，野牛火崩；
三次大戰役，石破天驚。
身上衣衫摞補丁，
胸中自有百萬兵。
纖筆一枝，電臺一部，
嘀嘀嗒嗒發指令。
戰將决勝千里外，
憑君運籌帷幄中。
任爾狂飈捲地來，
穩操勝券毛澤東。
蘊良謀，建奇功，
足使我輩學一生！

導讀：

毛澤東像一首詩，神奇浪漫；毛澤東像一幅畫，百態千姿；毛澤東像一首歌，高亢難和；毛澤東像一部書，博大精深。作者在毛澤東誕辰一百周年之際，撰文紀念這位偉人。詩的開頭部分，專寫中國出了毛澤東的巨大作用。然後選擇三個側面分頭歌頌。

第一部分選擇他對待人民的態度——『人民至上』。毛澤東說過：『爲什麽人的問題，是個根本問題，原則問題。』爲人民，爲絶大多數人，是毛澤東立業執政的根本出發點，這也是毛澤東之所以成功之所以不可戰勝的最深層次的根源之一。

第二部分選擇他的理論建樹——『理論巨匠』。在中國共產黨衆多杰出的政治家中，毛澤東的理論成就無與倫比，這是他取得核心地位的素質條件之一，也是他領導革命取得勝利的原因之一，是毛澤東作爲政治領袖的一大特色。

第三部分選擇他的高超戰略——『戰略奇才』。戰争是政治的繼續，武裝鬥争是中國革命的特點和主要形式。毛澤東出神入化高超非凡的戰略思想和軍事藝術，是戰勝强敵所向披靡立於不敗之地的原因之一。

本詩抓住了毛澤東思想才能的三大特點，找出了毛澤東成功的三大原因，語言不多，却勾畫出了一代偉人的基本形象。

虞美人·隔窗望春

（一九九六年四月九日）

室中四季無冬意，花草常紅緑。
檐前小燕又凌飛，引動桃枝吐艷喚春歸。
白楊見狀芽苞鼓，翠柳長絲舞。
國槐看似静無聲，怎奈體中春意撞心旌。

導讀：

經歷漫長的冬季，人們盼望春天的到來。盼春、望春、讚春，古來作品甚多。作者寫春，偏偏置身室内，隔窗望春，通過院子裏、馬路邊這一塊從窗子看得到的特定區域，通過北京公曆四月初（初春）的特定時限，通過南歸燕、小桃樹、毛白楊、垂柳、國槐等特定景物，表達春天的信息，體現春天的生機。

室内冬季供暖，不影響花草生長，應該説一年四季没有冬天。户外則不同，冬天依然寒冷。室内温暖如春，花紅葉緑；户外天寒地凍，萬木凋零。室内室外，兩種季節，兩個天地，兩番景象。春天來了，報春的燕子從遥遠的南方回來，凌空飛舞，歡快輕盈。燕子的飛舞，便引得沉睡一冬的各類植物復蘇、發芽、開花。但因物種不同，步伐並不一致。桃樹是春季開花較早的一種，這時已是花朵累累，掛滿枝頭。路邊的毛白楊，枝條上鼓鼓囊囊包了一個冬天的芽胚，蓬鬆起來，準備脱掉外殼，綻出嫩芽。柳樹發芽比毛白楊早，垂柳枝條上一串串的細芽，鮮嫩、黄緑，隨着長長的枝條垂垂擺擺，飄飄灑灑。國槐發芽較晚，此時雖然表面矜持不動，但也難禁體内生機勃發，再有十幾天的功夫，也會新芽吐翠。

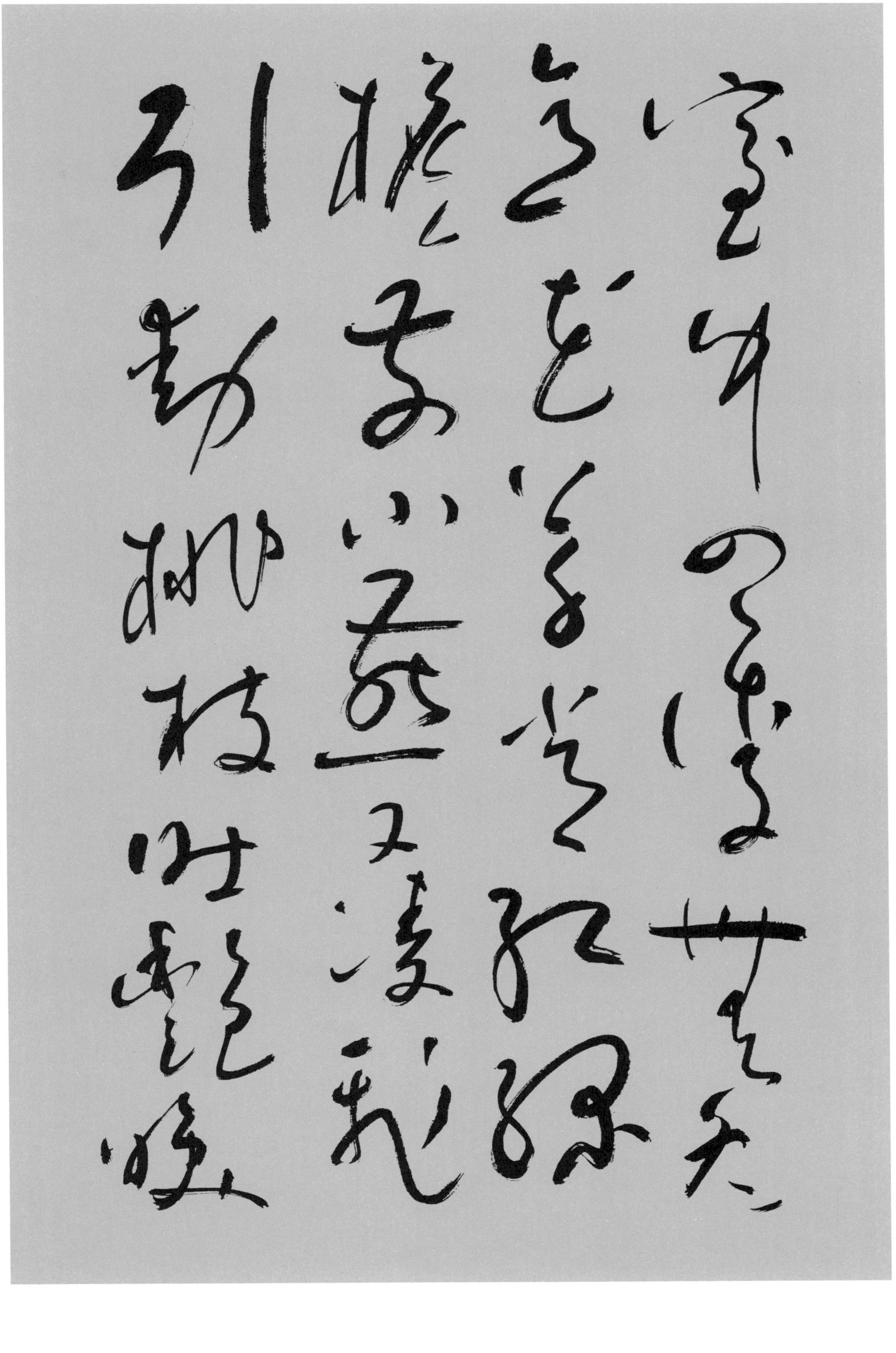

春归自扬州草
色起烟柳上纷
荒园桃花似锦
新燕来营中
来去楼人栖

滿江紅·尼亞加拉大瀑布

（一九九六年十一月十日）

地覆天翻，五洋水、集結倒灌。
橫萬丈，豎幅千尺，紫烟迷漫。
不見激流何處去，但聞幽谷雷聲撼。
詫海鷗、嘈叫問根源，上游探。

樺林靜，河水渙。
臨絶壁，噴天塹。
巨濤衝谷底，壯觀呈現。
北美爭優潑碧水，東國奪冠揮銀練。
願世間、美景共歡瞻，齊歌筵。

導讀：

北美洲東北部，雨量充沛，林木茂盛，水系發達，形成了許多大的河流和湖泊，著名的有『五大湖』。其中，在加拿大與美國的交界處，由於地勢落差，形成一個大瀑布，即著名的尼亞加拉大瀑布。其瀑布之闊，流量之大，可爭世界之最。該瀑口呈半圓形，大量的河水於平面河床漫流之後，又圍攏過來，一齊傾向圓坑之中，形成了少有的壯觀景象。

『五洋水、集結倒灌』，瀑流之雄，聲威之大，如地裂天崩一般，使人感到震憾。五洋之水都從此傾瀉下來，將是何種狀態！瀑布落底的巨大撞擊，形成紫灰色的彌天烟霧。由於濃濃的水霧，人們看不到瀑布落底的水面狀態，『激流』消逝在彌漫的烟霧中，衹有聽到深谷之中雷鳴般的巨響。巨響驚動了谷內的海鷗：『這是怎麽回事？』於是嘈叫翔起，飛到上游，尋找根源，從頭到尾看個究竟。

海鷗飛到上游，衹見茂密的樺林中，有條大河，碧波蕩漾，水流淙淙，待水流到瀑口絶壁時，再也穩不住脚步，飛噴而下，急急地、重重地砸落在深谷之中。原來這激壯的場景竟是這樣形成的。海鷗好奇，看了個明白。

北美、南美都有大瀑布。東方呢？也有。我國就有貴州的黄果樹瀑布。地球上的自然景象，都是屬於全人類的，應當共同享受才是。

此詞描繪了大瀑布的壯景，又介紹了瀑布形成的過程，而這過程又是通過海鷗驚詫、溯源才發現的。中國古典詩詞中描繪瀑布的不多，流行的有李白的《望廬山瀑布》，其中『飛流直下三千尺，疑是銀河落九天』，爲人們廣爲傳誦。李白處在那樣的時代，不可能到北美，那時也不一定形成這個大瀑布。如若可能，太白先生的妙筆肯定是不會放過這個壯景的。

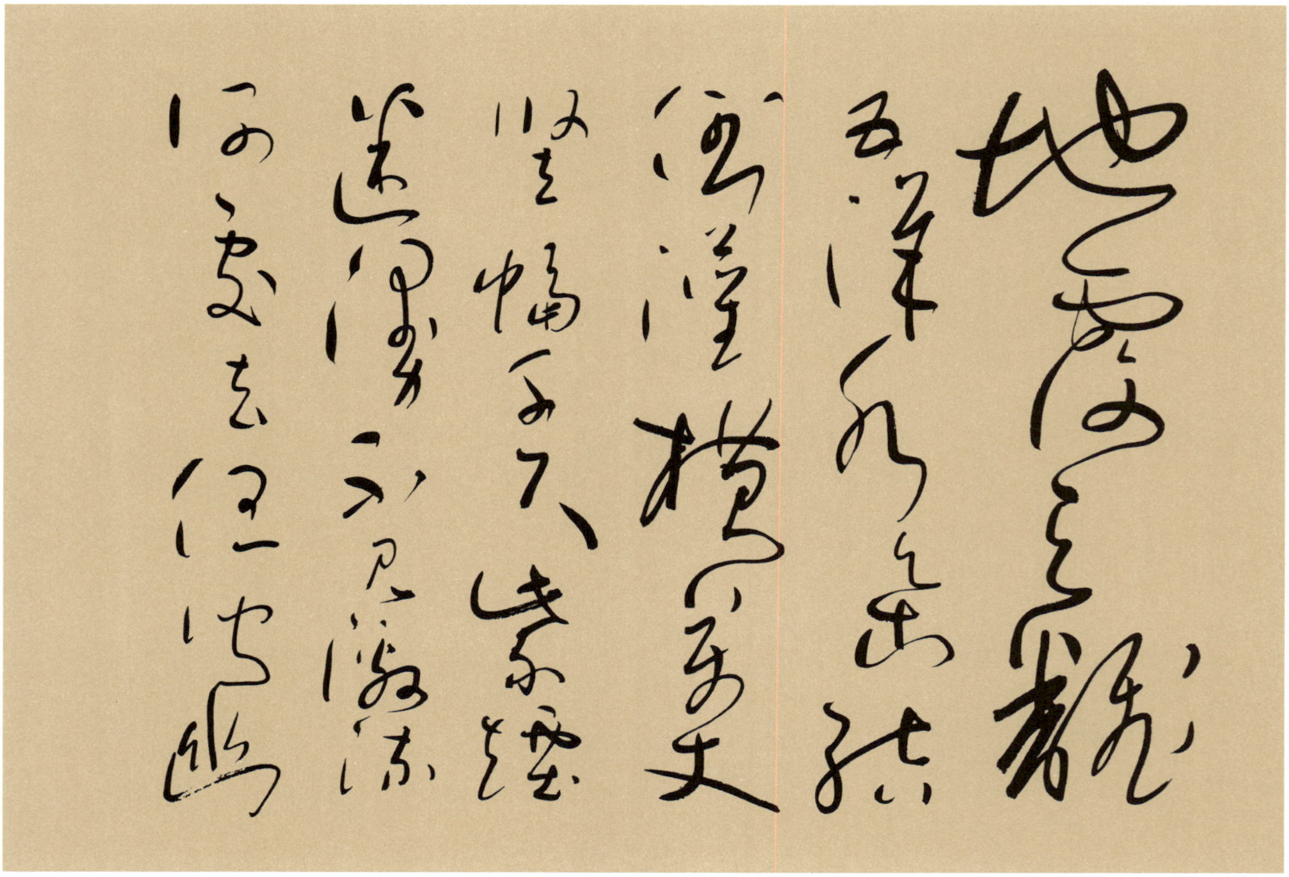

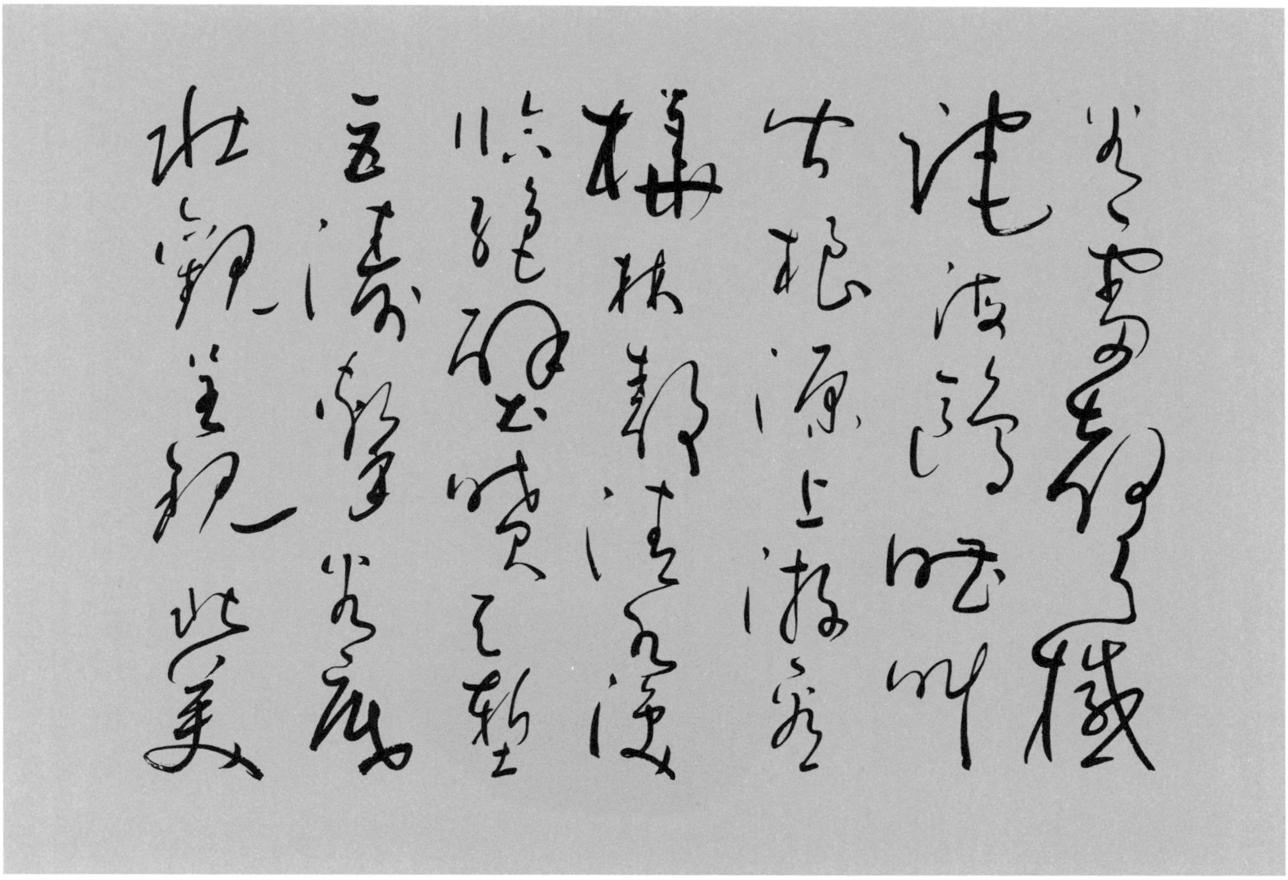

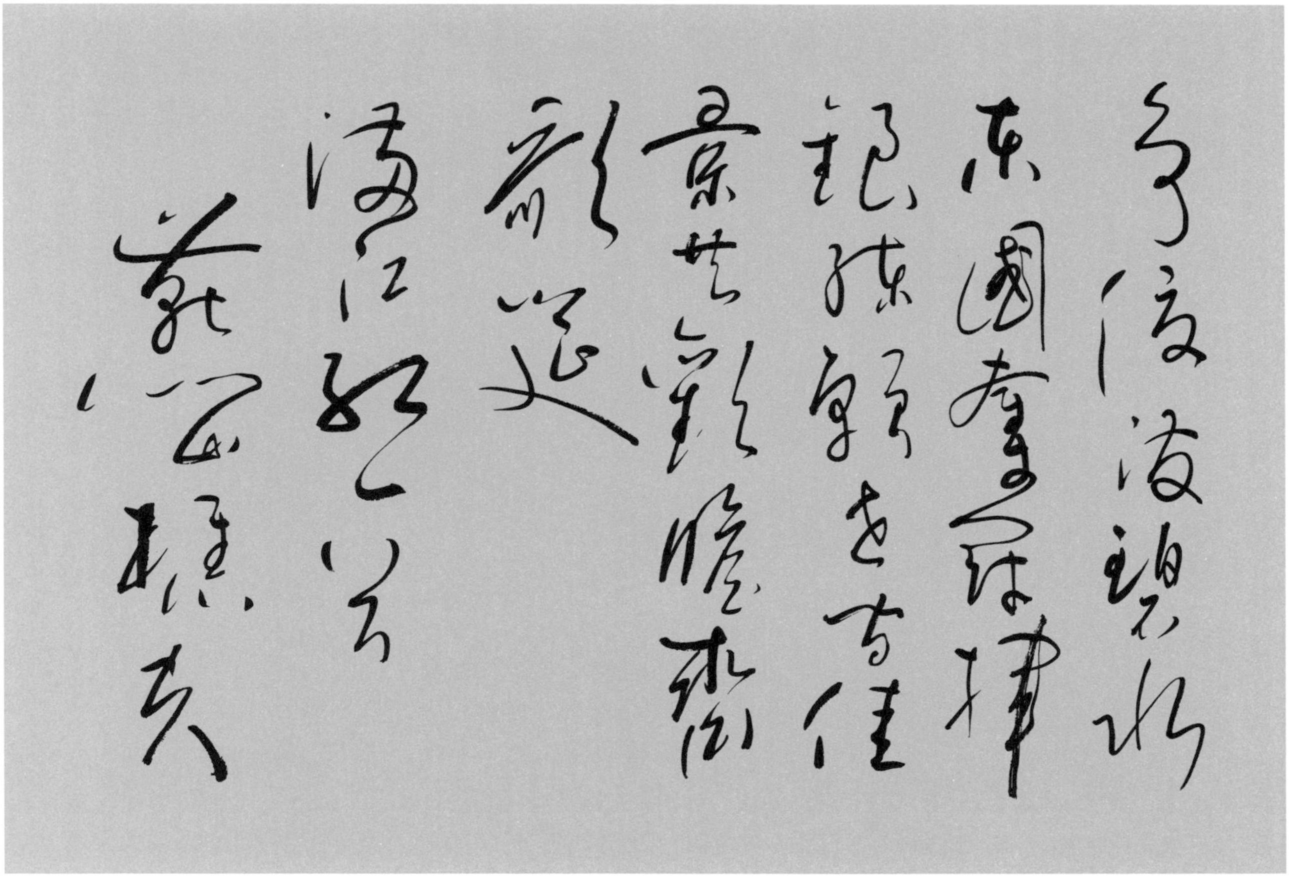

自由詩・觀克羅拉多大峽谷❶

（一九九六年十一月二十一日）

遠看似積木，俯瞰如梯田；
仰觀像斷壁，平視恰殘垣。

底部寬，碧水潺，猶如緑帶繞其間，
帶邊自有黃花嵌。

頂部坦，色調鮮，黃似金秋麥浪卷，
紅如停息火焰山。

積木拼搭錯落有致，梯田緑化斑斑點點；
斷壁雄鷹也難築巢，殘垣猶見昔日塵烟。

當年地殼裂變，風雨衝蝕久遠，
出落得——
峭壁立其巔，縫隙成深淵，
平凡之地呈奇觀！
有緣今日臨其境，再欲歷險找華山。

註釋：

❶克羅拉多大峽谷，爲世界著名大峽谷，地處美國西部。

導讀：

蘇軾《題西林壁》，説『橫看成嶺側成峰，遠近高低各不同』。自然景物，不同位置觀看，主觀視覺不同，綜合起來才是完整形象，可防止片面性。

作者觀克羅拉多大峽谷，借助了飛機，遠近高低都看了，從不同視覺加以評狀。第一段，通過遠看、俯瞰、仰觀、平視，分別得出積木、梯田、斷壁、殘垣的形象感受。第二段，講峽谷山巒的底部狀態，底座寬大，又用了『碧水、緑帶、黄花』加以襯托，賦予了活力。第三段，寫山巒的頂部狀態，頂部平坦，色調鮮艷，主要是黄紅兩種顔色，以金秋的麥浪和剛剛停息的火焰山狀其顔色，這是高空俯視的效果。第四段又分别解釋四個不同方位觀看得出四個不同物體的形態，在『殘垣』上留下了思考空間，引出第五段。第五段追溯歷史，指出峽谷生成的過程。自然造自然，平凡出奇觀。

觀景之效果，有時並不完全在於景物的固有形態，而在於主觀感受，主觀想象。其實，去過克羅拉多大峽谷的人都知道，這裏氣候干燥，缺少植被，一片蒼凉。而作者通過不同角度生動地描繪出它的形狀，賦予生機，並留出想象的空間。

念奴嬌・夜登張飛廟

（一九九七年一月二十九日）

棄船登岸，峽江晚，烟火崖巔幽暗。
徑向中堂揖殿主，禮罷桓侯長嘆❶：
吾挺蛇矛，衹身一喊，嚇破强敵膽。
飛實不解，豈遭賊子謀算❶？

君乃當世英豪，勇冠温侯❸，
智亦平關險❹。
可與雲長齊忠義❺，明遜子龍甚遠❻。
嗜酒貪杯，情急暴戾，迫使范張反❼。
戒急制躁，與君同勵同勉。

寫作說明：

一九九七年一月，作者自重慶萬縣（今萬州），乘船沿長江而下，途經張飛廟，時已天黑，船舶靠岸，登緣觀覽後，對張飛其人有所感想，遂以對話評說方式作詞以爲自警。

註釋：

❶桓侯，指張飛。張飛，字翼德，涿郡（今涿州）人，自稱『燕人』（涿郡原屬燕國）。驍勇善戰，爲蜀國五虎上將之一。封桓侯、西鄉侯。

❷關羽被東吳殺害之後，張飛爲急報兄仇，不顧實際條件，强令部將范疆、張達於三日内爲全軍製出白旗白甲，否則處死。范、張見狀，矛盾激化，鋌而走險，於夜間趁張飛熟睡，將其殺害，一代名將竟糊塗喪命。

❸温侯，指呂布，乃加封呂布的官爵。呂布乃漢末第一勇將，有『人中呂布，馬中赤兔』之稱，但張飛曾與呂布大戰一百回合，難分高下，成爲呂布的勁敵。

❹張飛領命自小路入西川，但由於城堅關險，久攻不下。張飛設計，誘敵出關，智擒並義釋西川名將嚴顏。嚴顏欽佩張飛忠義，自願爲張飛開路，招降沿途關隘守軍，使張飛兵不血刃，一路大順，爲劉備取西川立了頭功。

❺雲長，指關羽。關羽字雲長。

❻子龍，指趙雲。趙雲字子龍。

❼范張，指殺害張飛的范疆、張達。

導讀：

游長江，跨三峽，自古至今，騷人墨客寫其壯麗景色的詩作不少，但很少有人爲江邊山崖之上的張飛廟動顏。是嫌張飛粗魯，還是爲懸崖難攀？比較先人，作者是後人。作者到長江，越三峽，『眼前有景道不得，先人題詩在上頭』。於是拋開神女峰之奇、白帝城之幽、夔門關之險，單單抓住了張飛廟。登臨廟宇後又不寫景，而是同一千八百年前的廟主人張飛對話。

天黑攀崖登廟，燈火幽暗，更顯廟堂神秘之感。作者徑直而上拜見翼德：『張將軍一向可好？』張飛也不失禮，起身答話，說起來一肚子委屈：『我與兄長劉皇叔，自涿州起事以來，南征北戰，丈八蛇矛掃遍天下，未嘗敗績。可我實在想不明白，怎麼就遭到範疆、張達這兩個小子的暗算，落得如此下場，冤哉枉也！』言罷，哇哇暴叫。

作者不慌不忙，先表揚，後批評：『張將軍暫且息怒，細聽我言：將軍確是當世英雄好漢，勇猛不在呂布之下，論智謀你也曾智取嚴顏義釋嚴顏，入西川奪取頭功，走到諸葛軍師的前頭。要論忠義，你可以和你二哥關雲長齊名，亦可當「忠義千秋」四字。但是，要論頭腦清明，沉穩不躁，你要比子龍將軍差得遠了。你的缺點是急躁暴戾，貪杯誤事，以前就失誤不少。後來急報兄仇，心情可以理解，但非叫范張二人在三日之内爲全軍造出白衣白旗白甲，他們怎麽能完成呢？是你逼他們走上絶路的，這就是你失敗的原因所在。讓我們共同吸取教訓吧，再緊急的形勢，也必須冷静思考、謹慎做事。』

一場虚構的對話，一番真摯的評説，一篇深刻的道理。從古人那裏得到啓示：急勿違實，戒驕戒躁。由景到人，由人到話，由話到理，賦予了飽滿的思想内涵。

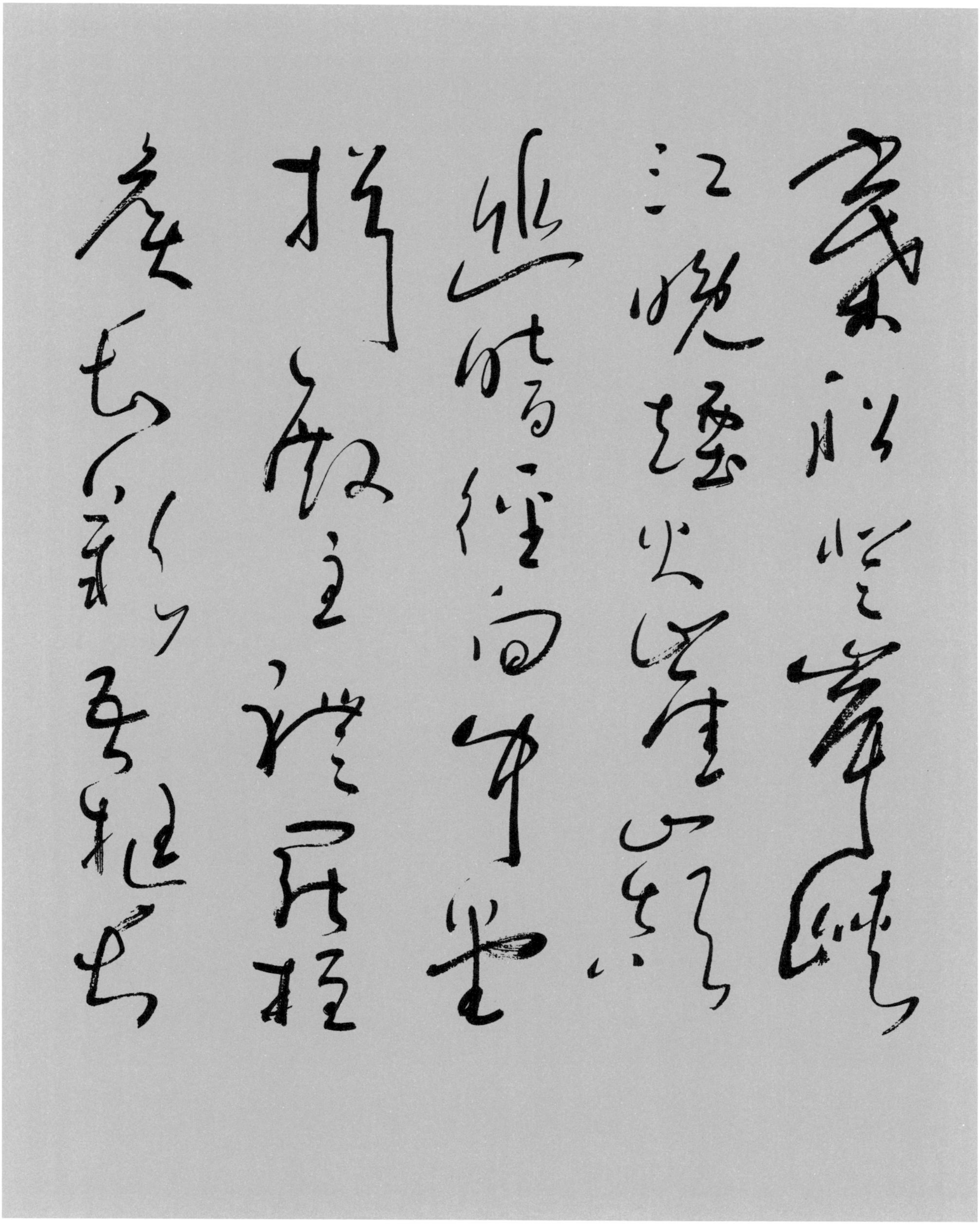

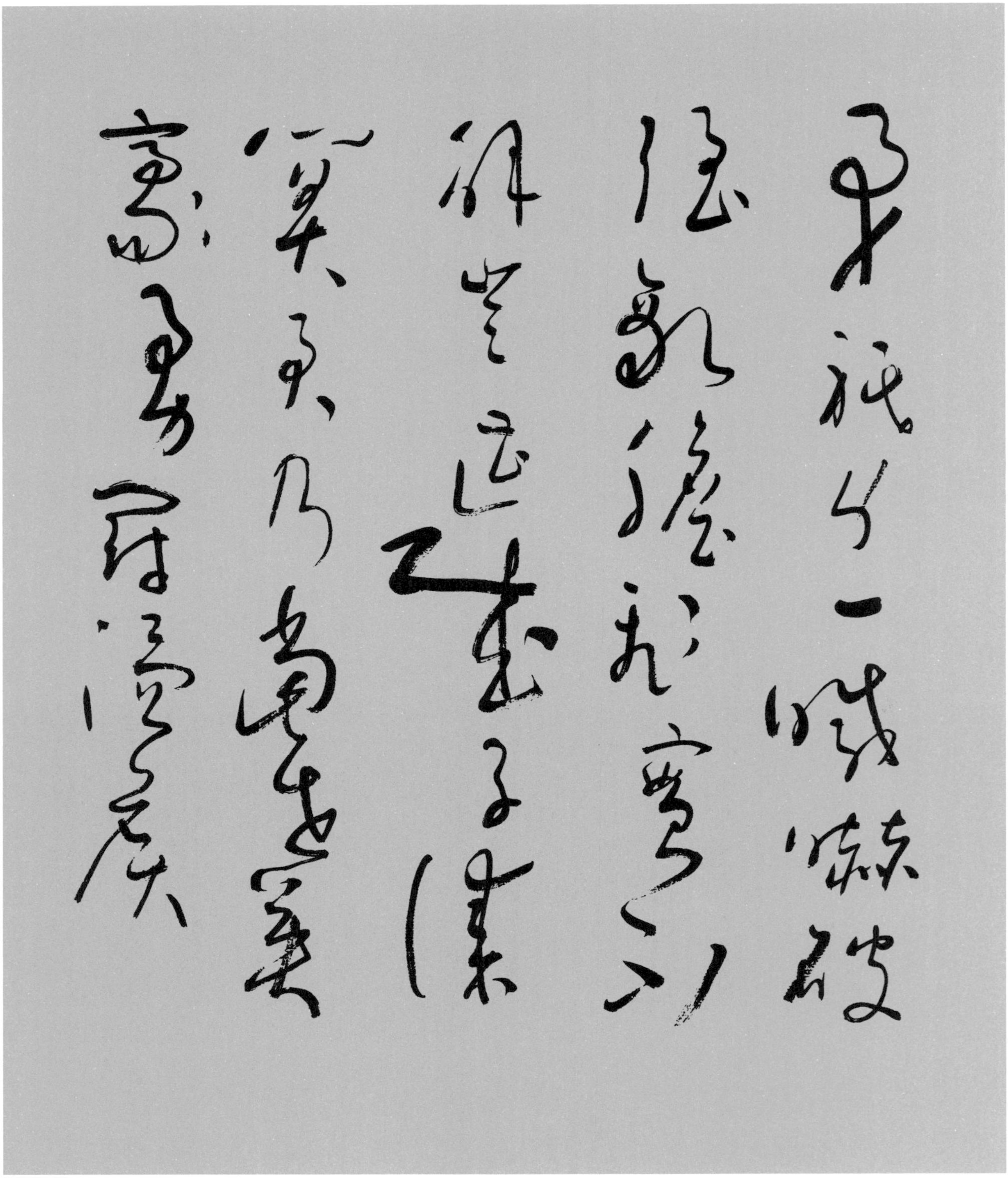

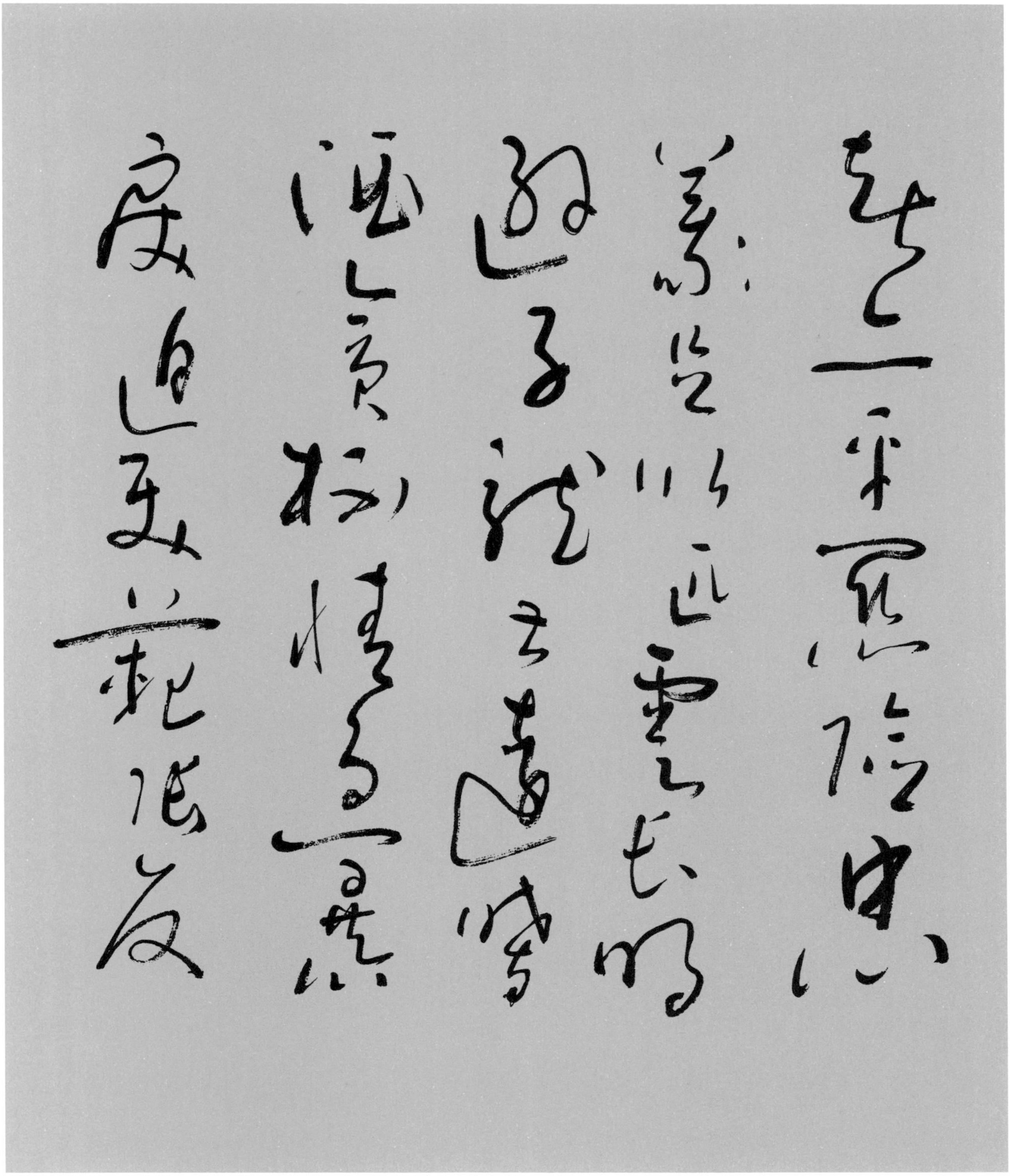

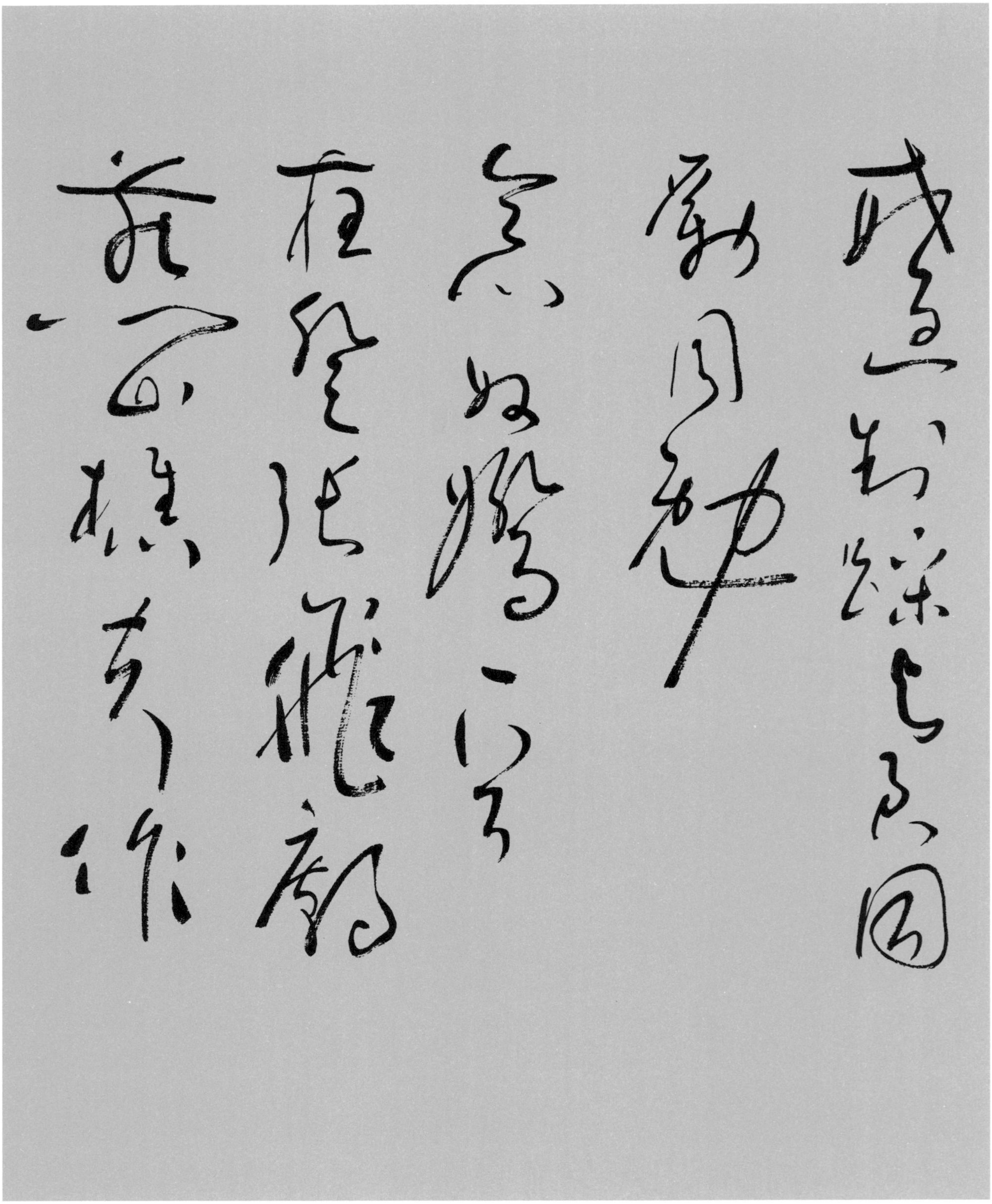

五律・鳳還巢

一九九七年六月，陪張祚延老先生觀看梅葆玖、梅葆玥大師爲迎賀香港回歸上演京劇《鳳還巢》，遂以張老先生名義作此五律，以表心跡。

乃翁八有四，目睹鳳還巢。
港澳皆高士，臺胞盡舜堯。
一國行兩制，四地走一橋❶。
若問開基者❷，聆聽大海潮。

註釋：

❶一國兩制，即一個國家兩種制度之簡稱。此舉乃鄧小平同志之高明首創，如同爲香港、澳門、臺灣與內地之間架起了一座政治橋樑。

❷開基者，指鄧小平。小平逝後骨灰撒向大海。懷念小平，便遥拜大海，恭聞濤聲。

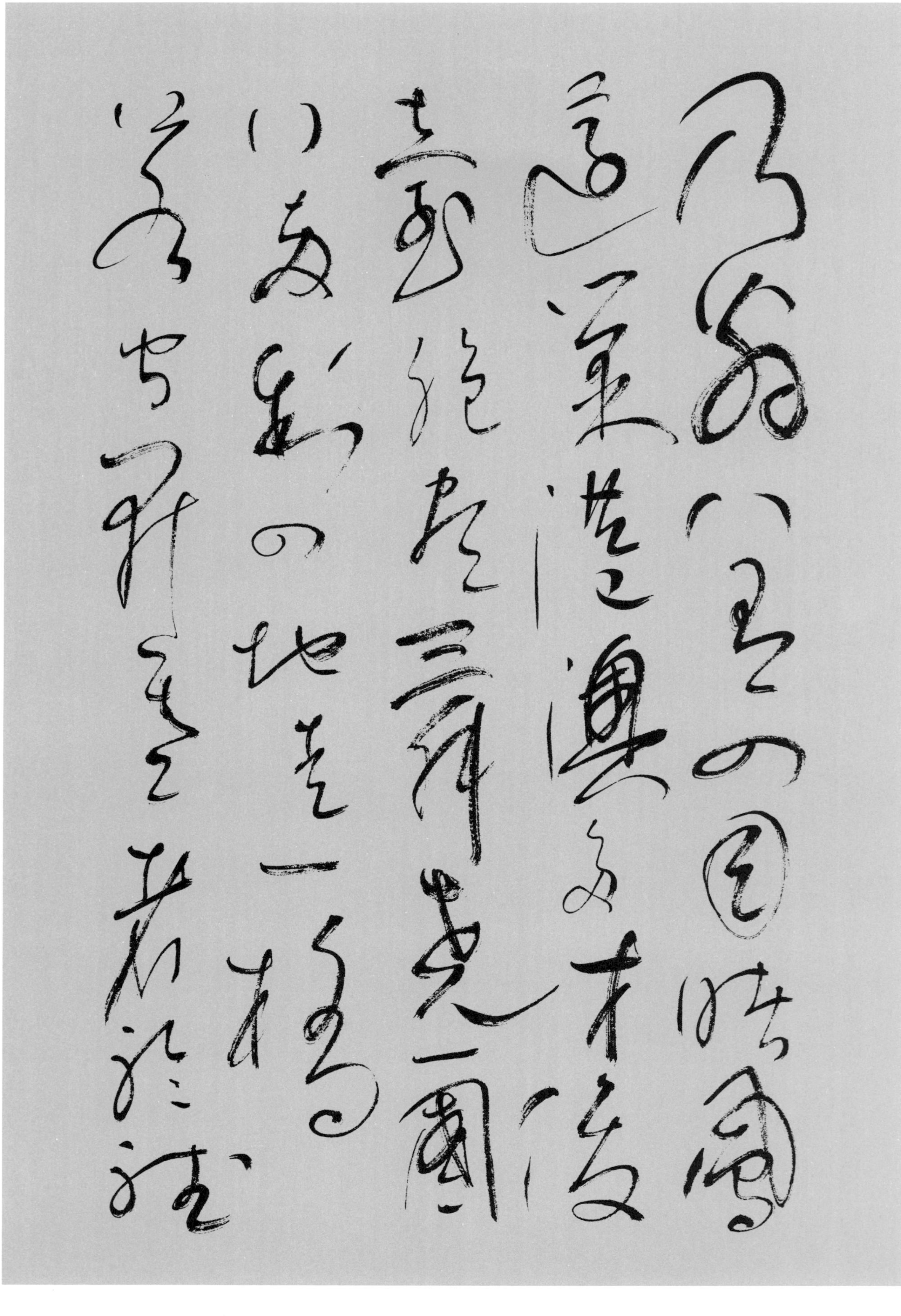

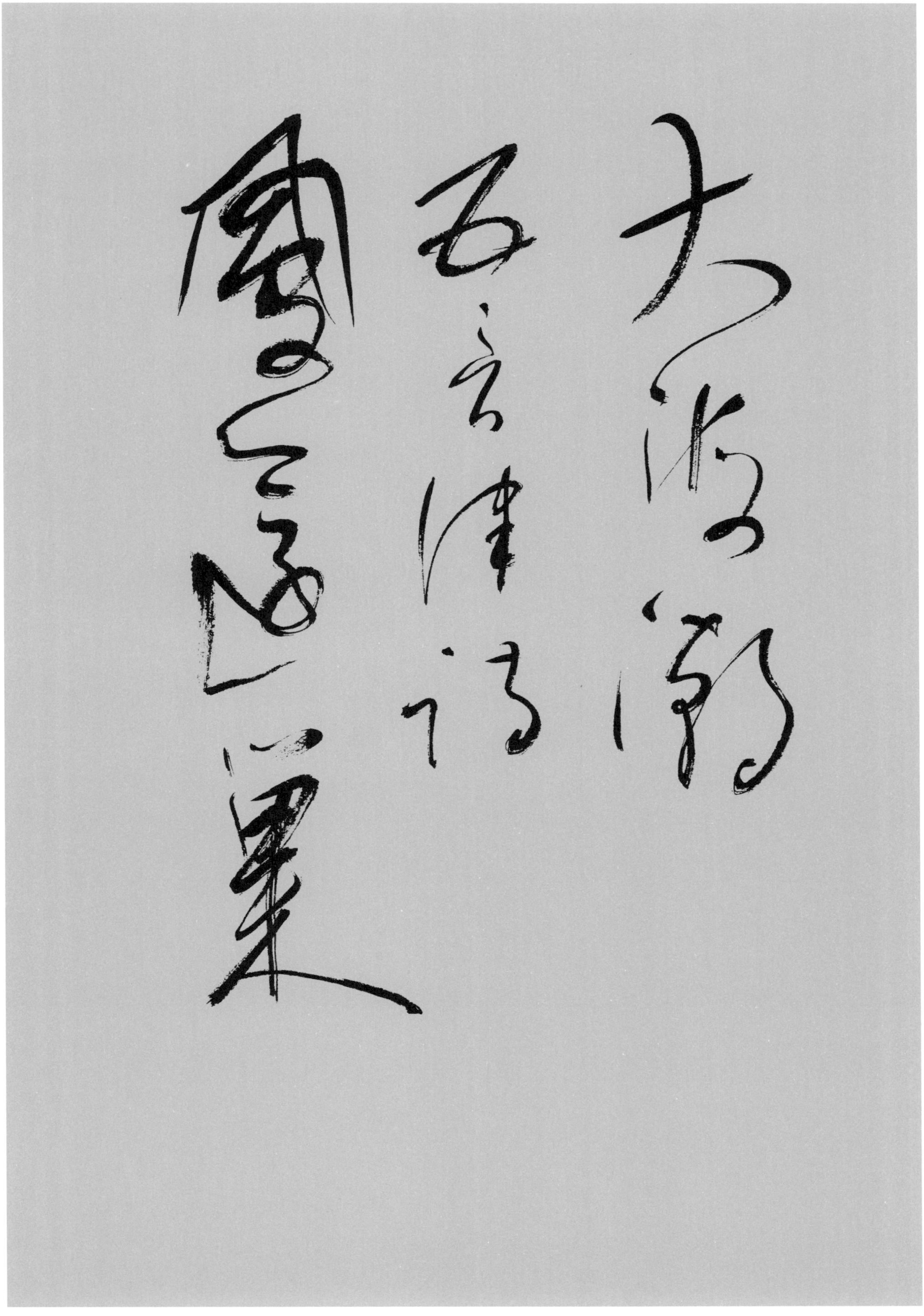

西江月・跨黃河

（一九九七年六月）

賀柯受良先生駕車飛跨黃河壺口，兼懷毛澤東當年東渡。

利箭飛穿秦晉，神駒跨躍東西。
壺關濁浪與天齊，激起衝霄豪氣。
柯氏西行疾易❶，毛公東渡遲宜❷。
英雄偉績盡驚棋，大業豈同兒戲！

註釋：

❶柯受良先生爲賀香港回歸祖國行此壯舉。當日準備就緒後，爲搶氣候（風速風向等）條件，未及預定時刻，搶抓有利時機自東向西飛跨成功。故曰『西行疾易』。

❷毛公，指毛澤東。一九四七年，國民黨派重兵進犯延安，毛澤東爲鉗制敵人，轉戰陝北，指揮全國戰場，遲遲不肯東渡，直至一九四八年才渡過黃河，來到河北平山縣西柏坡。故曰『東渡遲宜』。

導讀：

『黃河之水天上來』，蜿蜒曲轉，由內蒙古南下，隔出山西、陝西兩省。黃河壺口險要，河道陝窄，瀑布飛濺，濁浪滔天。柯受良先生是駕機動車飛跨黃河第一人，自然引起世人關注。飛馳的汽車，自東向西，凌空而起，像利箭穿越兩省，似天馬飛跨天際。那一刻，下有壺口瀑布的濁浪相襯，不由得在人們心中激起衝天之豪氣。英雄人做非凡事，既要講科學，又要有膽量，敢爲人所不爲，敢能人所不能，少不得冒險精神，少不得獻身精神。這正是柯受良壯舉的可貴之處。作者爲此動了情，提了筆。

但作者還没就此滿足，就在跨躍黄河上，又想起了一個人，就是人民領袖毛澤東。五十年前，毛澤東也是渡的這條大河，但有幾點不同：一是方向不同，柯受良是西進，毛澤東是東渡；二是工具不同，柯受良是駕車，毛澤東是乘船；三是方式不同，柯受良是飛越，毛澤東是渡跨；四是位置不同，柯受良是走壺口天險，毛澤東是走平緩之處；五是意義不同，柯受良是爲賀香港回歸和個人創紀録，毛澤東是爲全國解放。作者由跨黄河想到領袖，想到當年毛澤東不畏艱險轉戰陝北鉗制敵人整整一年，險不險？險象環生，非同小可。他是爲人民解放擔此風險。『英雄偉績盡驚棋，大業豈同兒戲！』驚棋險象，艱苦卓絶，是成就偉人成就大業的必經之路，豈比玩耍之輕鬆，豈同兒戲之閑逸！對英雄光仰慕是不够的，先要吃得苦中苦，歷得險中險。

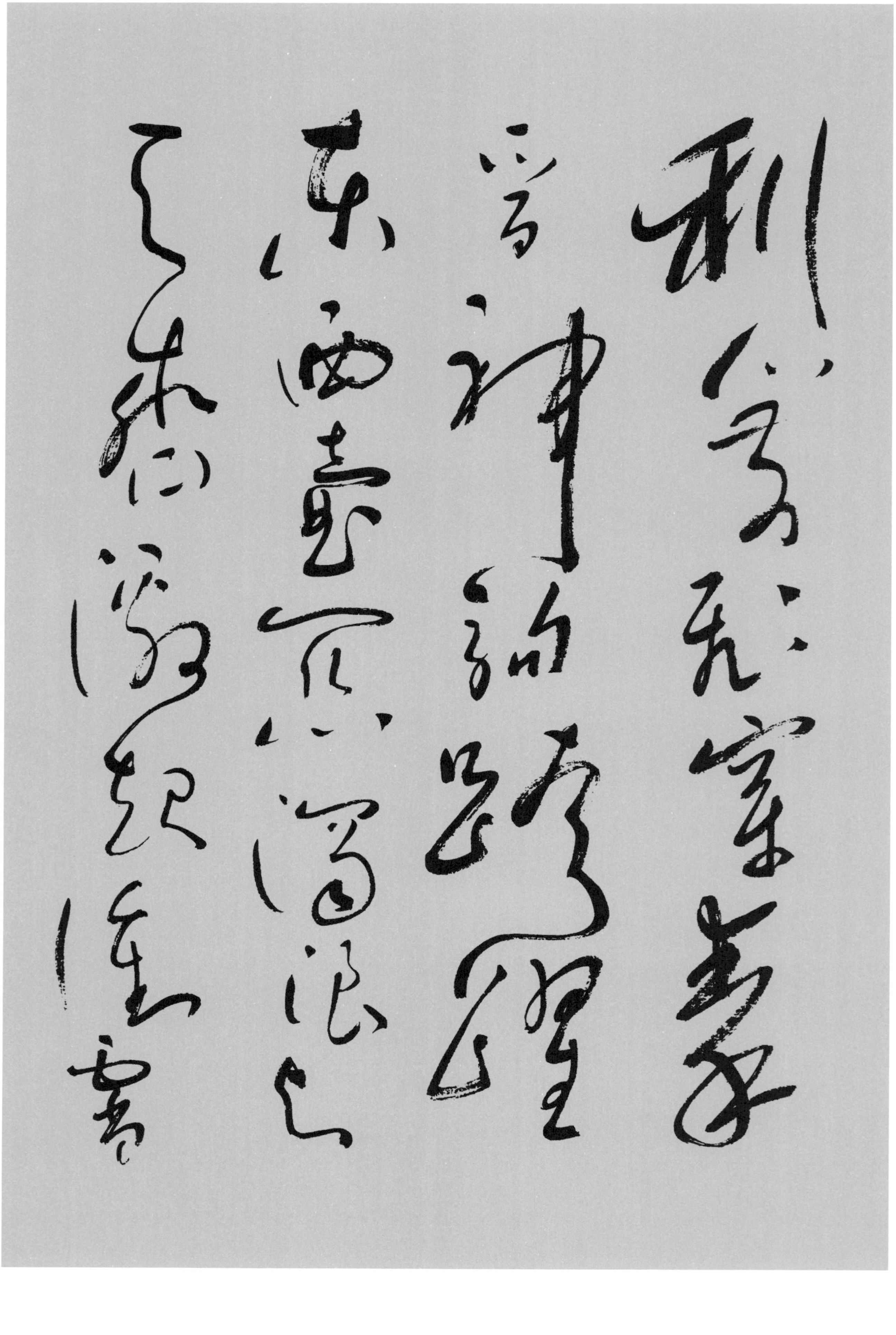

金沙水拍云崖暖
大渡桥横铁索寒
更喜岷山千里雪
三军过后尽开颜

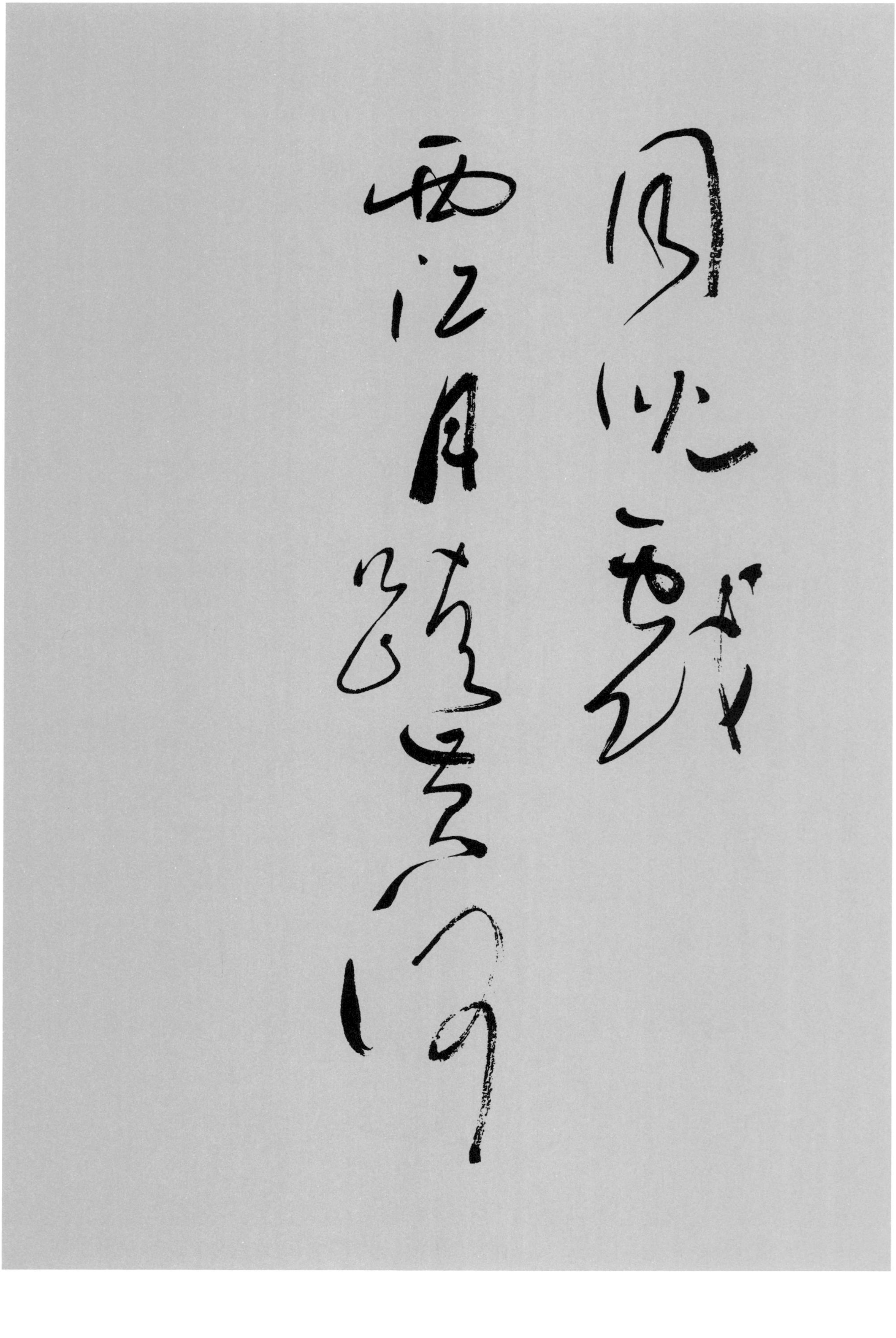

五律・咏太湖

（一九九七年十一月）

浩水連雙域❶，濃霾障二洲❷。

湖中藏越劍❸，水底匿吴鈎❹。

嘗膽原知苦，卧薪亦感憂。

緣何竟若此？解史讀春秋。

註釋：

❶雙域，指春秋時的吴國、越國。當年兩國争戰，『卧薪嘗膽』的故事亦爲春秋舞臺重筆之一。

❷二洲，指太湖之東山、西山二島。

❸越劍，越王劍，刃薄而犀利。

❹吴鈎，吴人鍛製的一種白刃彎刀，後人稱之吴鈎。

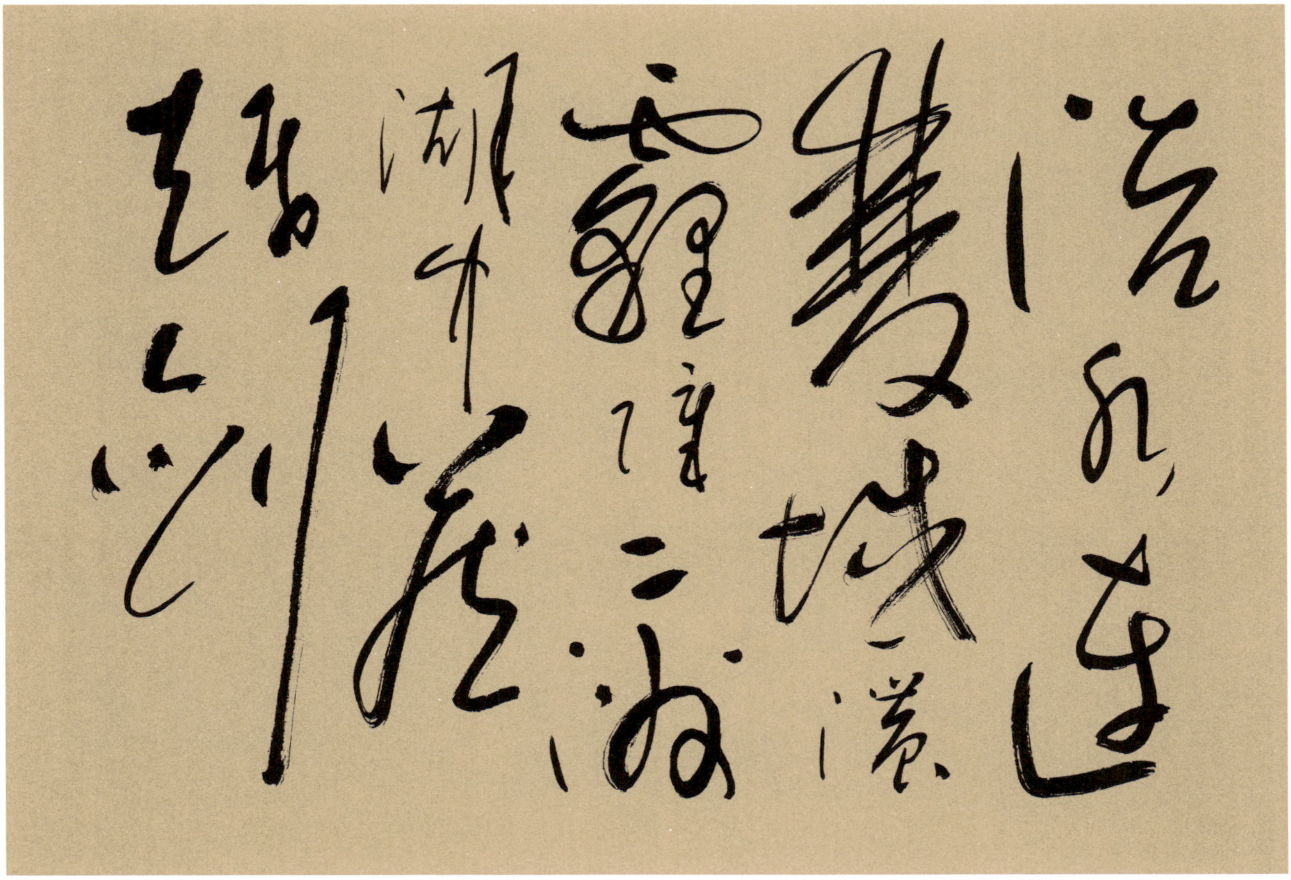

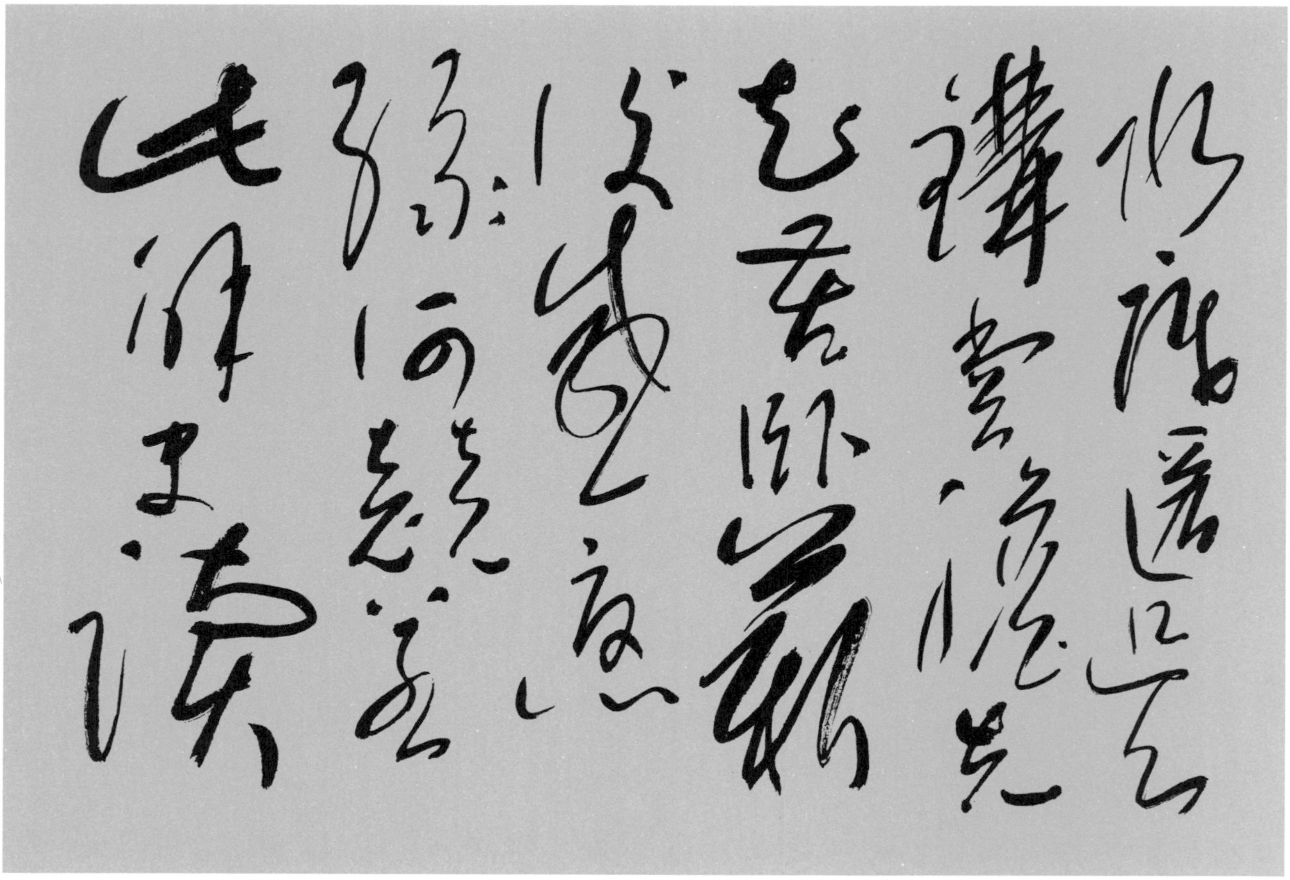

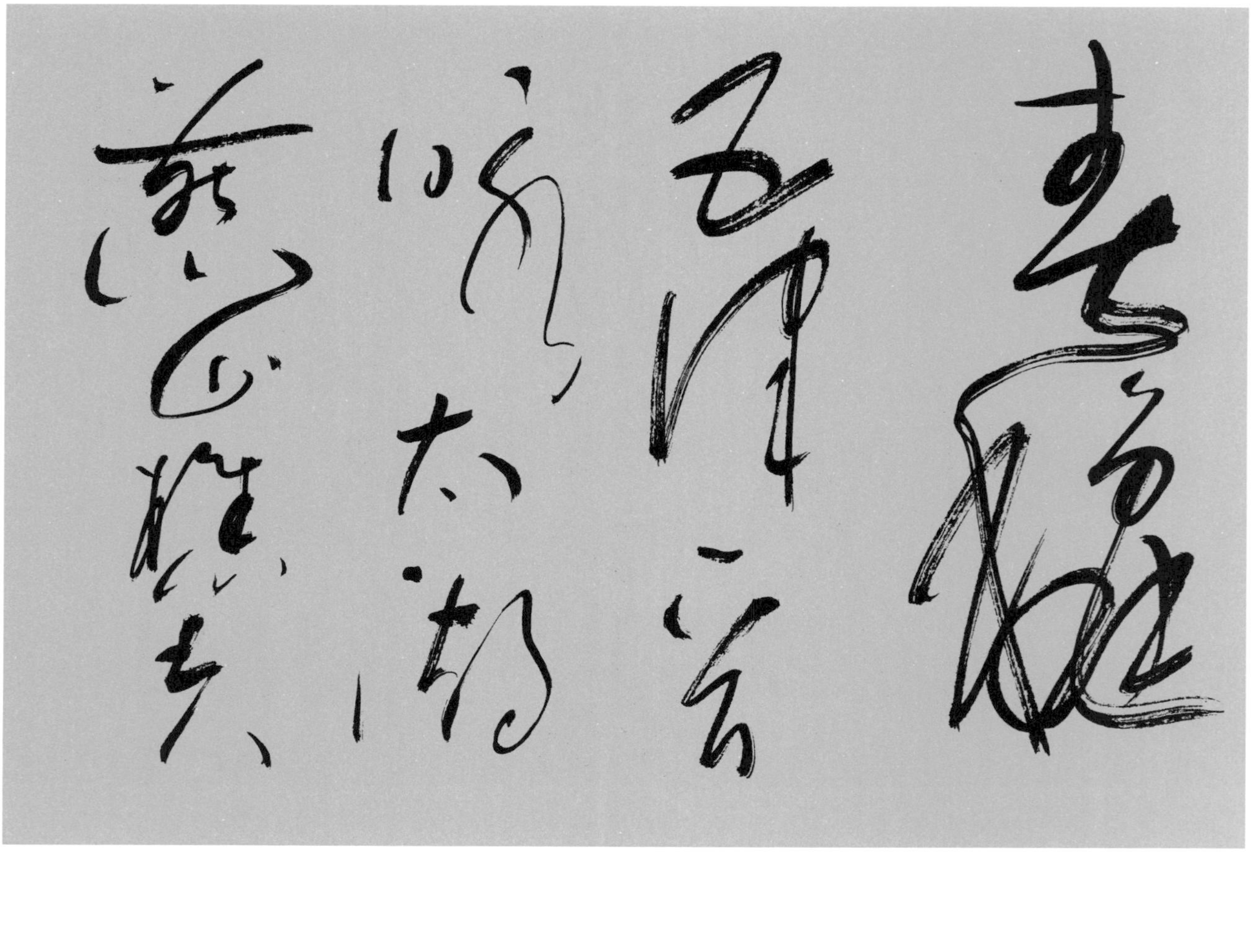

五言詩・禽鳥吟

（一九九八年六月二日）

家有相思鳥，雌雄兩依依。
不期雌鳥故，雄鳥甚傷悲。
晚來不入巢，憑欄哀啼啼：
賢妻在何處，良偶居哪隅？
其聲感人心，其態動人意。
禽鳥能如此，人豈無情義！

七言詩・觀花樸俏皆宜

（一九九八年九月一日）

天貴米蘭原質樸❶，枝生黃粟韵無窮。
扶桑勢旺花開俏❷，萬緑叢中幾點紅。

註釋：

❶米蘭，花名，花形似黄米粒，雖樸實無華，但香鬱宜人。

❷扶桑，花名，葉大花大，花形有喇叭花形和牡丹花形兩種。

導讀：

歷來名花備受青睞，牡丹的雍容華貴，荷花的典雅高潔，梅花的凌寒獨秀，都在文人筆下生輝。而米蘭、扶桑，不奇不特，司空見慣。但作者從這兩個普通花卉的對比中煉出主題——『樸俏皆宜』。樸實無華，俏麗鮮艷，都是風格，分别具有嗅覺、視覺的價值。米蘭，形不起眼，花不驚人，但爲人們頻送暗香。扶桑喜大肥大水，長勢旺盛，花朵鮮艷，於葱葱緑葉之中，紅花綻放，賞心悦目。兩種花表現不同，風格各异，但都是易養宜人的好花卉，不可厚此薄彼。作者詩中在讚賞兩花的同時，可能更注重米蘭，稱之爲『天貴』。爲什麽『天貴』？來自『質樸』，緣自『韵無窮』。由花看人，各有各的特點，各有各的長處，都在爲撑起社會大厦充當着一定的角色。政治家推動社會，轟轟烈烈；表演家登臺亮相，瀟瀟灑灑；泥瓦匠一磚一石，兢兢業業；種田人一鋤一鎬，平平常常，都各有其用，缺少了誰都不行。從個人德操修養來説，各有各的追求，但從其詩中可以看到，作者追求的既不棄華貴，更崇尚樸實。

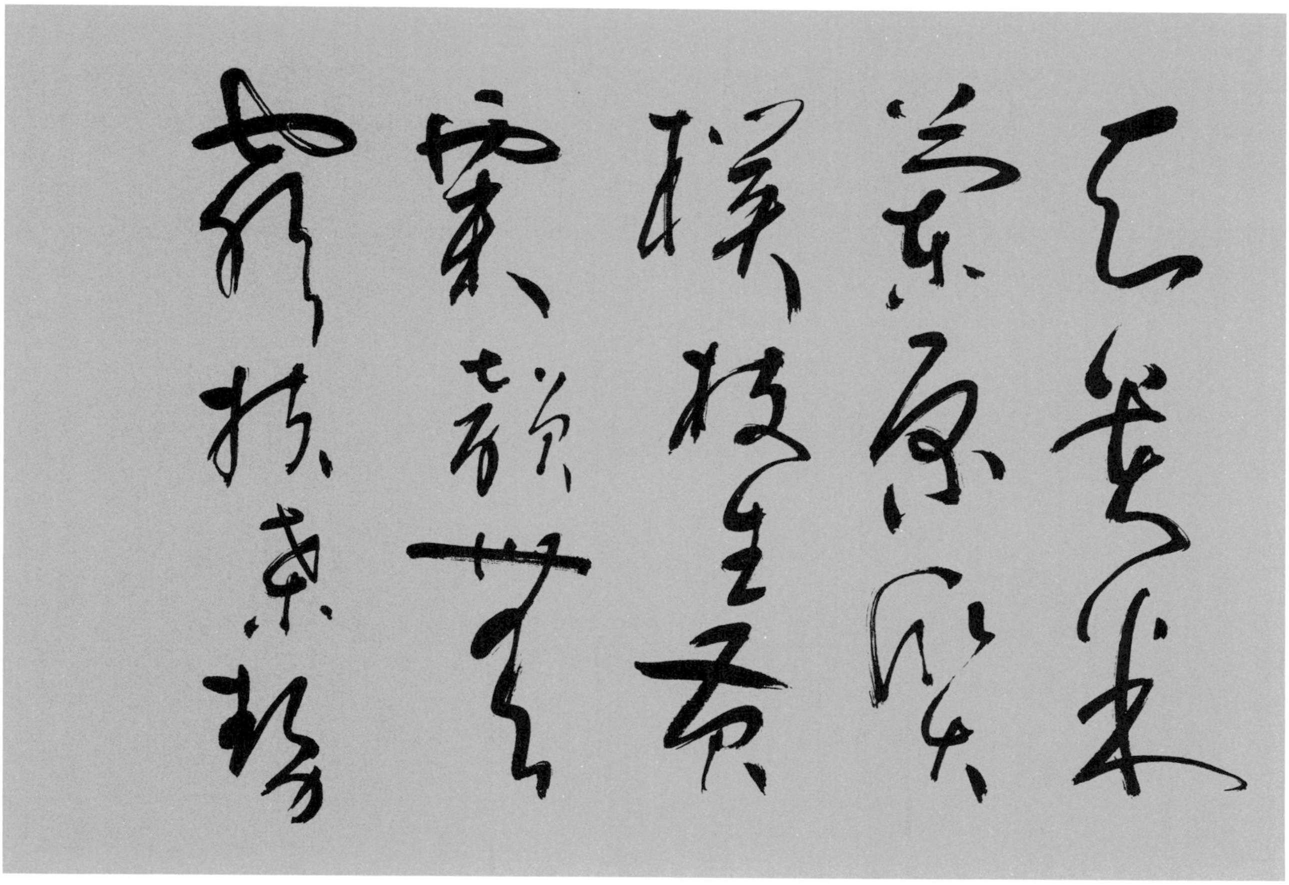

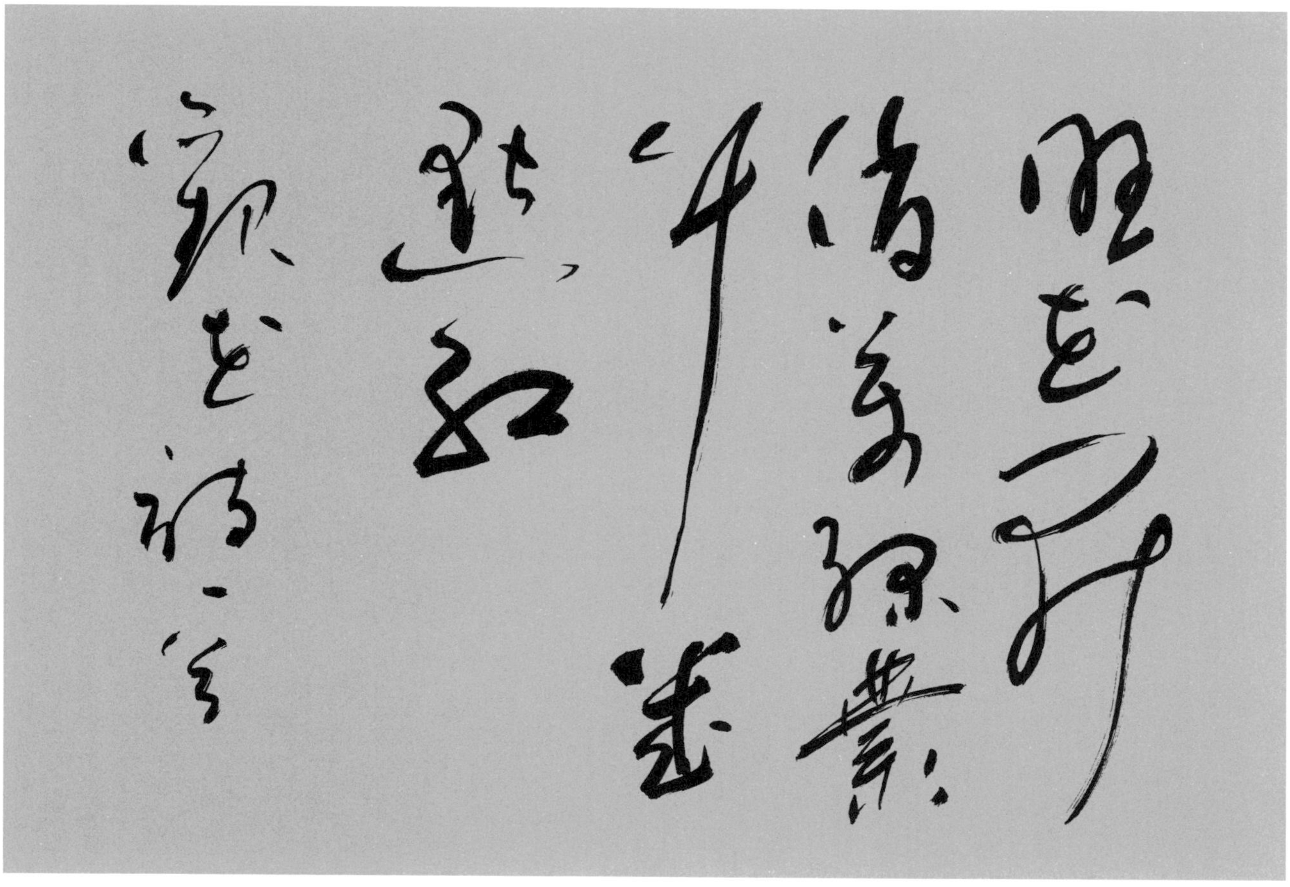

雜言詩・送女赴學

（一九九八年九月三日）

秋風舒灑，高天萬里，送女赴學泉城旅[1]。
最不忘十年螢雪辛苦力，
更有那陋室灼熱揮汗雨。
今日中考非終點，來年學業方才取。
齊魯乃聖地，歷來賢才舉：
謀略有孫臏[2]，晏嬰智無比[3]；
師表賴孔孟[4]，田橫稱壯舉[5]。
泰嶽雄偉冠天下[6]，蓬萊妙奏神仙曲[7]。
集採八方之靈氣，蘊蓄萬代之功底。
志在四方，路行萬里，大鵬銜天自此起。
自幼立下凌雲志，敢教清照遜幾許[8]！

註釋：

❶作者女兒田菁考取山東大學，作者前往濟南送女兒上學。濟南亦稱『泉城』。

❷孫臏，齊國人，孫武後代，戰國時杰出軍事家，著有《孫臏兵法》。

❸晏嬰，齊國人，春秋時杰出政治家，著名外交家。

❹孔孟，即孔子、孟子，均爲魯國人。孔子名丘，字仲尼，春秋末期杰出思想家、教育家，中國儒家創始人。孟子，孟軻，戰國中期著名思想家，儒家代表人物。孔孟在中國歷史上影響極大，曾被尊爲萬世師表。

❺田横，山東狄縣（今高青東南）人。秦末從兄田儋起兵，重建齊國。漢滅齊後，因不屈服而自殺，原所率五百兒郎亦皆自盡，後世讚爲壯烈之舉。

❻泰嶽，即泰山，在山東泰安。又名岱宗，稱爲東嶽。因其山勢雄偉壯觀，被尊爲五嶽之首，爲歷代景仰。

❼蓬萊，指蓬萊閣，雄峙於山東蓬萊（古曾稱登州）丹崖山巔。其殿閣凌空，俯臨大海，名人古跡甚衆，仙人神話甚多，素稱『仙山』。自古爲文人雅士聚集地。

❽李清照，號易安居士，山東濟南人，南宋杰出女詞人，著名才女。濟南趵突泉公園設有李清照紀念堂。

導讀：

與一九八二年作者的《送女情》相比，同是送女，一樣深情，但心緒格調不同。當年女兒三歲，難以割捨，牽腸挂肚。現在女兒長大，學業有成，赴學遠行，身爲父親更多的是自豪和期望，一掃《送女情》的離愁別緒，意境舒朗，期望高遠。

『秋風舒灑，高天萬里』，透過天氣體現了心情。講『十年螢雪功』，説『陋室揮汗雨』，是對女兒學習辛苦的深情讚譽，説明高考録取的不容易。話鋒一轉，展望未來，提出了更高的要求和期望。學校所在齊魯大地，歷史悠久，人文頗豐，作者列舉了幾個不同風格的歷史人物，點出了泰山、蓬萊名地，使人頓生萬丈豪情，頓覺萬般激勵，好兒女志在四方，『大鵬衝天自此起』，也是自然的了。青少年貴在立志，將來學成報國，要超過古人，勝過清照才女。慈父愛女之心躍然紙上，望女成才之望鏗鏘有聲，寄女奮進之言遒勁高妙。以詩詞形式送女，以地理人文狀言，是本詩一大特點。

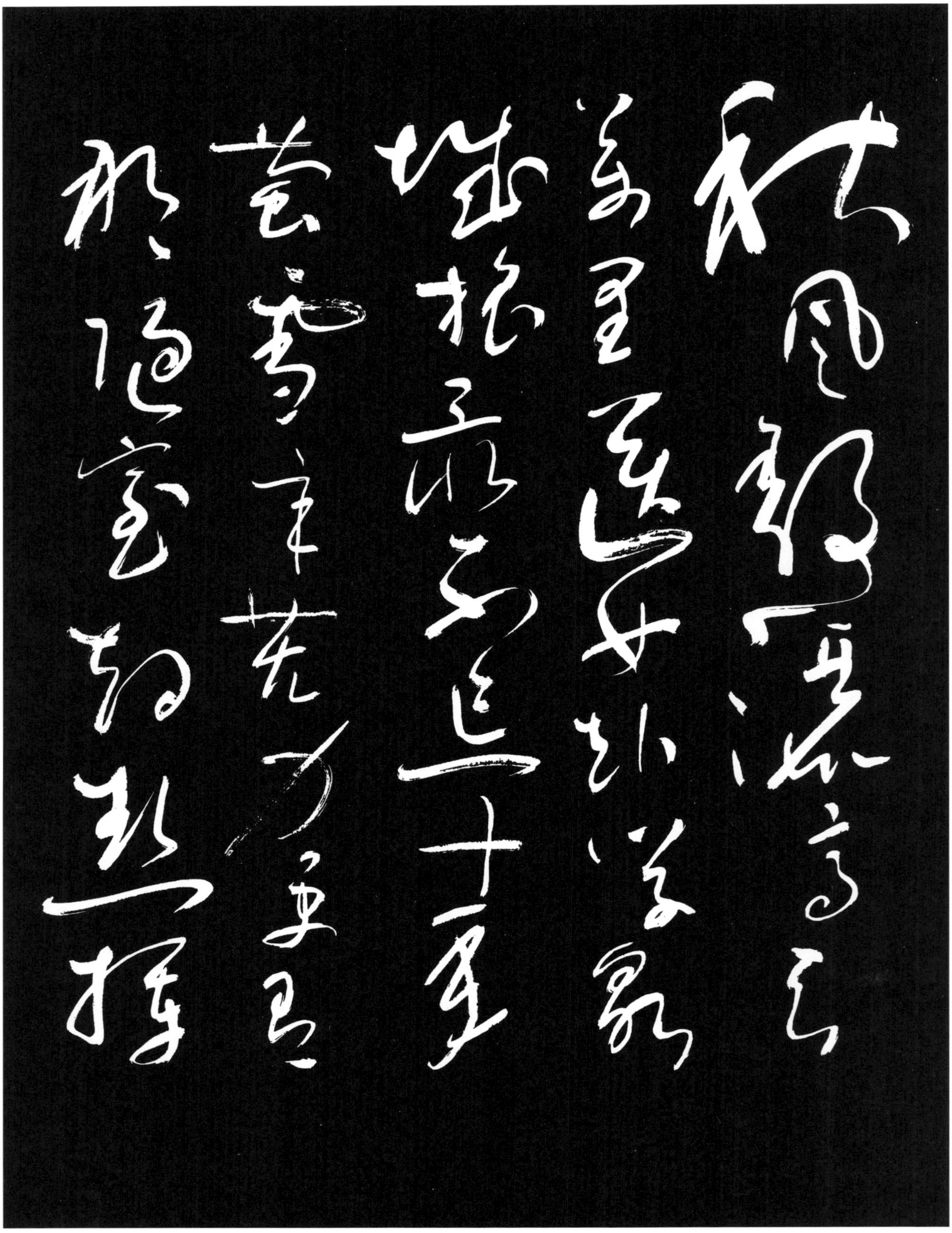

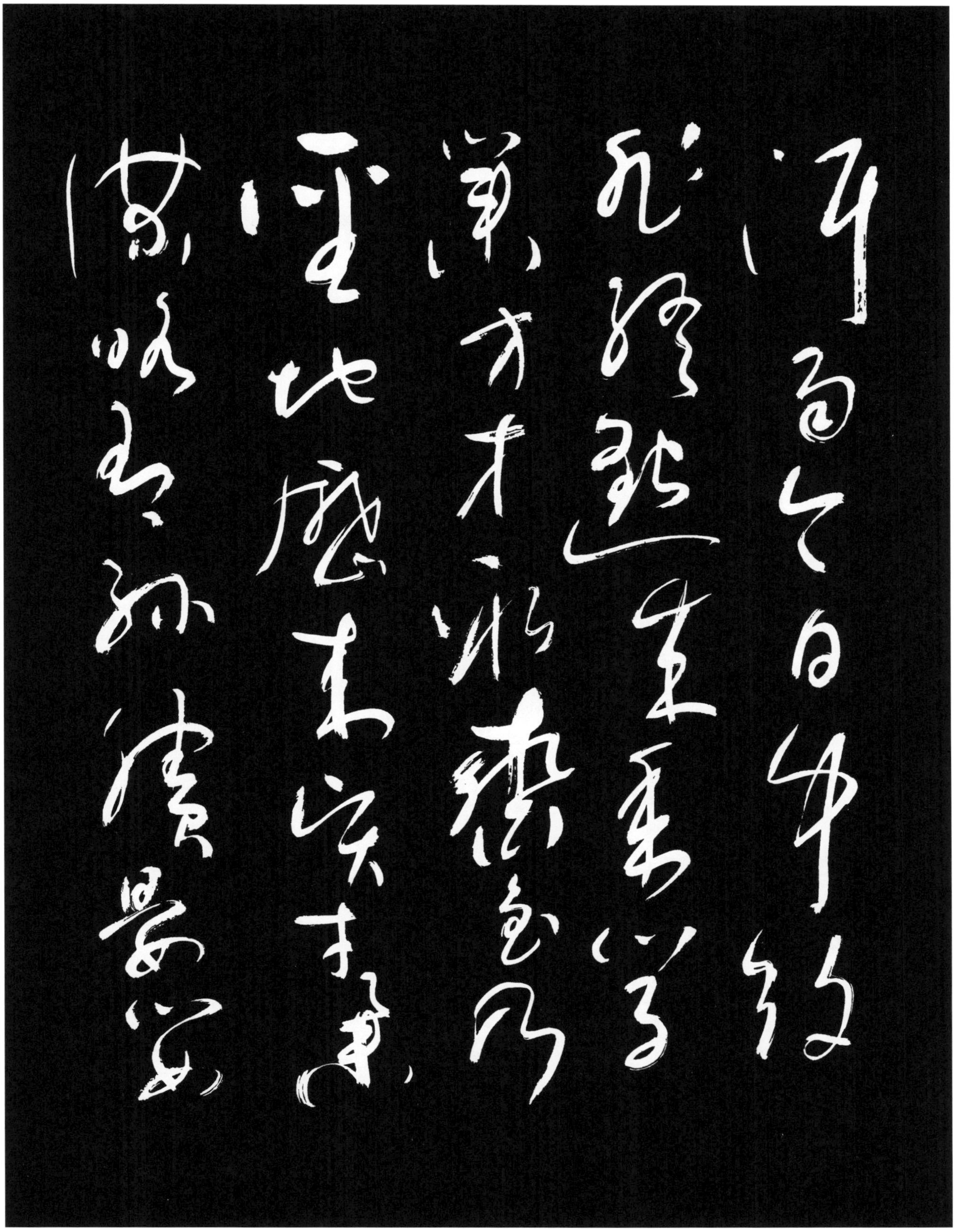

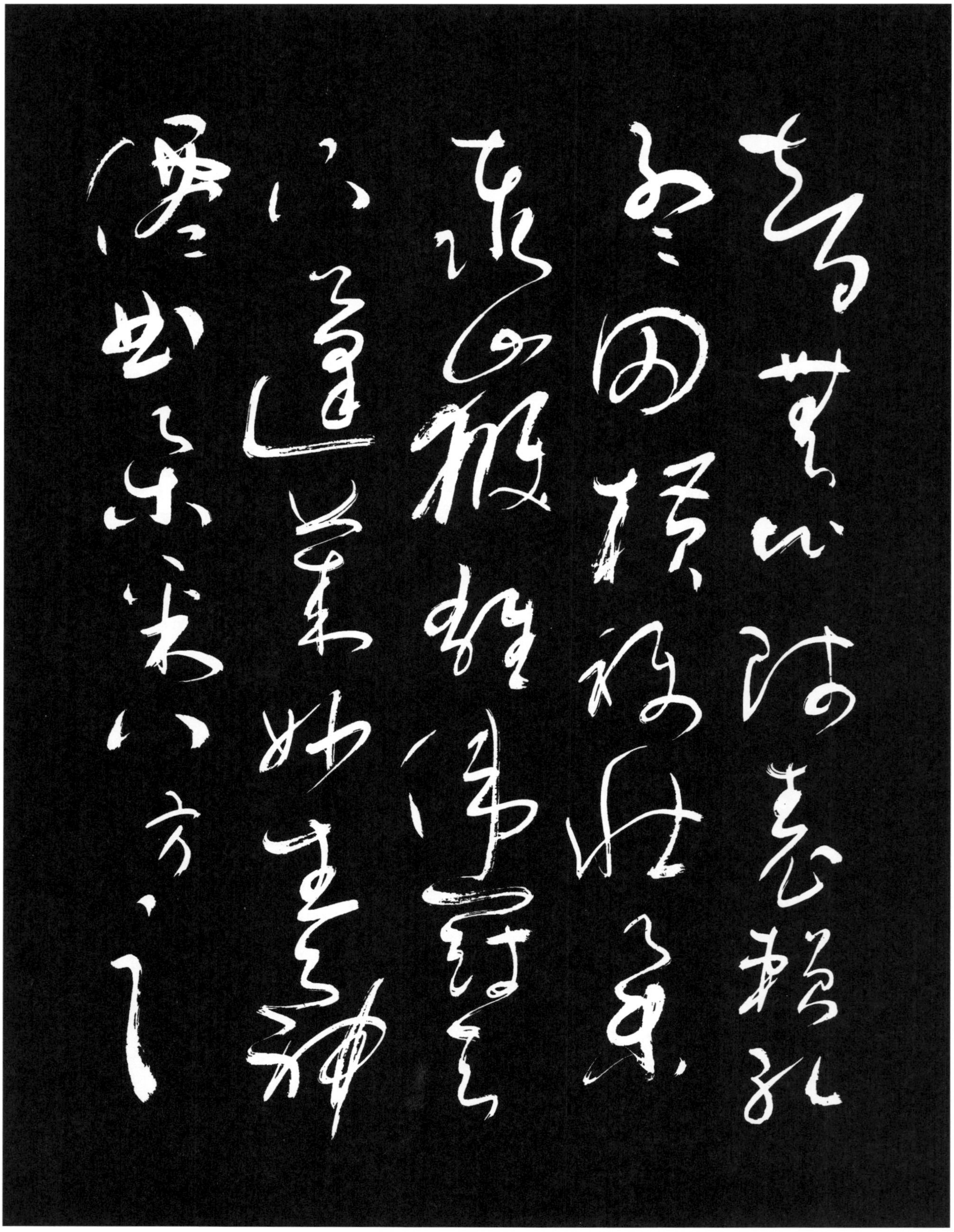

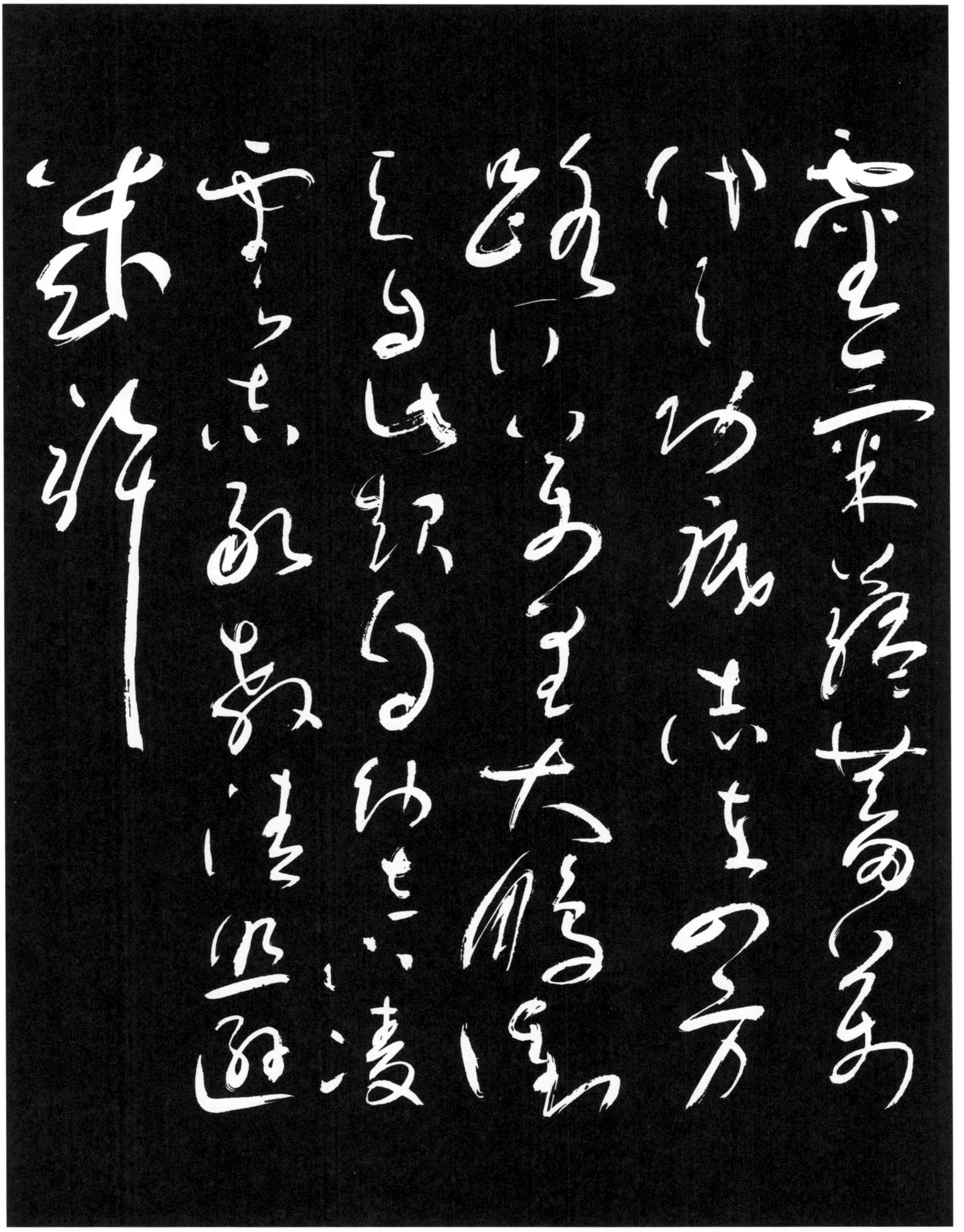

七古・凌泰山

（一九九八年九月四日）

古人競相謁泰山，拜罷岱廟拜神仙。
三躬九叩心腹事，一步一趨十八盤。
帝王乞求長生術，公侯欲奪霸主鞭。
百姓祇圖五穀盛，才子賞景爲詩篇。
帝王壽終不得免，公侯未必坐金鑾。
百姓倉中粟未滿，才子得墨舒心顔。
而今我亦臨泰山，不拜岱廟不拜仙。
後坡飛空排雲上❶，一躍凌駕玉皇端❷。
北山林茂葱鬱鬱，南坡人稠鬧喧喧。
東望茫茫乃滄海，西顧茵茵是桑田。
峰居脚下山作墊，人凌岱上我爲天。
端上百川品茶水，踏平五嶽搓泥丸。
王侯不解其中義，愚夫焉能知根源？
神廟本由人修建，地理變化成山巒。
人馭萬物峰也小，氣吞山河我即仙。
拜物莫如修身智，道義在胸天地寬。

註釋：

❶指乘後山架空索道而上。

❷玉皇端，指玉皇頂，爲泰山最高處。

導讀：

泰山以其雄偉壯麗、人文古跡衆多而稱著天下。有許多神奇的故事和美麗的傳説，又給泰山蒙上了一層神秘的色彩。古人今人，趨之若鶩。既是帝王公侯蜂擁朝拜之地，也是普通百姓熱切向往之所，又是騷人墨客吟詩留墨之題。人們對泰山頂禮膜拜，連泰山的一塊石頭都備受推崇，稱『唯有泰山石敢當』。而作者這首七言古詩則一反常態。

先從題目上説，不是登泰山、觀泰山、拜泰山，而是『凌泰山』，凌駕泰山之上，凌駕朝聖之地，何等氣魄！第二，寫上泰山的方式也很特別，不是沿正面石階『一步一趨』，而是『後坡飛空』、『一躍凌駕』，何等神速！第三，寫泰山，並非誇耀如何雄偉，而是説人比山高，人比山大，『山作墊』，『人爲天』，何等境界！重人而輕物，人馭奇岳，耳目一新，心神一闊。

全詩分爲三個部分，三層思想一氣呵成。第一部分寫對古人朝拜泰山心態的蔑視和否定。一步一趨，三拜九叩，各懷心腹事，認爲一是低俗，二是徒勞，批評了錯誤心態，嘲諷了唯心主義。例舉了四類人，講明了初衷和結果，祇是無所奢求的『才子』尚好一些。這一部分把古代帝王公侯們登拜泰山的形態心態刻畫得很形象。在作者眼中，這些不可一世的權貴們未免可笑，爲自己登山後的豪邁作了鋪墊。

第二部分寫了作者登上山頂後的主觀感受。先是概括地從山體的四個方位描寫了視野景象。南北方向寫的近景，北坡人少植被好，『林茂葱鬱鬱』；南坡較亂，『人稠鬧喧喧』，並不是讚揚口氣。東西方向寫的是遠景，滄海桑田，海闊天空，没有局限在狹隘範圍内。由於有了這樣的廣闊視覺，才有了『峰居脚下山作墊，人凌岱上我爲天』的高超意境，『百川』祇當茶水喝，『五嶽』權作泥丸搓，體現了古人所云『吞吐宇宙之機，包藏天地之志』的英雄氣概。

第三部分講了高超意境的道理，回答了『王侯不解』，『愚夫焉知』。自然現狀，是地理和人爲作用而成。人是萬物之靈，人駕馭物才對。凡大小高低都是比較而言。杜甫説，到了泰山頂峰，其他的山就都顯得小了，這是因爲泰山之高大。人把泰山踩在脚下，以山作墊，人就高出了山峰。如果我們站在宇宙太空看地球、看泰山，不就是更微不足道了麽。通過以上分析，作者得出結論：『拜物莫如修身智，道義在胸天地寬』，拜山拜神，拜這拜那，不如下功夫加强自身的品德智慧修養，有了宏大而深邃的道義功力，就能氣吞山河，包容萬物，做到『比天空廣闊的是人的胸懷』。

古人説相福東山禪
師伏虎翻禪心三積九
仰以欲為一生一緒十八盤
齊王之求長生術公孫
後拳霸主難百姓出閣
至於畫木子意為詩
僧舞之書錢不同免公

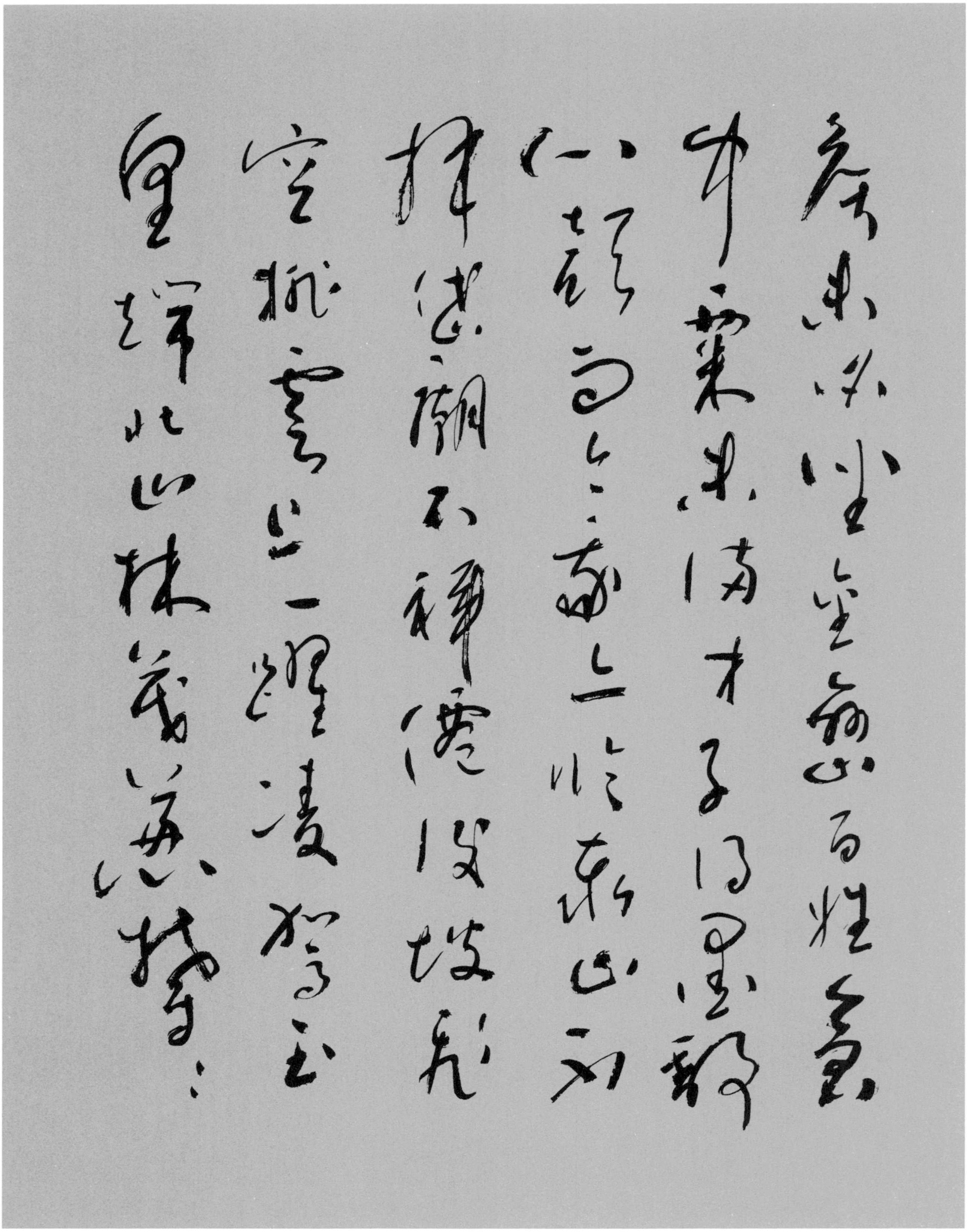

南坡人鬧喧喧東堂
花花月滿滿溪西頭前前卷
來來田事居然然山作壁人
淺綠綠我為天詳詳百川
烏茶頭鳴一半五藏據泥
色不敢文得去中玉竟，
夫為詩去根源神劇

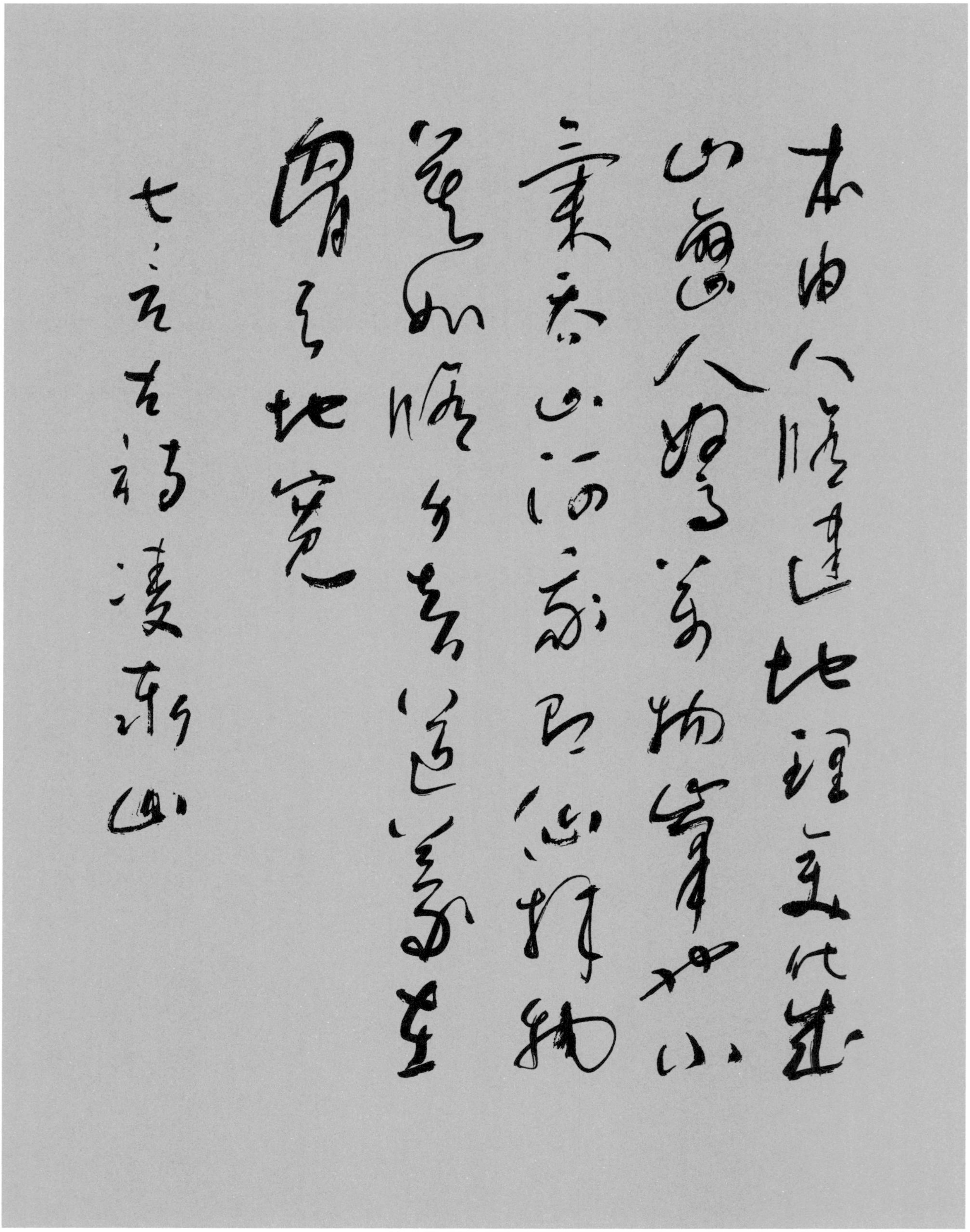

七律・登龍門

一九九八年十月，登滇池西山龍門，觀山景水景，聯想毛澤東《登廬山》詩句，遂步其韵草成一首。

一山穩坐瀚池邊，峭壁龍門百度旋。
萬木參差鑲緑地，千波鱗次映藍天。
近觀鷹鷂逐黄鶴，遠望雪山舞白烟❶。
樂聖高歌《進行曲》❷，飛來捷報悦心田。

註釋：

❶雪山，指玉龍雪山，在昆明西北麗江。

❷樂聖，指人民大音樂家聶耳。聶耳墓在滇池西山。聶耳曾與田漢合作，創作出驚魂震魄、摧人奮起的《義勇軍進行曲》，此曲後被定爲《中華人民共和國國歌》。

導讀：

五百里滇池，世人矚目，譽者頗多。滇池大觀樓一百八十字長聯，古來罕見。然水邊有山（西山），水與山相伴，山爲水生輝，頌滇池勿忘西山。不登西山之巔，焉能『五百里滇池奔來眼底』。作者便登高上山，近觀遠望，引發毛澤東《登廬山》之聯想，步其韵以和之。

但見：一尊青山端端穩穩地坐落在浩瀚的滇池旁邊，龍門的懸崖峭壁階梯險峻，無需『四百旋』，幾旋即可令人目眩。山上，千樹萬樹疏密不等地點綴着緑草茵茵的大地，不枯不燥，不平不淡，非人工所能爲也。俯身再看山下滇池，粼粼碧水，瀲瀲生波，輝映着高原特有的藍天，水天一色，青山相間，好一幅立體畫卷！

作者正值陶醉之際，猛見龍門崖上鷹鷂飛舞，好似追逐嬉戲當年從武昌遠來之黄鶴，升降盤旋，各逞英姿，競展手段。隨着鷹鷂的舞動身影，遥望西北遠處的玉龍雪山，祥雲繚繞，白烟彌漫，那裏又有一番奇景。視綫從遥遠的雪山收回，落到山脚下，這裏長眠着人民大音樂家聶耳，這是西山有幸，滇池臨福。當年聶耳的《義勇軍進行曲》震憾了一代人，驅走了日本鬼，迎來了新中國。西山眠樂聖，樂聖壯西山。美哉西山，壯哉龍門！

附：毛澤東《登廬山》詩：

一山飛峙大江邊，躍上葱籠四百旋。
冷眼向洋看世界，熱風吹雨灑江天。
雲横九派浮黄鶴，浪下三吴起白烟。
陶令不知何處去，桃花源裏可耕田？

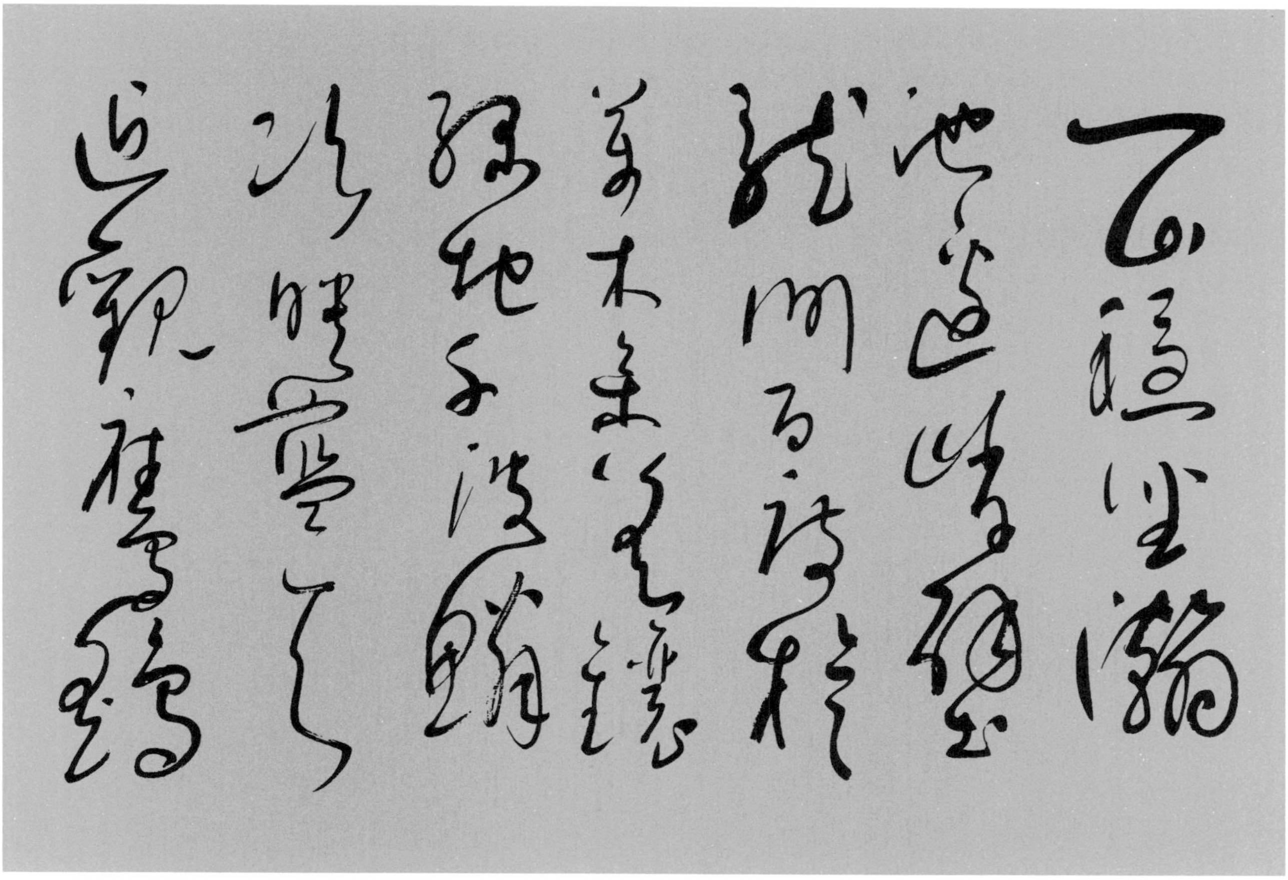

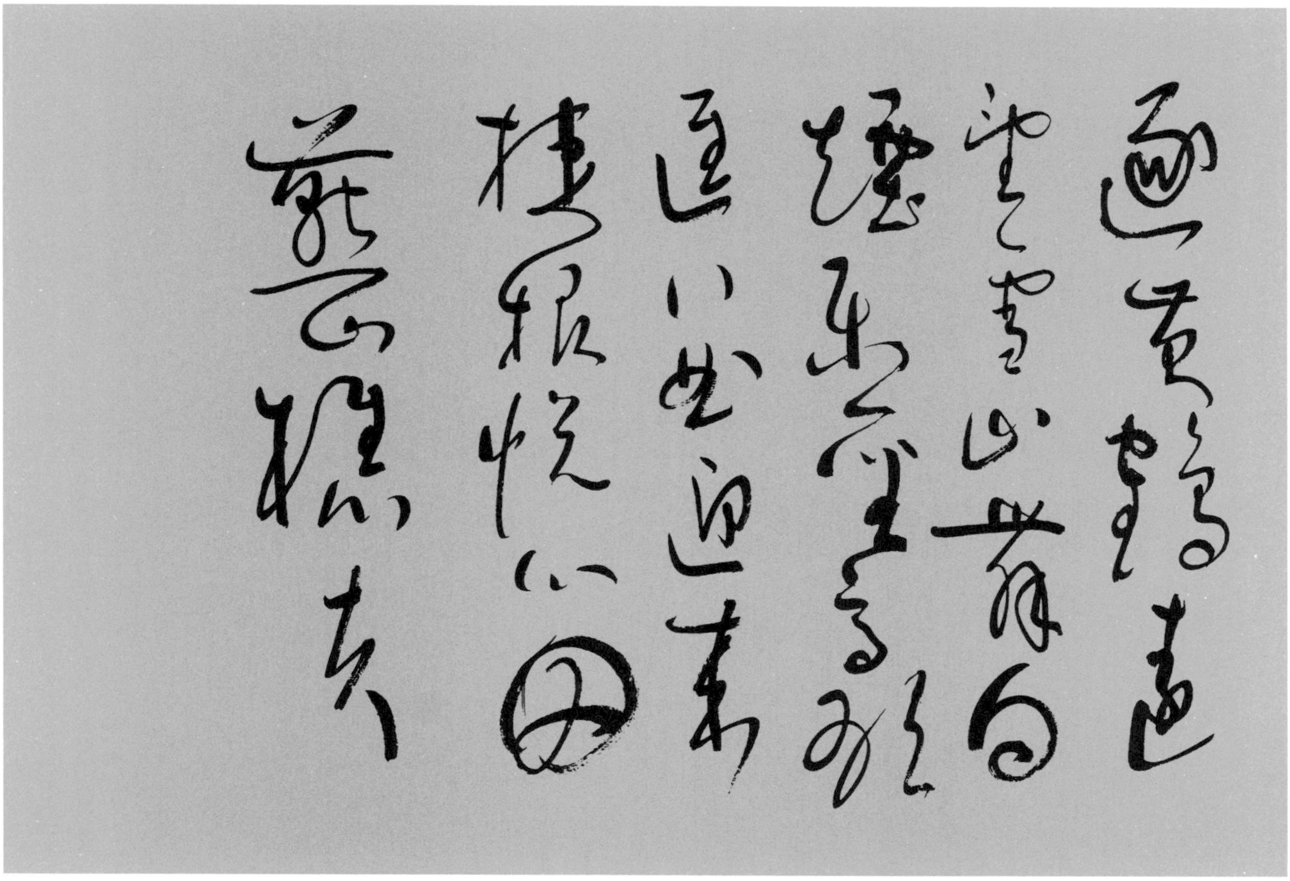

南鄉子・臨香港

吾一九九八年歲末至港，時此地已回歸祖國一年有半矣。念及一國兩制首創者、香港回歸奠基者鄧小平同志，未遂登臨之願却已仙逝，甚爲感懷，故步辛棄疾《南鄉子》原韵原義成詞，以論英雄耳。

美玉嵌神州，
五星旗揚會展樓❶。
離索紫荆傾往事❷，
悠悠。
一掃而今付水流。
功就卸兜鍪❸，
港地親臨願未休。
德勝帳前誰高手❹？
周劉❺。
振紀興國賴鄧謀❻。

註釋：

❶會展樓，即香港會展中心，特區政府所在地。香港回歸祖國慶典即在此舉行，乃香港特區標誌性建築。

❷紫荆，紫荆花，香港特區區花，這裏指香港。傾，傾訴。離散多年的兒女回到母親懷抱，訴説離愁别緒。

❸兜鍪，爲古人作戰頭盔。卸兜鍪，喻鄧小平同志謝世，撒手人寰。

❹德勝，指中國人民的偉大領袖毛澤東。毛澤東轉戰陝北時化名李德勝。

❺周劉，指周恩來、劉少奇。二人作爲毛澤東麾下杰出干才，均爲中國革命立下豐功偉績。

❻鄧小平於毛澤東之後，力擎國任，重振綱紀，將中

國引向改革開放和現代化建設的中興之路，故曰『賴鄧謀』。

附：辛棄疾《南鄉子》詞：

何處望神洲，
滿眼風光北固樓。
千古興亡多少事，
悠悠，
不盡長江滾滾流。

年少萬兜鍪，
坐斷東南戰未休。
天下英雄誰敵手，
曹劉，
生子當如孫仲謀。

美人玉為神
仙子星槎橋
為愛樓雜家
忠荊川任事
此之一揚兩之付丞
流水戲鶯燕壁
潭地煙臨川五鳳來

休休猿也二分
須言一周周劍
據紀無國賴
鄉黨
調寄南鄉子
戊年漢藝樵書

十六字令二首・論難易

（一九九九年三月一日）

其一

難，
大海行舟有巨瀾。
懷智勇，
敢駕破危船。

其二

易，
難題重業誠則立。
精運籌，
劇中觀妙戲。

寫作說明：

中國事業，命運多艱。中國共産黨領導中國人民經歷二十八年，建立新中國。到了一九九九年初，中國的改革開放和社會主義現代化建設事業已二十年，成就顯著，但繼續前進仍面臨許多深層次的難題，處在一個緊要關口。同時，作者所在的企業，由於衆多歷史因素，處在危機之中。以什麼樣的面貌跨入二十一世紀，作者作爲企業掌舵人，既憂企業，又念國家，以辯證方法看待難易，相信在一定的客觀條件下，事在人爲，衹要堅持『仁、勇、智、信』，衹要運籌到位，功夫到家，就可以戰勝困難，創造奇跡。

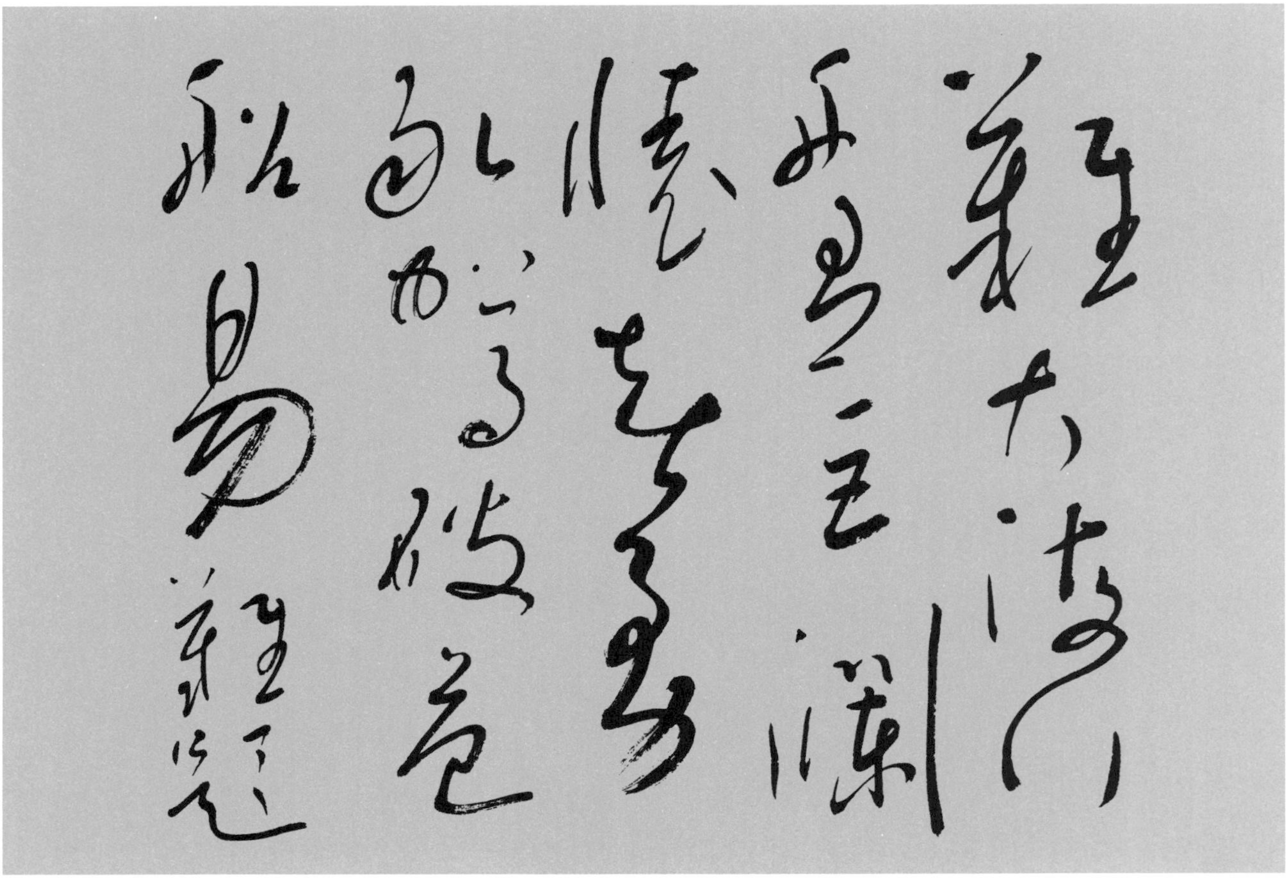

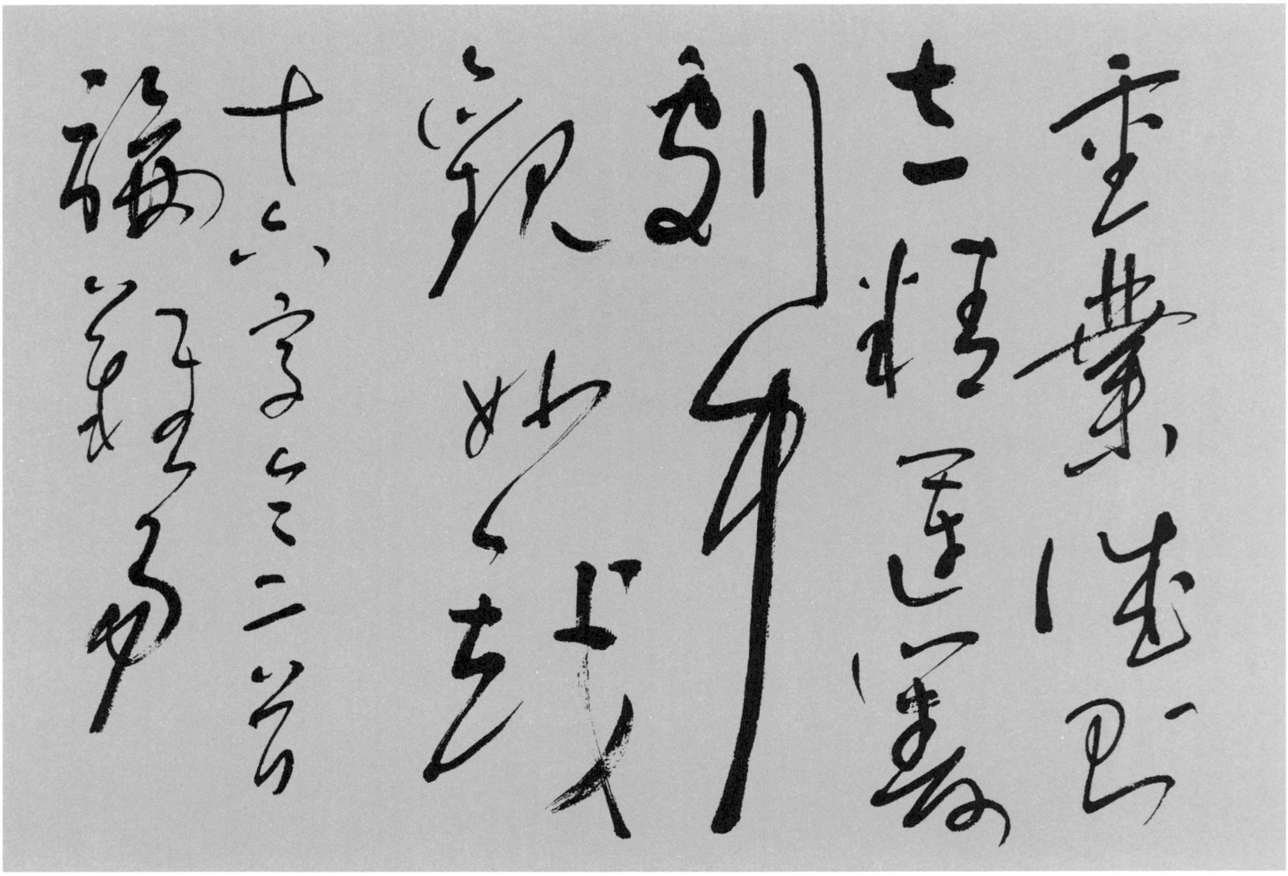

憶秦娥·五月西風

——步毛澤東《婁山關》原韵

（一九九九年五月十日）

西風烈，流星飛濺驚晨月❶。驚晨月，天狼竊喜❷，衆星悲咽。

落基縱卧非如鐵❸，昆侖橫亘不得越❹。不得越，火山噴涌，紅陽崩血。

寫作背景：

二十世紀九十年代以來，以美國爲首的西方大國氣焰囂張，在空襲制裁伊拉克之後，自一九九九年三月二十四日起對南聯盟持續進行瘋狂轟炸，攪得世界不安寧。北京時間五月八日凌晨，又悍然動用導彈襲擊我駐南使館。中國政府旋即提出强烈抗議，中國人民憤怒反擊這一野蠻行徑。作者於當日寫下聲討北約暴行的檄文之後，又於第三日作成此詞。

註釋：

❶流星飛濺，指北約導彈轟炸我駐南斯拉夫大使館。

❷天狼，即天狼星。蘇東坡有『會挽雕弓如滿月，西北望，射天狼』之句。這裏以『天狼』喻作殘暴的敵人。

❸落基，落基山，美國西部大山脉。

❹昆侖，昆侖山，中國大山脉，地處中國西部青藏高原。當年毛澤東轉戰陝北時，中央縱隊曾以『昆侖縱隊』爲名。這裏以昆侖借喻中國共産黨及其領導下的人民軍隊和中國人民。

導讀：

以美國爲首的北約用導彈襲擊中國駐南大使館的

殘暴事件，震驚世界，激怒中國，全國人民義憤填膺，作者也同全國人民一樣，按捺不住胸中怒火，以詩詞的特有形式抨論還擊。

五月八日晨，西風猛烈（西方大國的惡風），襲擊中國大使館的導彈凌空飛起，似飛濺的流星，驚動了安寧皎潔的晨月。殘暴的敵人爲此而暗暗高興，可千千萬萬的善良的人們爲同胞遇難而悲傷哭咽。美國自恃强大，氣勢洶洶，但終究是紙老虎。而偉大的中國人民則像那巍巍昆侖一樣不可超越。中國人民的憤慨，像火山一樣噴發，勢不可擋；像紅日一樣集聚着巨大的熱能，灼不可遏，必將敵人燒焦而化作糞土。在火山和紅日面前，敵人的幾枚導彈顯得多麽渺小！

全詞運用借喻手法，没有出現一個直接寫導彈襲擊、人民憤怒的字眼，而用風、星、月、山、日等天文地理的自然名詞以物喻事，借物抒情，把對敵人的憤恨和蔑視，把同胞情、赤子心，把愛國熱忱和必勝信念充分地表達出來了。

附：毛澤東《憶秦娥·婁山關》詞

西風烈，長空雁叫霜晨月。

霜晨月，馬蹄聲碎，喇叭聲咽。

雄關漫道真如鐵，而今邁步從頭越。

從頭越，蒼山如海，殘陽如血。

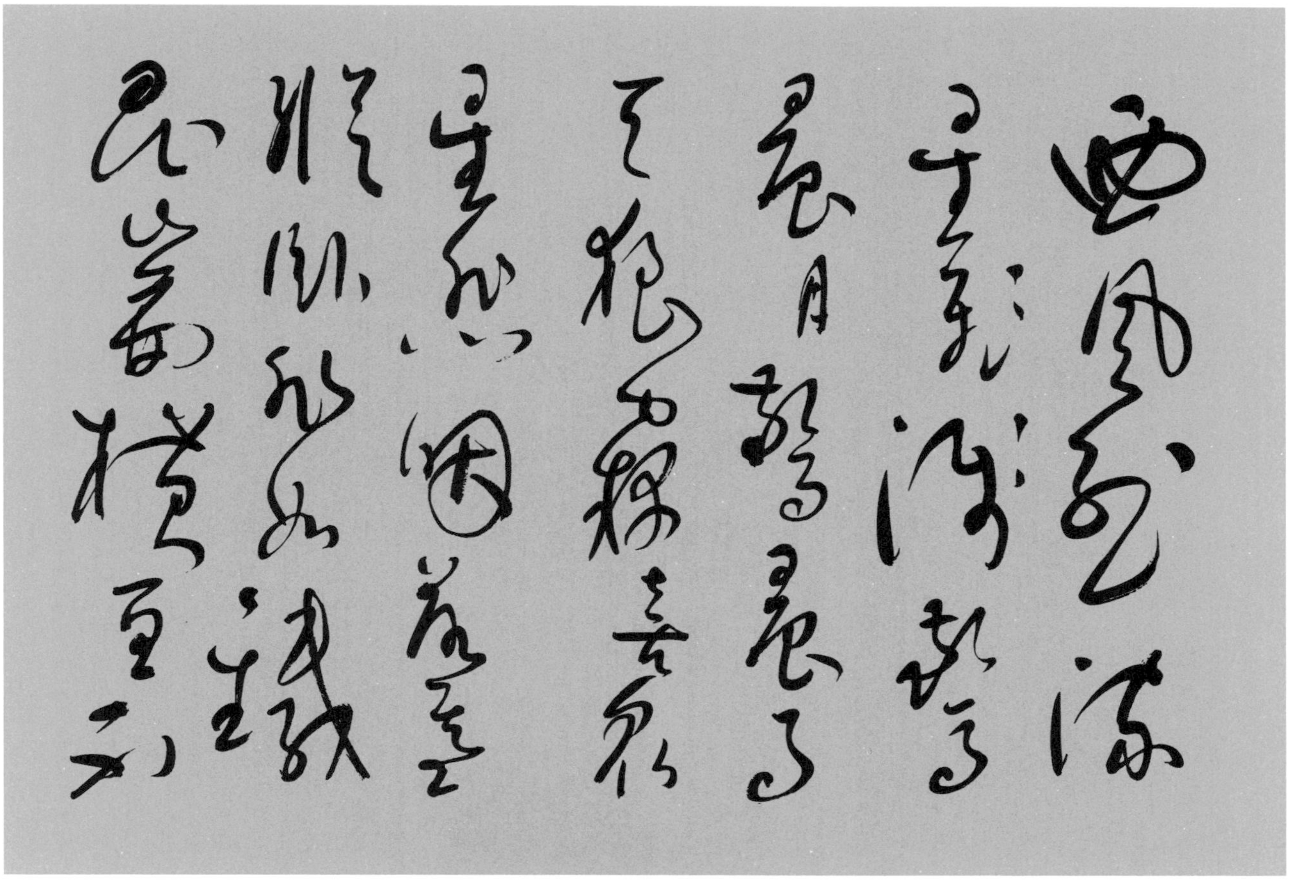

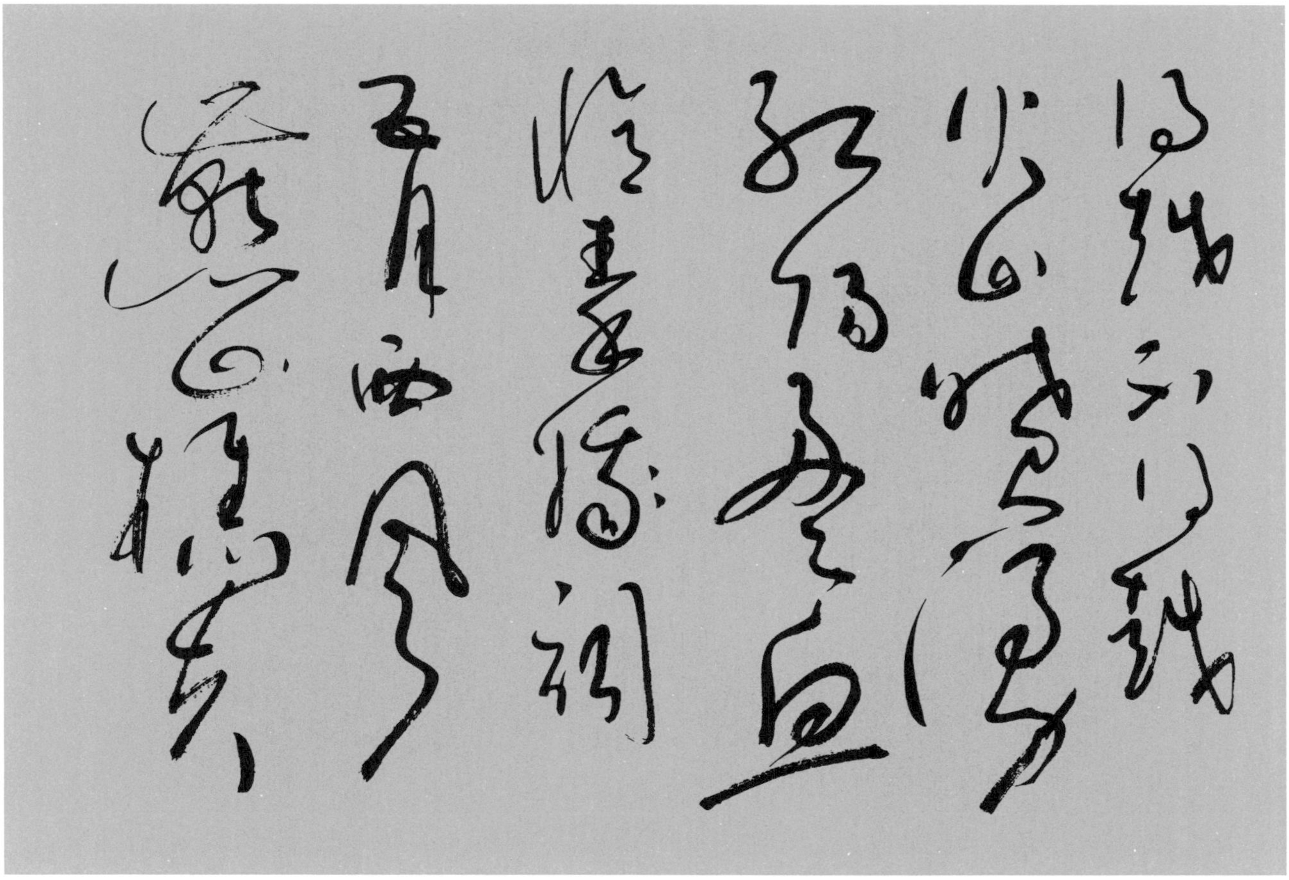

滿江紅·國慶思源

（一九九九年九月十五日）

遵義抬頭，紅旗捲、婁山隘口[1]。
窰洞亮，雄文著就，御倭持久[2]。
倒海排山神鬼泣，摧枯拉朽蒼龍走[3]。
看潤之、揮筆繪新天[4]，無敵手。
探新路，時左右[5]。
調航向，觀北斗。
舉實事求是，正言不朽[6]。
撥亂糾偏再前進，改革開放重抖擻。
見鄧公、二度話南巡[7]，開金口。

註釋：

❶一九三四年，中國共產黨領導的工農紅軍，由於王明等左傾機會主義的錯誤，被迫長征，形勢危急。一九三五年一月的遵義會議，確立了毛澤東同志的領導地位。此後，紅軍連續取得了四渡赤水河、攻占婁山關等軍事勝利，標誌着紅軍開始扭轉危局。毛澤東在《憶秦娥·婁山關》詞中以『馬蹄聲碎、喇叭聲咽』之句描繪婁山關戰鬥的激烈場面。之後，朱德同志詩中有『群龍得首自騰翔，路綫精通走一行』之句，指的就是遵義會議確立毛澤東同志的正確領導（抬頭），革命事業才得以發展和升騰。有了遵義會議，才有長征勝利。

❷紅軍勝利到達陝北，毛澤東同志在窰洞中寫下了大量的論著，爲抗日戰爭和整個革命事業的勝利提供理論指導，毛澤東思想的科學體系在這裏基本形成。就指導抗日戰爭而言，尤以《論持久戰》一文最具代表性。

❸以毛澤東同志爲首的黨中央，導演了威武雄壯、波

瀾壯闊的人民解放戰爭，使敵人聞風喪膽，令蔣介石逃往臺灣。『蒼龍』，指蔣介石。毛澤東《清平樂・六盤山》詞中有『今日長纓在手，何時縛住蒼龍』之句，三年解放戰爭擊潰了『蒼龍』，『跑到一群海島上去了』。

❹在解放戰爭節節勝利的基礎上，毛澤東同志籌建新中國，開辟了一個嶄新的天地，宣告了新民主主義革命的勝利，使中國跨入一個新紀元。鄧小平同志說：『没有毛主席，就没有新中國』。『潤之』即毛澤東，毛澤東字潤之。

❺建國後的社會主義事業，由於缺乏經驗，工作指導上時左時右，搖擺不定，出現了許多曲折。其中尤以左傾錯誤最爲嚴重。

❻繼毛澤東同志之後，鄧小平同志緊緊抓住實事求是這一馬列主義、毛澤東思想的根本原則，重新端正了黨的思想路綫，找到了一條建設有中國特色的社會主義道路，並形成了以實事求是爲核心內容的鄧小平理論的思想體系。

❼鄧公，鄧小平。一九七九年春，鄧小平一度南巡，拉開了建設經濟特區擴大改革開放的大幕。一九九二年春，鄧小平以八十八歲高齡二度南巡，發表重要談話，就中國現代化建設一系列重大課題作出深刻解答，有如撥開雲霧見青天，成爲中國改革開放歷史上的重大里程碑。

導讀：

中華人民共和國五十周年，舉國歡慶。此時，作者想到兩個人，兩個與國家命運息息相關舉足輕重的偉人，兩個不同時期不同作用的核心人物，這就是毛澤東和鄧小平。國慶思源，自然想起了開國領袖和改革元勛。

毛澤東是從遵義會議開始走上核心領導崗位的，

故曰『遵義抬頭』。有了毛澤東的正確領導，中國革命節節勝利，這是讀者熟知的事，該詞祇點了幾個代表性環節。講長征，祇舉出婁山關。正如毛澤東《憶秦娥・婁山關》詞中所言：『雄關漫道真如鐵，而今邁步從頭越』。寫抗戰，點了在土窑洞的燈光下構著千秋奇文。寫解放戰爭，用了『倒海排山神鬼泣，摧枯拉朽蒼龍走』的對仗句，形容氣勢磅礴，鋭不可擋。人們驚奇地看着毛澤東瀟灑揮筆開辟出一個嶄新的天地，這是何等豪邁之氣概！因此說，毛澤東面前『無敵手』。

下半闋寫建國後五十年的不平凡歷程。社會主義建設的道路是艱難的，左右摇擺，曲曲折折。是鄧小平領導人民找到一條適合中國國情的建設社會主義道路，端正了航向，其中關鍵的是重新確立了實事求是的思想路綫。實事求是，才是不朽的真理，才有無窮的法力。有了實事求是，撥亂反正糾正錯誤；有了實事求是，改革開放另辟坦途。於是，中國建設航船再度前進，中國人民重新抖擻，取得了今天這樣輝煌的成就。人們喜看鄧小平啓動金口，輕鬆笑談現代化建設，春潮涌動，春雷激蕩，座座金山拔地而起，片片緑洲依地而生，真乃神話一般，堪稱金口玉言。

兩個偉人，一個使中國人民站起來，一個使中國人民富起來，我們永遠不能忘記他們！

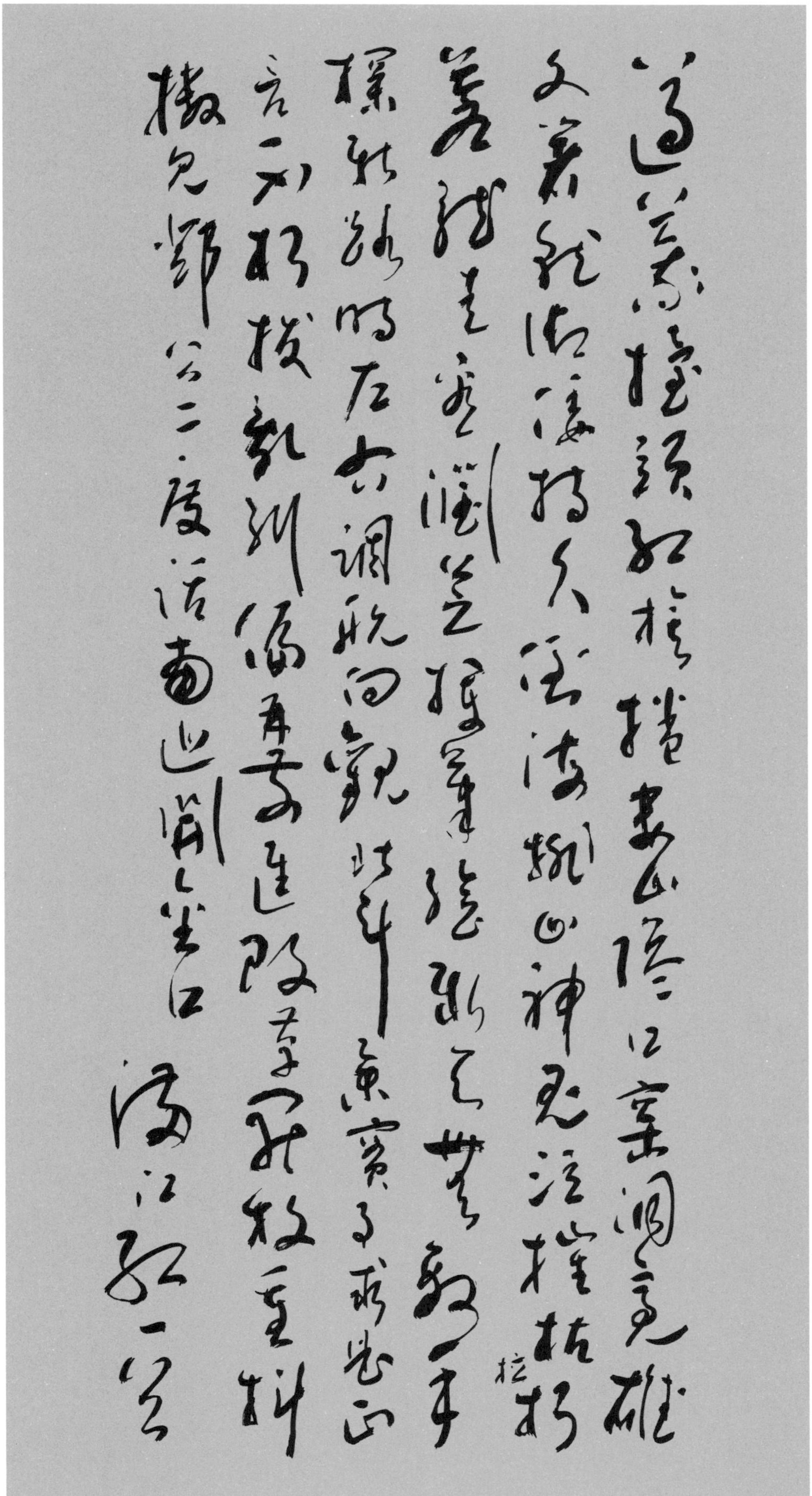

自由詩・五星紅旗

（一九九九年十月一日）

我們的國旗，
五星紅旗，
是偉大領袖毛澤東主席親手升起，
至今已高高飄揚了半個世紀。
我們——
在五星紅旗照耀下成長起來的中華兒女，
在這國慶五十周年之際，
頭頂五星紅旗，
脚踏中國大地，
滿懷深情地讚頌你。

（一）

五星紅旗——
革命的旗，戰鬥的旗。
是黨旗軍旗鑄造了你，
是烈士的鮮血染紅了你。
我們不會忘記：
一九二七，腥風血雨，
共産黨人面對敵人的屠刀英勇不屈。
南昌起義，秋收起義，
武裝鬥争烽火舉，
創建革命根據地。
長征二萬五千里，
十成人馬剩其一。
抗日戰争，解放戰争，

有千百萬烈士倒在血泊裏。
英勇奮戰，前赴後繼，
慷慨赴國難，捨身成大義。
烈士鮮血流成河，
凝成了這面五星紅旗。
五星紅旗啊，
你來之不易！

（二）

五星紅旗——
神聖的旗，莊嚴的旗。
自從有了你，
中國人就揚眉吐氣。
無論是在本土，
還是在外域，
祇要見到你，
自豪之情便油然而起。
一九九八年底，
我到香港去，
見會展中心高揚五星紅旗，
更深刻體會到香港回到祖國懷抱裏。
我到紐約去，
在聯合國總部見到五星紅旗，
鮮紅奪目，飄灑壯麗，
我的頭也隨之昂起。
世界各地華人華裔，
每臨迎接祖國親人來訪，
他們手舉國旗；
爲中國運動員助威，
他們手舉國旗；
見到中華健兒奪冠升旗，

他們更是熱泪盈眶激動不已。
國旗是民族的尊嚴，
國旗是游子的希冀。

（三）

五星紅旗——
光輝的旗，勝利的旗。
紅旗指處——
勢如破竹，所向披靡。
當年五星紅旗剛剛升起，
便頂住了國内外的重重壓力，
醫治了戰爭創傷，
粉碎了敵人顛覆我新生政權的陰謀詭計。
『三大改造』獲得成功，
我國進入了全面建設社會主義的新時期。

儘管其中路有彎曲，
但五星紅旗依然飄揚，
偉大祖國依然矗立。
自黨的十一届三中全會起，
我們終於明白了如何建設社會主義，
進入了改革開放現代化建設的新時期，
創造了舉世矚目的輝煌業績，
並滿懷豪情迎接新的世紀。
中國人民有志氣，有能力，
讓我們的五星紅旗——
革命的旗、戰鬥的旗，
神聖的旗、莊嚴的旗，
光輝的旗、勝利的旗，
永遠飄揚，
更加艷麗！

水調歌頭·生機

（一九九九年十一月二日）

偶有小疾患，赴院獲療醫。
心旌早至天外，豈可戀床席！
信步園中極目：
朗朗高空無際，萬里走雲霓。
我自隨之去，天人本同局。

承天意，憑活力，克千疾。
家國難免無恙，亦賴注生機。
放手革頑除弊，咬定青山不棄，
腐朽化神奇。
萬物當强己，自健乃無欺。

寫作說明：

作者偶患腰疾，疼痛難忍，住進醫院，卧於病榻。療後好轉，旋即出室。醫院地處京郊，更兼昨夜大風吹過，天高氣朗。作者仰望長天，心潮波涌，填詞抒胸，詞成心爽。

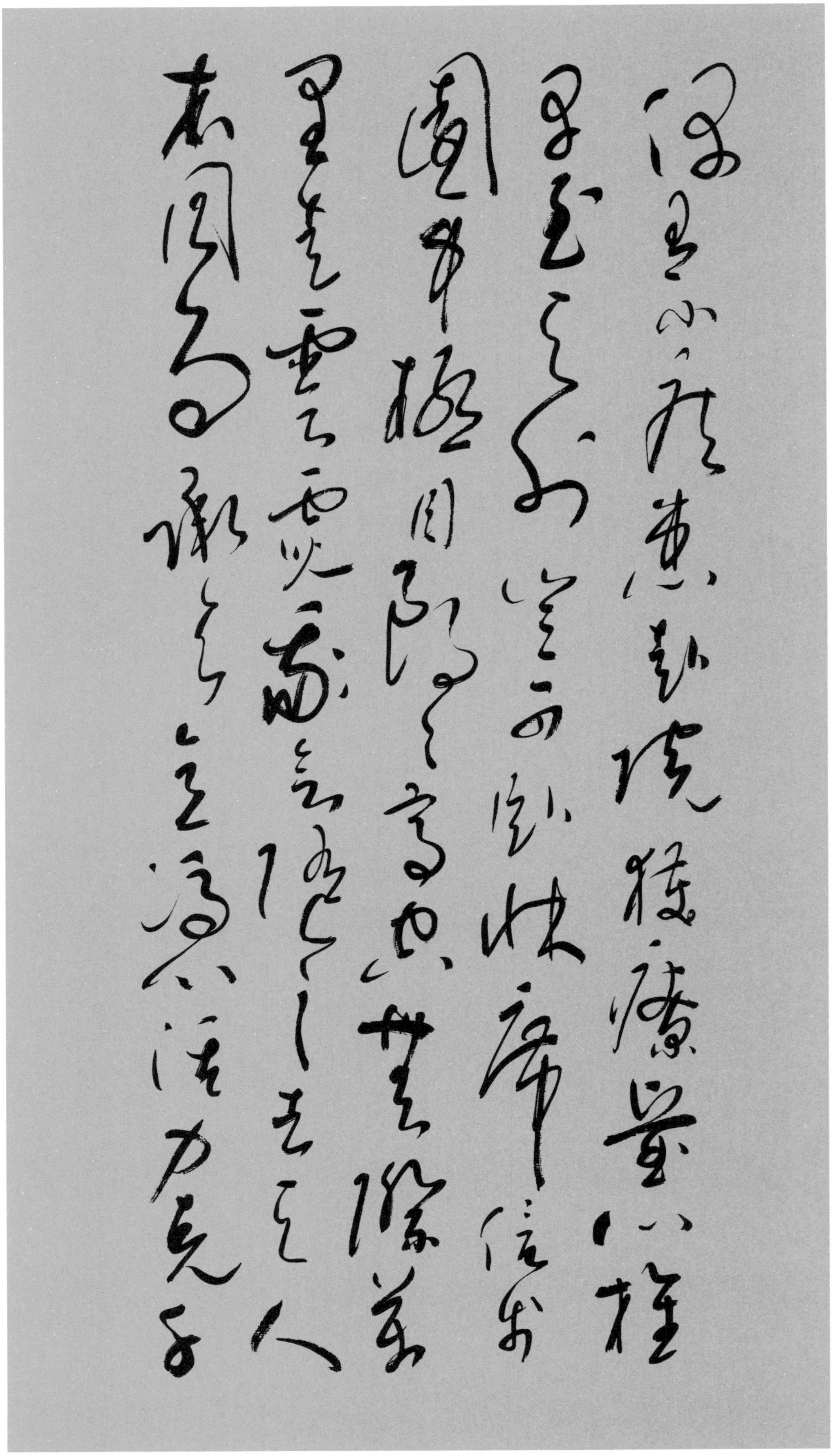

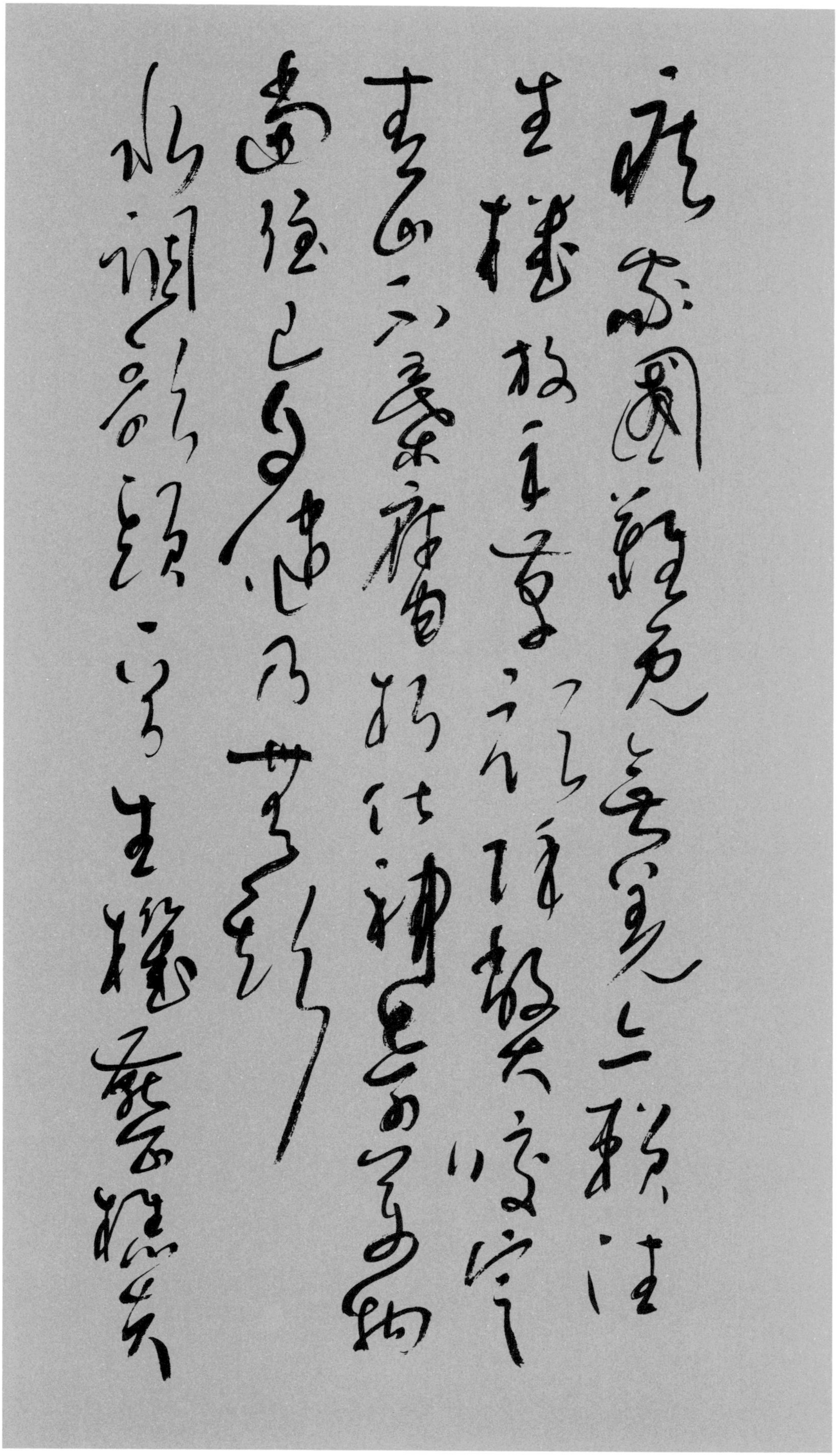

七律二首·世紀演義

（一九九九年十二月三十日）

其一

世紀車輪步履難，經風歷雨一百年。
東西鐵甲黑烟滚，南北鋼刀白雪翻。
才見科學激進步，又觀物欲勵强蠻。
小球殼上争戰久，歷史老人不勝煩。

其二

雅士淵明喜夢游❶，桃花源裏泛輕舟。
祥和每每心中過，醜惡偏偏眼底收。
幸有鬥争革舊體，更兼建設展新籌。
吾儕奮舉接力棒❷，大業不成誓不休。

註釋：

❶淵明，即陶潛，字淵明、元亮，東晋杰出詩人，古代理想主義者。其所著《桃花源記》，虚構了一個和平、幸福、文明的社會境界，代表着自古以來人們對美好生活的向往和追求。

❷毛澤東、鄧小平是本世紀中國最偉大的人物。毛澤東領導人民革命，建立了新中國；鄧小平領導改革開放，開創了社會主義現代化建設的新道路。兩位偉人的奮鬥志向都是使人民自由幸福，國家繁榮富强，世界和平安定。這是長期的歷史任務，需要數代人的持續努力，更是下一世紀乃至下一千年的艱巨任務。

導讀：

站在千年之際、世紀之交的歷史界碑上，作者前瞻後顧，審視已逝去的人類社會風雲激蕩的百年歷史，作出總結，發出感慨。第一首寫世界，第二首寫中國。

試看：小小星球，東西南北，鋼刀閃閃，鐵甲隆隆，一場久演不衰的厮殺戲劇。本世紀發生兩次世界大戰，其他戰爭不計其數，約有一億人在戰爭中傷亡。戰争對人生、對經濟、對生態破壞極大，留下許多民族和社會的後遺癥。與此同時，二十世紀的科學發展，到了後五十年尤其是後二十年，呈現出日新月异的可喜局面。科學發展促進文明進步，經濟建設改善人們生活，和平力量限制戰争危險，已使世界面貌發生了深刻變化。但是，階級、民族、地域的利益之争，政治主張、價值觀念的對立存在，使世界争戰經久不息，此起彼伏，想太平而不得寧静。正如毛澤東詞中描繪：『人世難逢開口笑，上疆場彼此彎弓月。流遍了，郊原血』。二十世紀就是這樣過來的。和平與發展，戰争與野蠻，是貫穿於整個世紀的相克相生的兩大主綫。其中，和平與發展仍是主流。

中國的狀况也難超而脱之。自古以來，善良的人們一直在不懈地憧憬和追求美好生活，可殘酷的現實總是無情地折磨着人們，中國封建主義根子扎得太深，雖爆發革命，推翻帝制，然經幾番復辟，幾場鬧劇之後，又陷入内外之亂。共産黨領導了新民主主義革命，建立了人民政權。與已往鬥争性質不同，這是具有根本意義上的社會革命和社會進步。本世紀的後二十年，中國實行了改革開放（也是一場革命），在現代化建設上邁出了决定性的一步。經過這兩次革命，人民從被壓迫走向解放，社會由封閉走向開放。解放和開放，是本世紀的中國最有價值的兩件事。僅這兩件事，對於中國幾千年歷史而言，可以説在本世紀進步最大。在本世紀還有兩件事意義重大，就是香港、澳門終於回歸祖國，『一國兩制』爲完成統一大業開辟了政治道路。

歷史告訴人們：世界和平誠然可貴，國家强大乃爲根本，落後就要挨打，乞求不是和平。通過二十世紀的歷史警示，感受二十一世紀的歷史使命，作者發出『吾儕奮舉接力棒，大業不成誓不休』的豪邁之志。

世紀末於此夜
難經風雨百年
東西鐵甲黑烟滚
南北鋼刀白雪翻來
見科學發達與又觀
物質動能寰小球完上
爭戰久歷來悉人分
儀頭難士關明喜
美好遠長長深里江

難丹祥麟安之以年
色丑憑源之眼底路
半月闕爭貴黃從
更無津後役結叢
古傳書秉捧樓大
萬邦前共楼不休
七律二首世紀演義
蕭以山樵夫

五絶・京西大覺寺茶苑

（二〇〇一年六月九日）

花謝枝愈靚❶，琴揚寺更幽。

神泉滋玉柱❷，聖水潤金溝。

註釋：

❶大覺寺茶苑以清雅著稱。公曆六月時節，院中玉蘭樹已花落葉發，挺拔的樹干，光潔的虬枝，鮮嫩的葉片，愈顯其高潔、靚麗，比較花開時又具一番雅趣。

❷作者於院中觀樹、賞景、聽樂之時，偶見一小男童毫無顧忌地向廳廊木柱撒尿，童尿自柱根流落下來，沿廊臺滴入階下石槽中，與山泉融爲一體，蜿蜒地、緩緩地向下游流去。雅中見俗，雅俗共賞，也是難得一畫面。

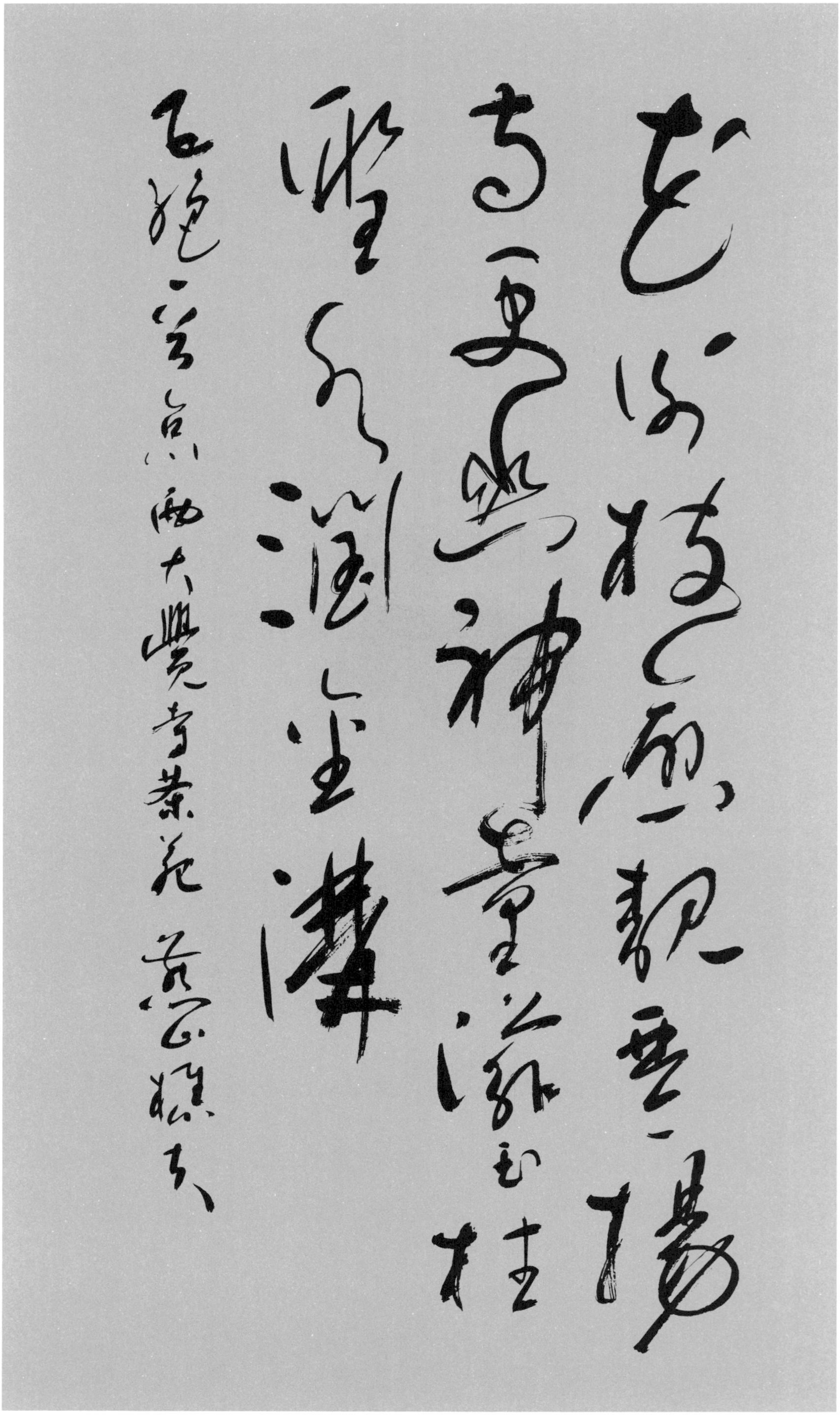

七律·天池

（二〇〇一年九月十四日）

天山❶捧起承露盤❷，
沐獲珍珠水一潭。
水下倒懸千嶺雪❸，
湖邊直舉萬峰杉❹。
老榆池畔鑲玉珮❺，
小瀑山前挂碧環❻。
早有聃公西域去❼，
真經似露惠人間。

註釋：

❶天山，我國新疆中段大山脉，橫亘東西，西端進入吉爾吉斯斯坦。山脊常年積雪，宛如一條銀裝巨龍橫跨中亞。天山天池位於天山主峰博格達峰之側，湖水爲天山冰雪融積而成，純净無瑕，湛藍碧透，湖面海拔近兩千米，爲我國著名高山湖泊，素有『瑶池』美稱。

❷承露盤，古人作盤向上天祈承甘露，服（敷）之以祛病延年，此盤爲承露盤。漢武帝曾爲此事，三國、宋代亦有人仿之。天池居於天山之上，其池似盆、似盤，如向上蒼祈承甘露之狀。

❸千嶺雪，天池周邊群山上半部，常年積有皚皚白雪，此景倒映湖水之中，上下呼應，甚爲美麗。

❹萬峰杉，指天池周邊峰坡上生長的高大古老青翠挺拔的雲杉。如此構成天池大畫面：上部，茫茫白雪；中部，片片蒼林；下部，清清湖水，三層立體，渾然天成。

❺老榆，指天池湖床上的一株大榆樹，傳説爲當年西王母插下的定湖神針。此榆距湖水十米左右，周邊赤地，凌寒獨秀。其主干曲迴，樹冠碩大，雖逾千年，

然不改葱翠，生機盎然，堪稱一奇，如同鑲嵌在『承露盤』邊的玉珮一般，搶眼奪目。

❻小瀑，天池水滲出，形成一條清澈秀美之溪流，沿正面山坡垂瀉而下，没多遠，又形成一個小湖泊，稱爲『小天池』，好似天池美人胸前錦帶上垂挂的碧環，大小瑶池相映成趣。

❼聃公，指老子，我國古代偉大思想家，道家學派的開山祖師。老子，名李耳，稱老聃，故曰聃公。老子所著《道德經》，其思想博大精深。傳説當年老子西行而去，後人不知所終。然老子博大思想却深刻影響了世世代代的天山兒女，在整個中華民族中也扎下了根。天池水高，不及老子思想高；天池水深，不如老子思想深。

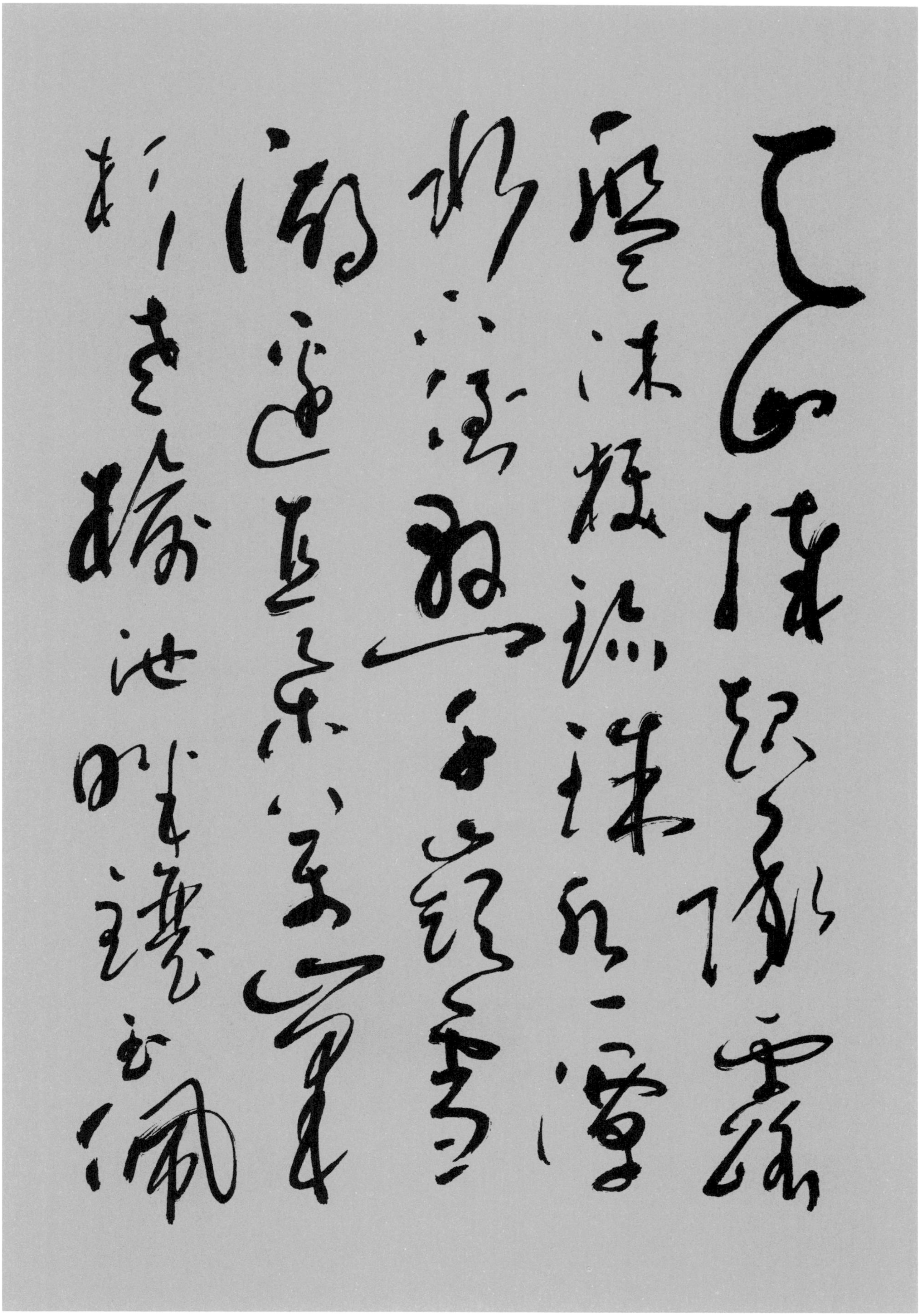

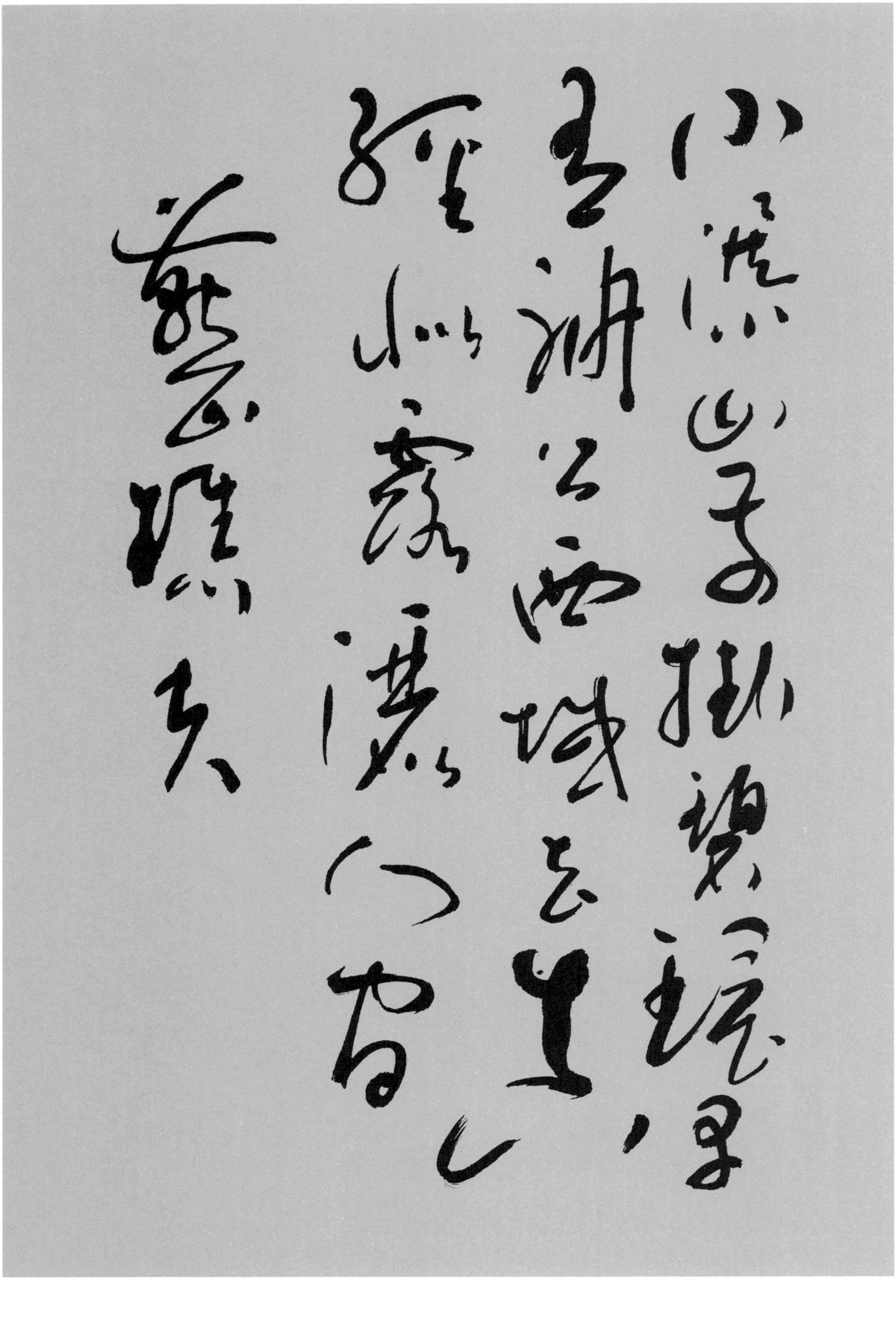

破陣子・長征壯歌

（二〇〇一年十月）

兩萬五千險徑，
二十八畫稱雄❶。
木槳爲鞭揮樂譜❷，
鐵索當弦奏曲聲❸。
一歌蕩九重。

本是道高魔下，
何言此降彼生❹？
壇築七星風助火❺，
陣布八門豆化兵❻。
江山一掌中。

註釋：

❶『二十八畫』，指毛澤東，毛澤東繁體字爲二十八畫。毛澤東曾以『二十八畫生』作爲筆名。

❷『木槳』，指紅軍十七勇士强渡大渡河時所用小木船之船槳。紅軍駕乘這隻小木船頂着對岸敵人的密集炮火，强渡成功。小木舟，小木槳，闖激流，戰惡浪，如同毛澤東手持音樂指揮棒，指揮演奏出了人類戰爭史上激越壯美的樂章。

❸『鐵索』，指瀘定橋之鐵索。瀘定橋鐵索共十三根，其中四根爲欄杆，九根托橋面，紅軍指戰員在敵人拆掉橋板的情況下，冒着對岸守敵的激烈掃射，攀緣鐵索，跨橋成功，爲身處險境的紅軍大隊人馬闖出了一條生路。瀘定橋的鐵索在紅軍面前，好似綫譜，又像琴弦，在毛澤東的操作下，又演出了一首感天地動鬼神的千古絕唱。

❹周瑜智謀過人，英姿勃發，然在諸葛亮面前，計

遜幾籌，每每受挫，曾抱怨蒼天：『既生瑜，何生亮！』蔣介石一代梟雄，國柄在握，統雄師以平勢寡之紅軍，但在毛澤東面前，却一籌莫展，屢屢失算。遇到毛澤東，蔣介石是否也曾發出周瑜那種無奈之哀嘆？天生幾多豪杰，共佔時間空間，這是沒有辦法的事情。當然這裏最根本的取决於：誰代表人民，誰代表進步。

❺『七星』，指『七星壇』。諸葛亮爲聯吳破曹，曾於南屏山築七星壇，祇身壇上，假作借風，潛回夏口，巧妙地躲過了周瑜加害。這裏借指紅軍長征途中，毛澤東率領中央紅軍，身處張國燾挾持之險境，臨危不懼，泰然自若，機智巧妙地擺脱危局的驚人之舉。

❻『八門』，這是專指『八卦陣』，古時作戰陣法之一，按《易經》八卦原理所布。此陣設有八門（休、生、傷、杜、景、死、驚、開）。諸葛亮生前善布此陣，環環緊扣，變化無窮，使敵人有來無回。紅軍長征過程中，蔣介石調動各路大軍，圍追堵截，紅軍以疲憊之師面對十倍於己裝備精良之圍剿大軍，又處於飛鳥難越的山川之險，其境遇比八卦陣還要險惡。然而紅軍却在毛澤東帶領下，巧妙迂迴，運行自如，起死還生，譜寫了身臨絶境、轉危爲安的奇壯詩章。

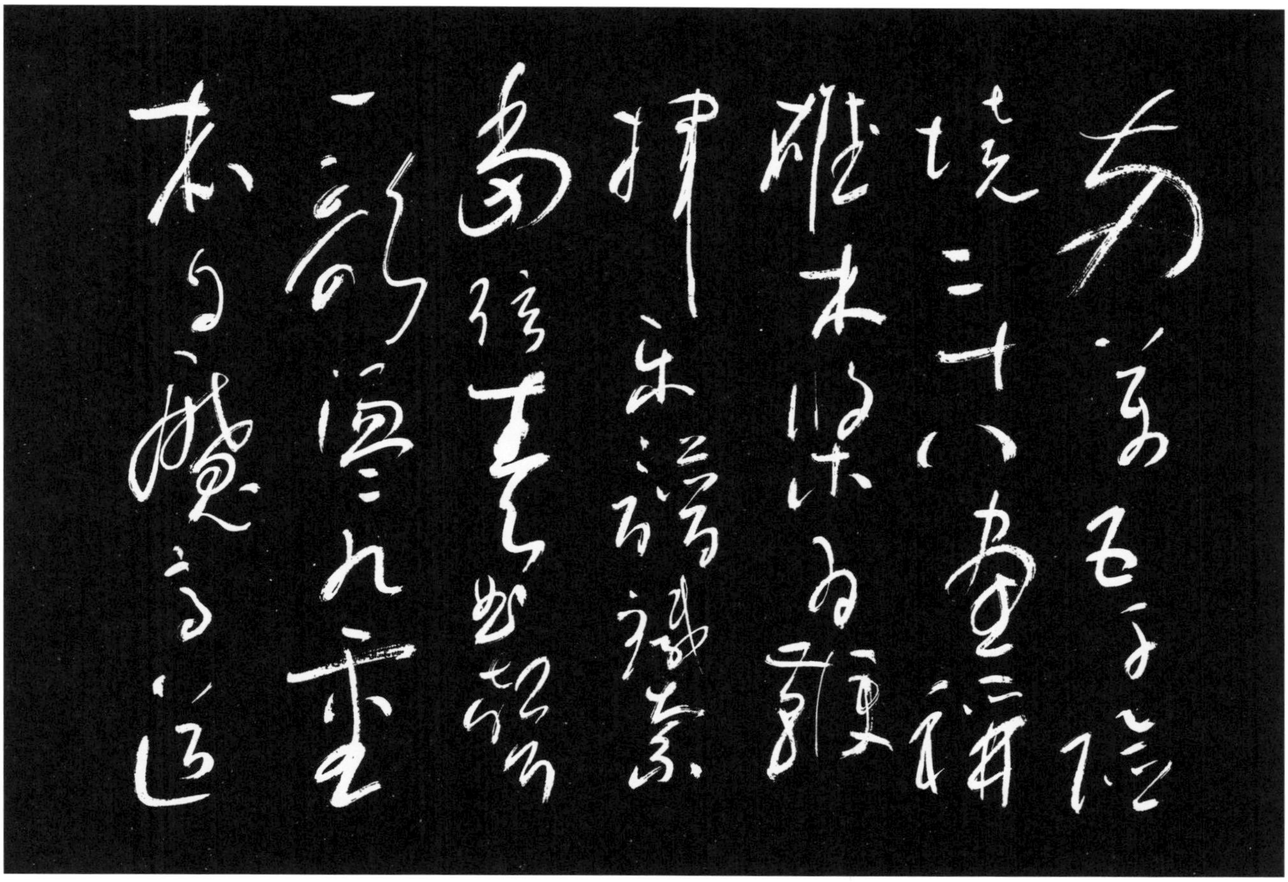

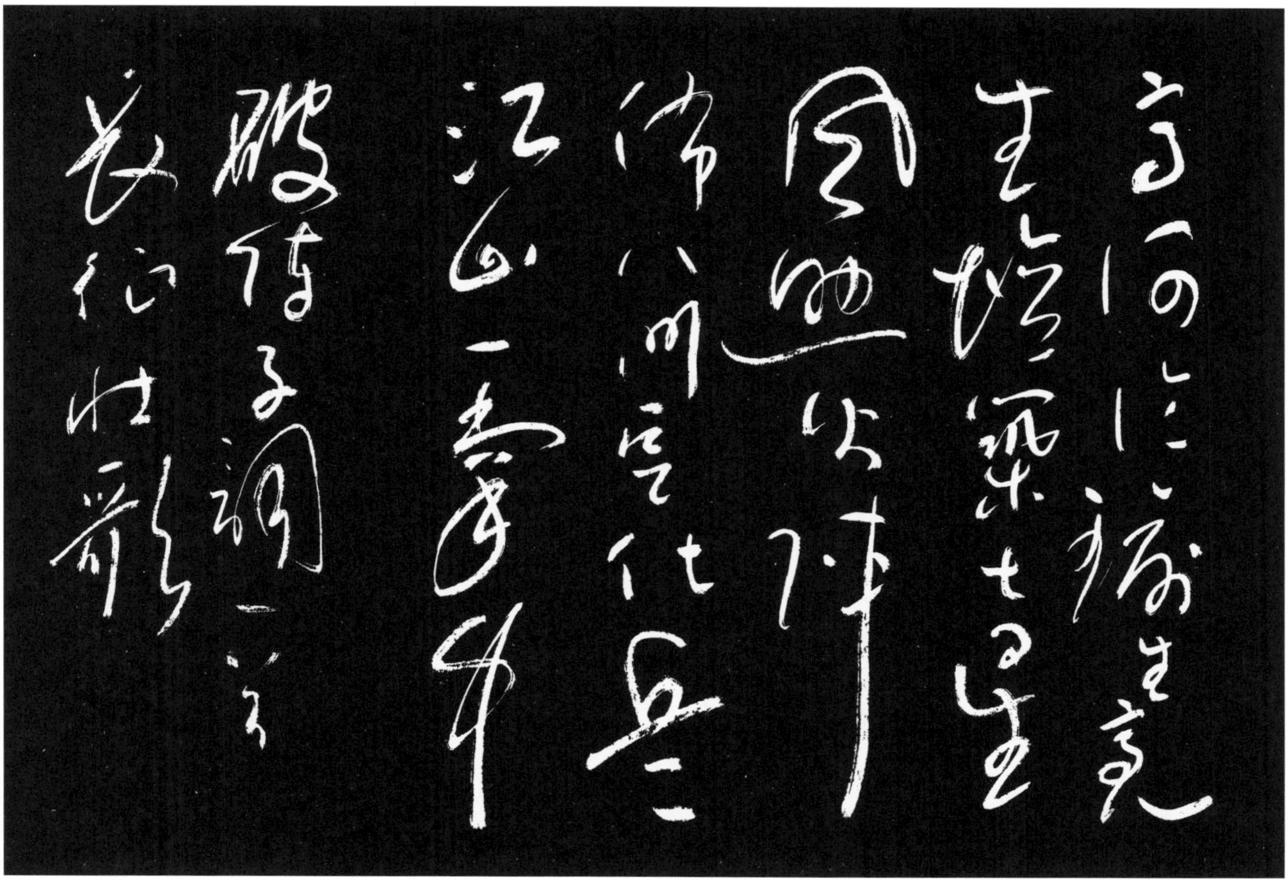

浪淘沙・五十有感

（二〇〇一年十一月二十三日）

人世似浮雲，轉瞬五旬。
不覺兩鬢染蒼銀。
孔聖遺言縈耳際❶，
已悟浮沉。
年少蘊詩文，雨潤叢林。
此生勿忘小山屯❷。
軍地兩篇終無恨❸，
大智唯真。

註釋：

❶孔聖，指大聖人孔子。孔子論人生各階段有『吾十有五而志於學，三十而立、四十而不惑、五十而知天命、六十而耳順、七十而隨心所欲不逾矩』之說。五十知天命，即人到五十，基本已知曉人間冷暖，體悟人世沉浮，進入了人生成熟期，對自身已有了比較明確而清醒的認識，丟掉了青少年時期的許多幻想和浮躁。

❷作者家鄉爲京北深山區，四周山巒起伏，溝壑縱橫，林木繁茂，空氣清新。作者生長於這樣的環境，自幼喜愛詩文，充滿遐想，爲日後打下根基。『此生勿忘』，體現了對家鄉小山村的深深眷戀。

❸軍地兩篇，指作者先後在部隊工作、地方工作的兩個不同階段。

人生所謂者精神更有一覺
有識超然逍遙之無不
亦臻已臻深沉至善境之高淵
叢林生命是小宇宙地球
茂曲繁根大地惟心

四言詩・悼趙公[1]

（二〇〇一年十二月十二日）

子林趙公，與吾同生。
吾出燕北，君起冀東。
鐵肩守常[2]，亦出樂亭。
昔君年少，投身飛行。
停飛轉政，政業始成。
與君同僚，乃吾之幸。
吾始就位，首遇希政[3]。
希政薦君，得見趙公。
自此相伴，感君忠誠。
德才皆備，文武全能。
龍行虎步，遇險衝鋒。
操持機關，奔波基層。
助吾理政，蕭何神通[4]。
政績顯赫，遠近聞名。
連年創優，屢建奇功。
憂喜相關，榮辱與共。
繼脱戎裝，各奔西東。
十年之期，祇晤一程。
兩心相連，鐘俞之情[5]。
今君驟逝，撫琴無應。
上蒼垂泪，大海翻涌。
思君至甚，心潮激騰。
君之情義，吾心永銘。
尋遍環宇，茫茫無踪。
淘盡人海，何世再逢？
悲哉慟哉，呼喚蒼穹。
天若有靈，還我趙公！

註釋：

❶趙公，趙子林，河北樂亭人，一九五一年出生，一九六八年參加中國人民解放軍，被選任空軍飛行員。因身體原因停飛後轉做政治工作，歷任飛行大隊政委、團政治處主任、預校大隊政委等職。因政績顯著，多次立功受獎。後轉業到秦皇島港務局工作，成績亦彰。二〇〇一年十二月於工作中突遇車禍，以身殉職，時年五十歲。

❷鐵肩守常，即李大釗。李大釗字守常。因其撰有『鐵肩擔道義，妙手著文章』之名句，故曰『鐵肩守常』，寓有堪當大任之義。

❸希政，張希政，河北唐山人，時任該團副政委。

❹蕭何，漢高祖劉邦之大管家，漢朝開國元勛，居相位助劉邦理政，卓有建樹，享有盛名。

❺鍾俞，即鍾子期、俞伯牙，古今知音佳話。

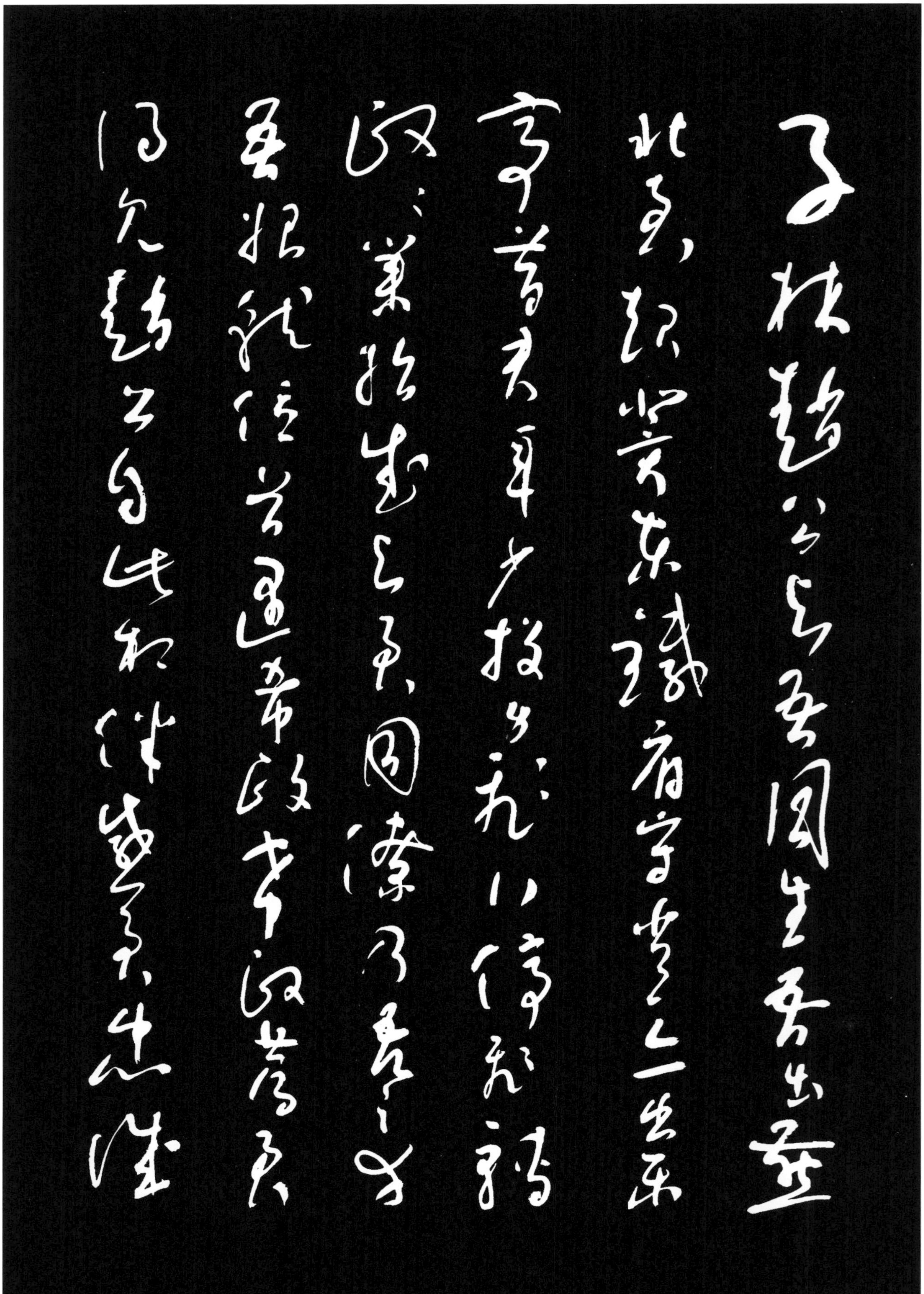

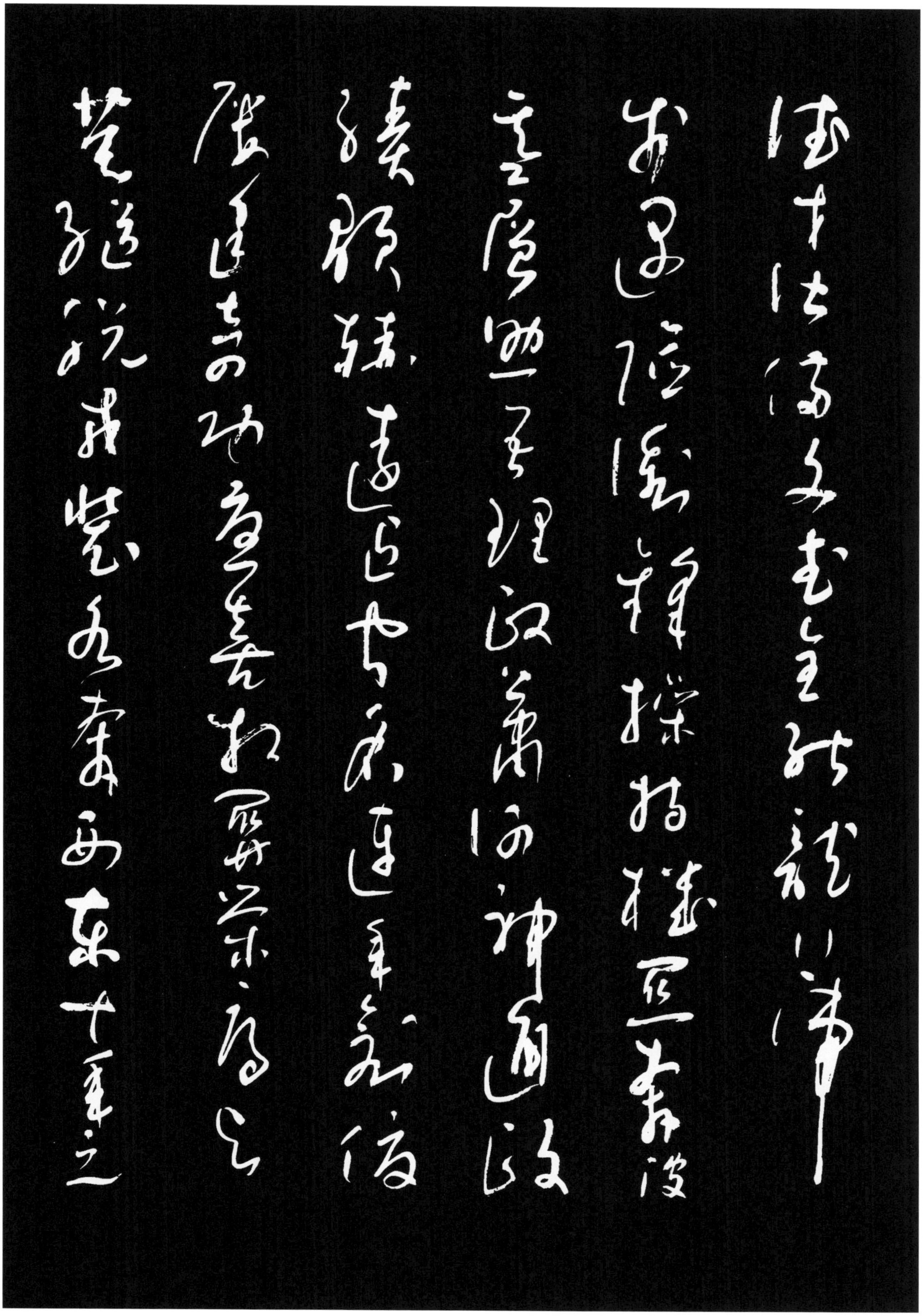

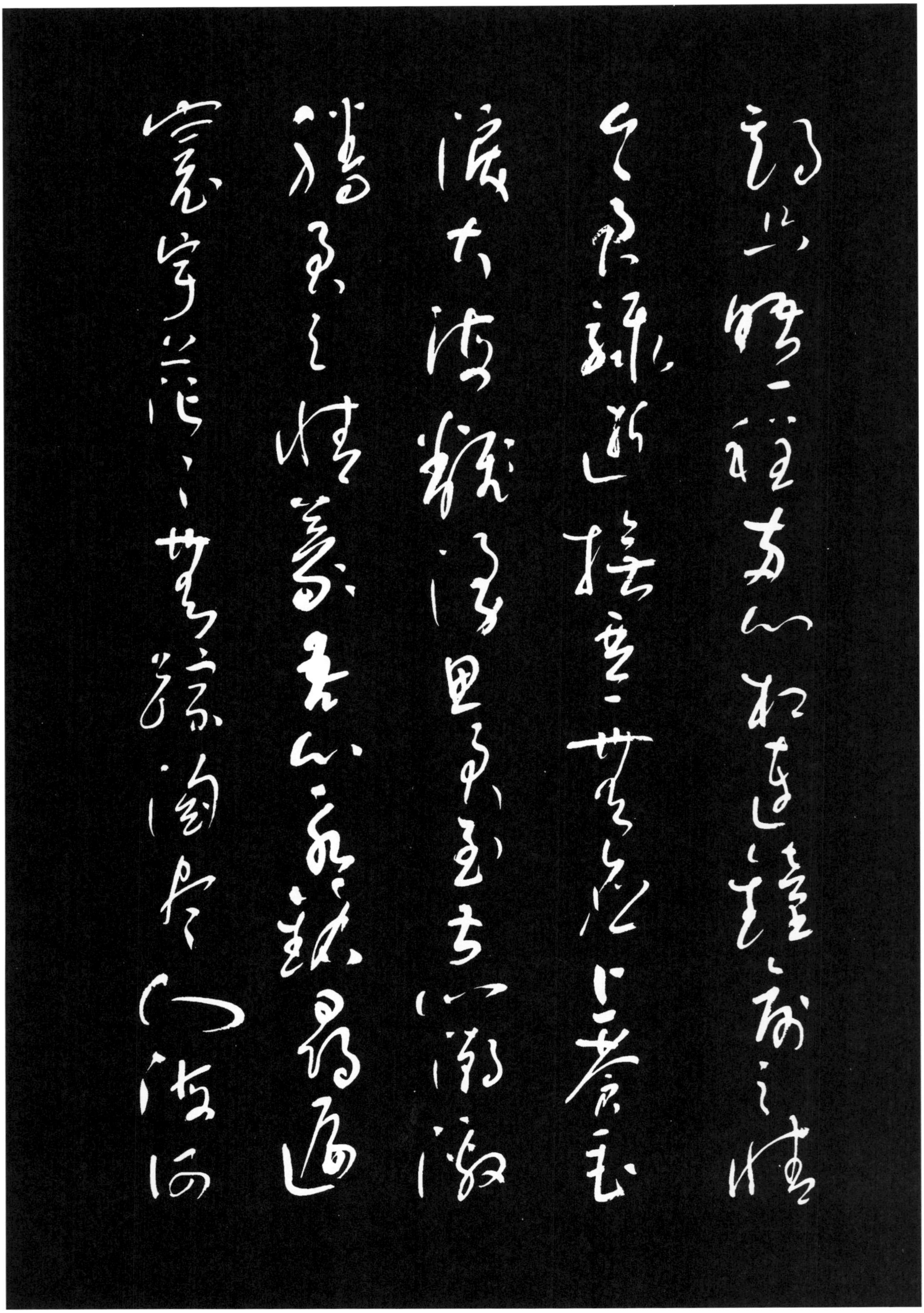

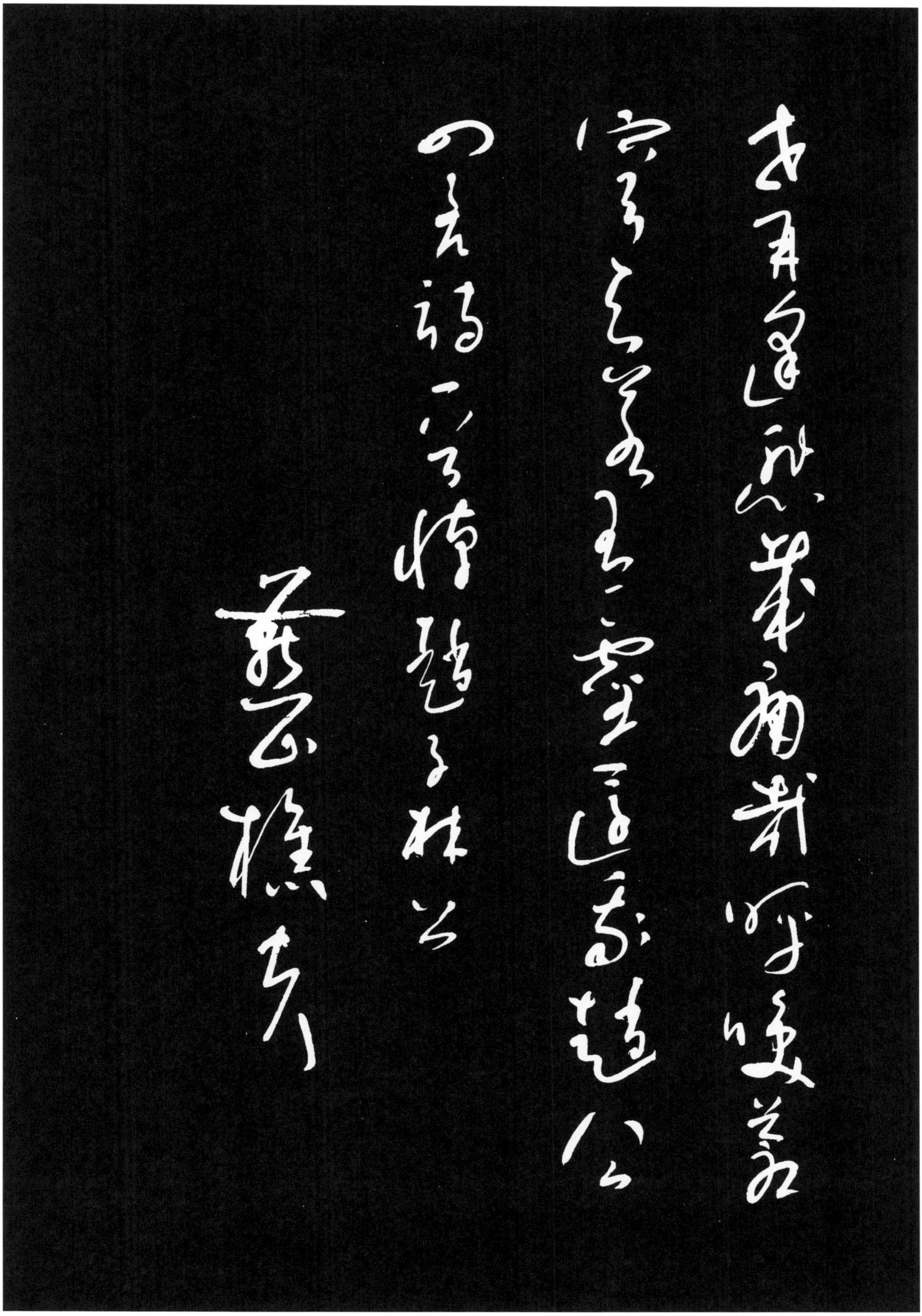

七古·青山戀

（二〇〇二年五月）

故鄉四周遍青山，未登已有三十年❶。
魂牽夢繞情難棄，而今束裝再登攀。
覓尋年少伐薪跡，追憶孩時採桑巖。
柴薪繁茂勝昔日，桑林葱蘢賽當年。
負薪欹脚石猶在，却無當時採桑籃。
攀爬陡坡路不見，披荆斬棘再向前。
終臨山頂氣微喘，定睛已見窟窿山❷。
玉竹柴胡藥材盛，坡窪落紅山杜鵑。
猛聞野兔傍草過，林中又遇肥猪獾。
居高再望小村落，穩穩端坐山下邊。
後山又添新公路，猶似青龍上雲天。
人過五旬心不老，得閑再味故鄉山。

註釋：

❶作者家鄉爲燕山腹地，小村莊處於群山環抱之中。作者一九七二年參軍離開家鄉，至此時正式登頂村旁高山（北梁），整整三十年。

❷『窟窿山』。作者家鄉魚水洞村與鄰村的群峰相連之處，有一巨大山巖，巖壁上有一通透大洞，像燕山美人佩戴耳環之耳眼，又傳説爲當年二郎神擔山時挂扁擔鈎之洞眼。本地人俗稱此山爲窟窿山。

賀新郎·明遠❶問道❷

（二〇〇二年五月十四日）

先聖藏真寶。
數千年、高才苦覓，棄多得少。
日月相推寒暑易，盼有真人駕到。
乘電輦、重霄冥杳。
但見老君舒長卷❸，泄一言、天地終不老。
明遠唱，報晨曉。

窮經斗室勤學早。
據先賢、登峰攬勝，衆山皆小。
胸腹已凝衝天力，出語神人拜倒。
日月喜、天光高照。
感動太白吟《天姥》❹，又激得、懷素書狂草❺。
天際舞，大鵬鳥。

註釋：

❶明遠，王世明，筆名問明遠，北京懷柔人，一九五五年出生，博士學位。對道、儒等諸家思想研究深透，對先賢大師許多經典學説提出精辟見解，創有新意，且著述頗豐。

❷道，乃老子《道德經》中所揭示的世界本源之『道』，操縱萬物規律之『道』。

❸老君，老子，老聃，李耳，中國道家學派創始人，中國古代大哲學家。後世尊其爲神，是爲太上老君。

❹太白，李白，李太白。《夢游天姥吟留别》，乃其浪漫主義杰作之名篇。

❺懷素，唐代僧人，中國書法大家。其草書出神入化，可謂登峰造極，後人無出其右。李白感其書，曾著《草書歌行》一首，盛讚懷素，尊其爲師。

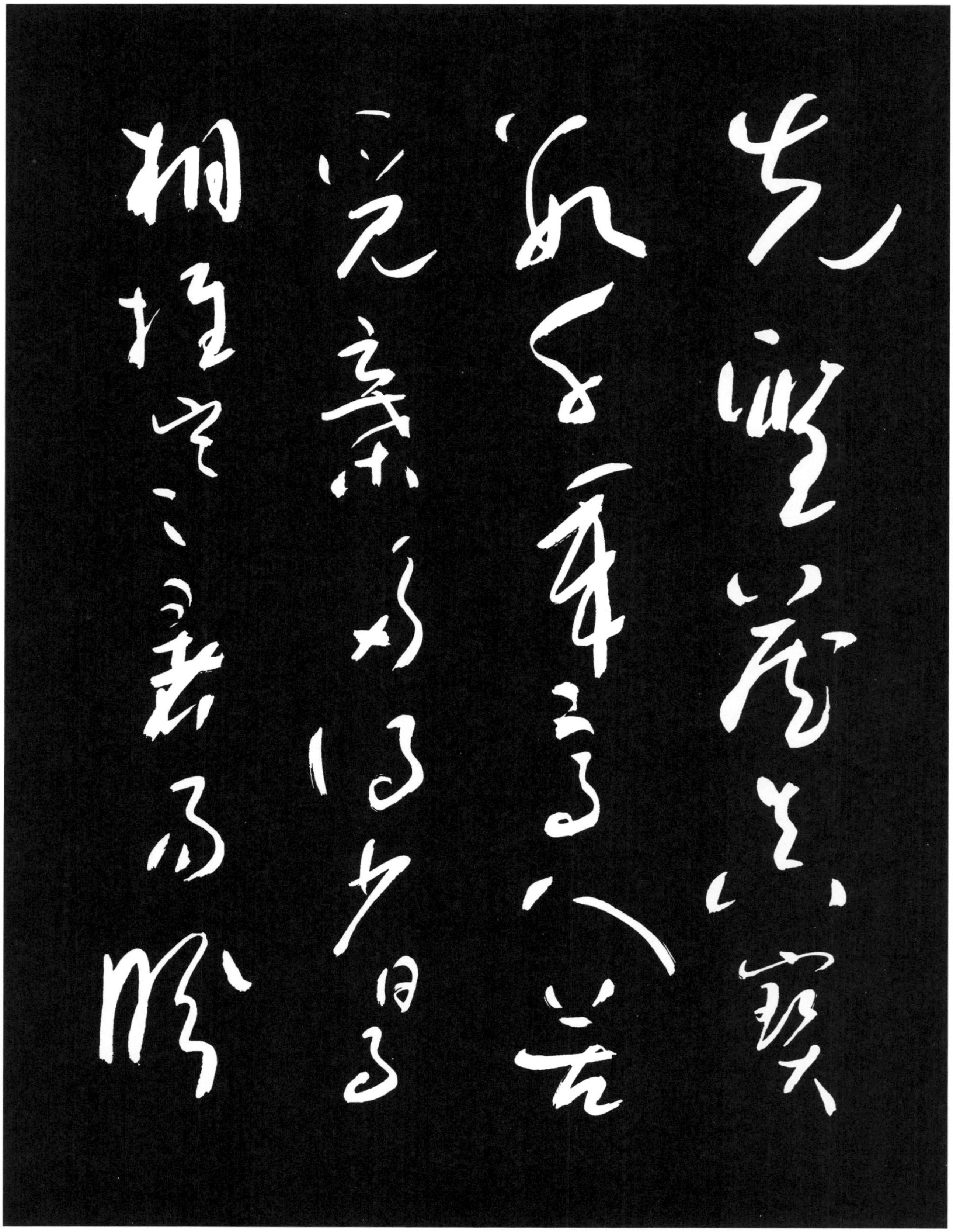

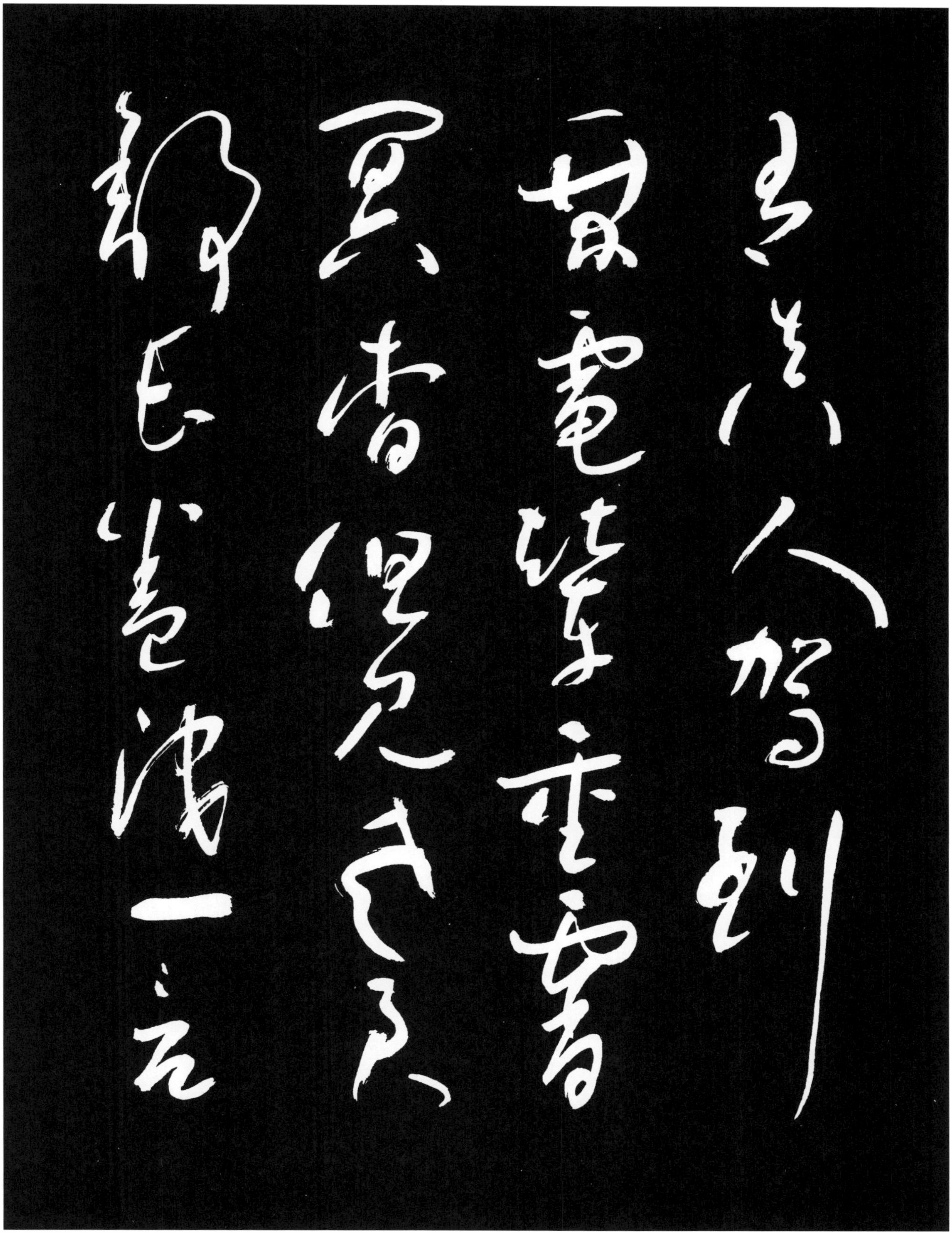

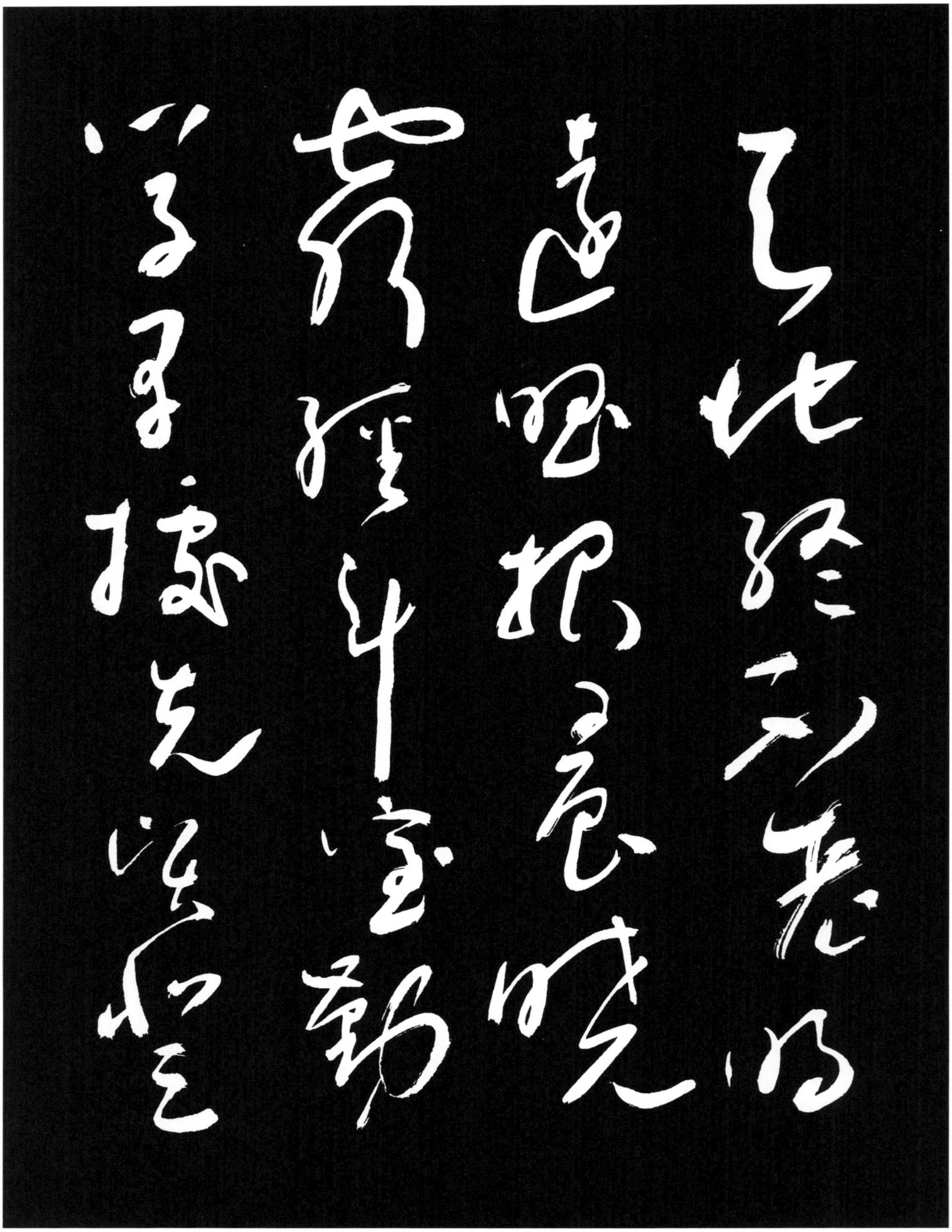

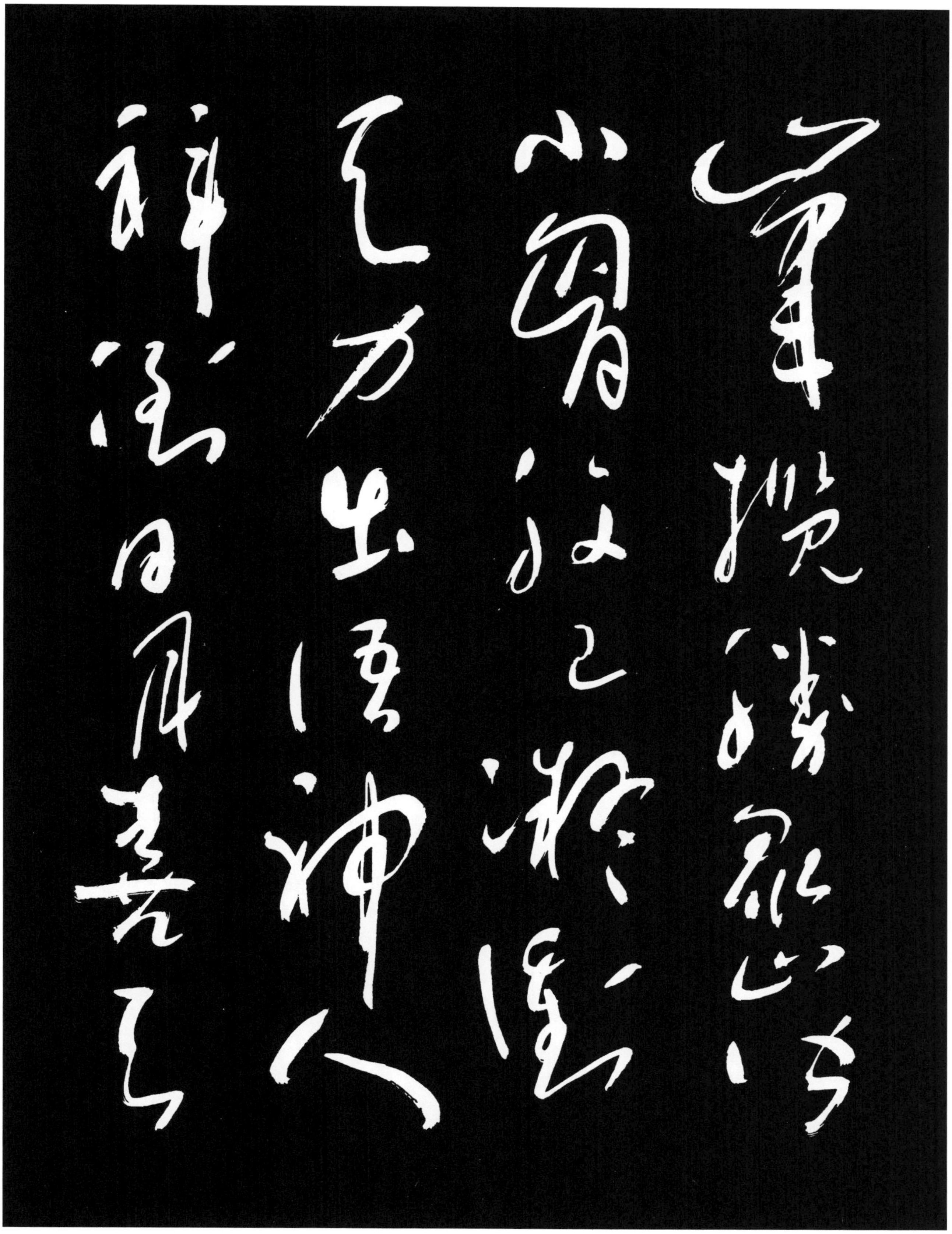

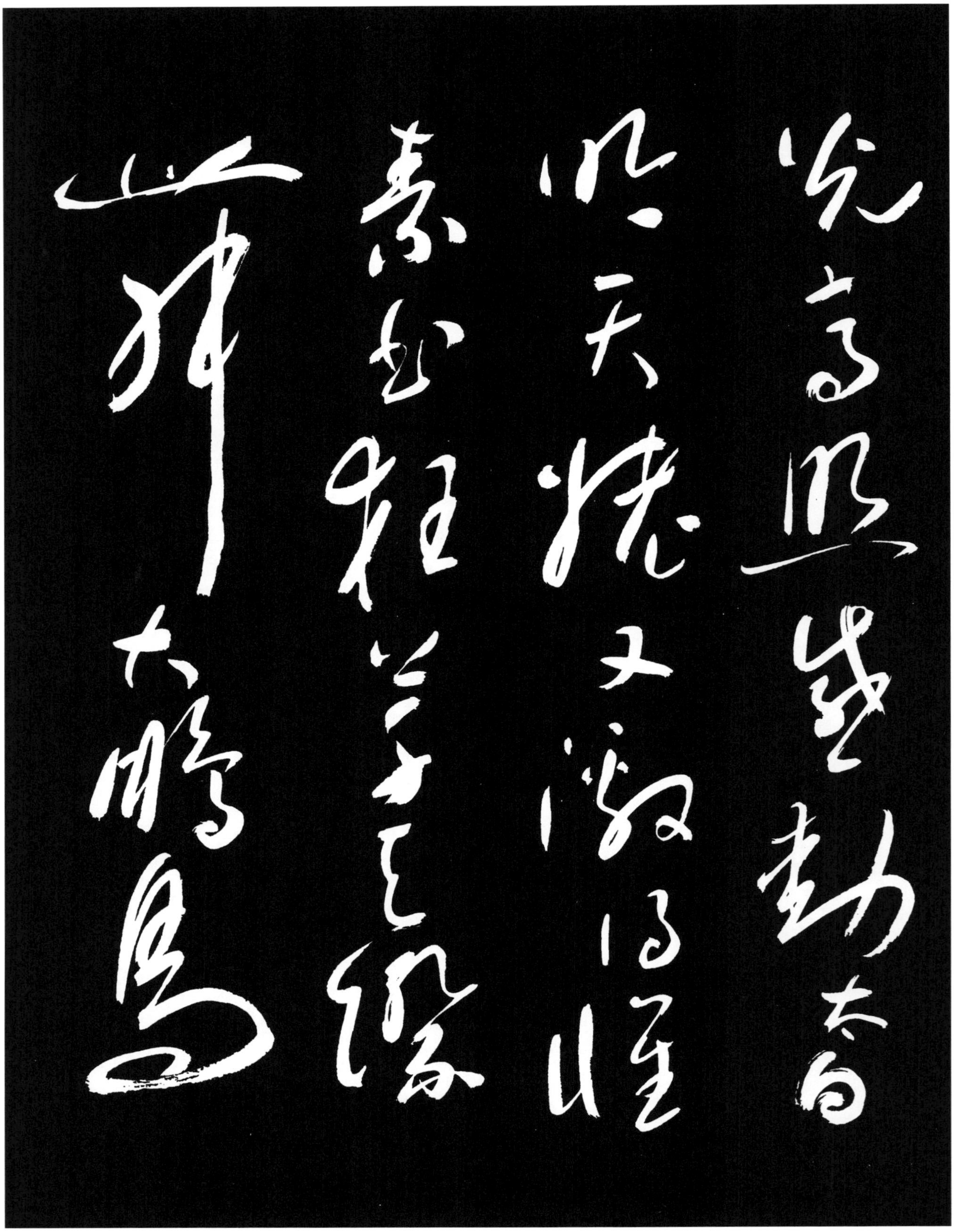

自由詞·霧靈山❶

（二〇〇二年九月十四日）

巨巖

青釭起山巒❷，才露鋒頭，便刺九天。
劍體深藏霧靈山。
蒼鬱千丘爲掩體，葱蘢萬壑作玄關。
更顯尊嚴。

飛瀑

飛流落崖巔，白綾倒掛，瓊珠四濺。
洋洋灑灑向人間。
若無地被植潤土，縱有天霖亦枉然。
何涌甘泉！

碧空

登高望長天，碧空如洗，白雲似練。
疑是嫦娥奔廣寒❸。
玉皇召聚神仙會，王母駕臨御桃園。
滿載而還。

註釋：

❶霧靈山，位於河北興隆與北京密雲交界處，主峰海拔2116.2米。山中峰奇、林茂、水湍，自然生態保護較好。

❷青釭，古時名劍，相傳此劍鋒利無比，切金斷玉，削鐵如泥。這裏以此比喻霧靈山中頂尖體大昂首衝天之峰巖。

❸廣寒，指神話中月球上的廣寒宮，亦稱月宮。『嫦娥奔月』是中國傳統名畫，蘊涵許多美麗的傳說。

七律・學子萬里行

（二〇〇三年三月二十一日）

美霸襲伊鬥正酣❶，
吾兒啓赴紐西蘭❷。
西天雲際飛硝焰，
東宇日邊耀彩環。
放眼方知經緯短，
抬足始感天地寬。
直登泮府加學冕❸，
來歲國門唱凱旋。

註釋：

❶二〇〇三年三月二十日凌晨，美軍突向伊拉克發起全面進攻，空中轟炸，地面進擊，雙方激烈交火，戰雲滾滾，硝烟衝天。

❷伊戰打響之次日——二〇〇三年三月二十一日，作者女兒田菁登機飛赴新西蘭（亦稱紐西蘭），縱跨太平洋，就讀研究生。

❸泮，泮宮，古時學堂。泮府，即學府。

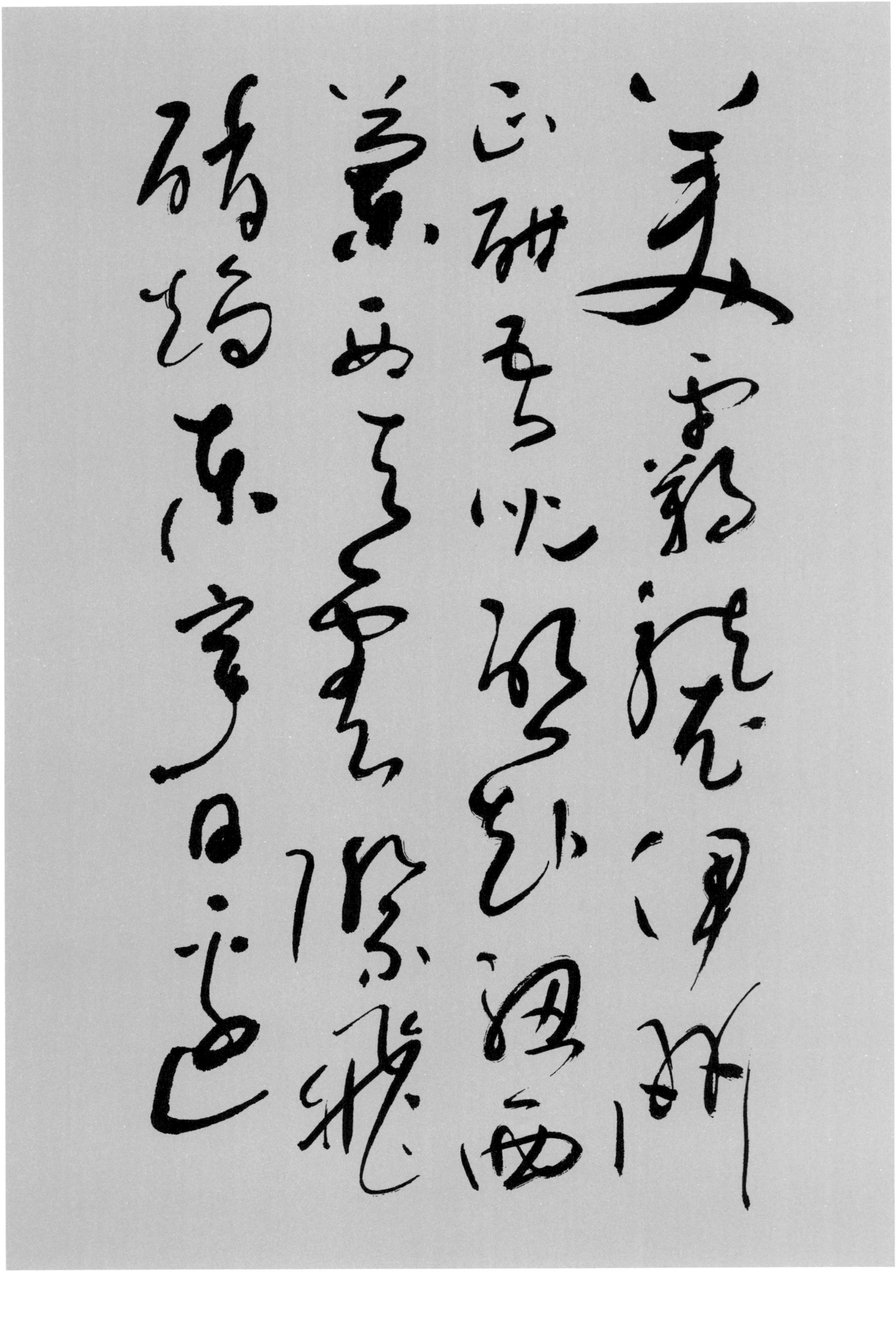

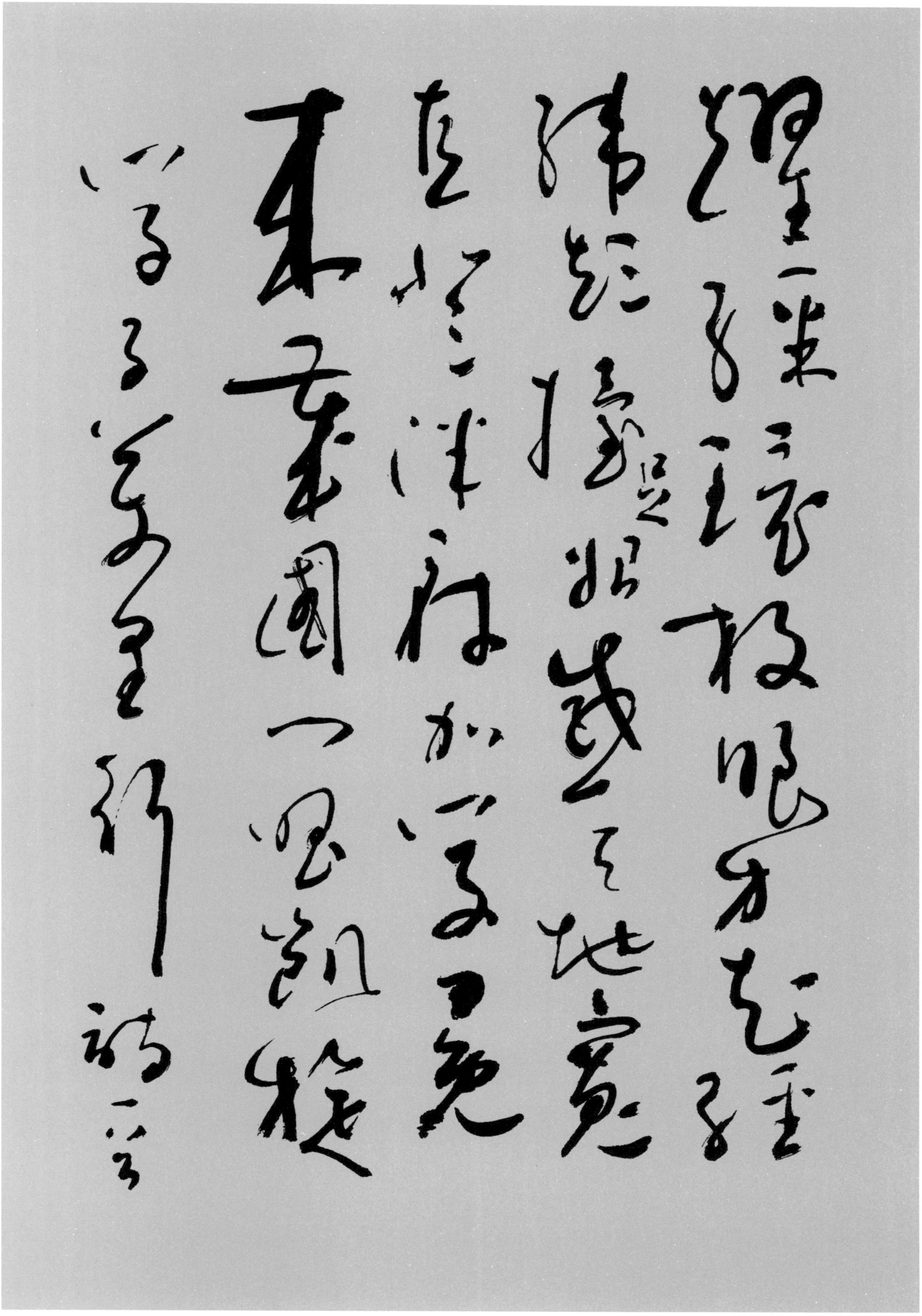

漁家傲·縱跨太平洋

（二〇〇三年三月二十二日）

吾兒昨日飛赴新西蘭留學，吾心隨往，揣想一路景象：

天海茫茫一畫卷，
翼鋒掠就長虹綫。
脚下嶼洲渾不見。
及近看，
玲瓏二島洋南現。

回首鄉關何謂遠，
小球晝夜連軸轉。
遐邇時空憑變換。
欣無限，
風光萬里觀不斷。

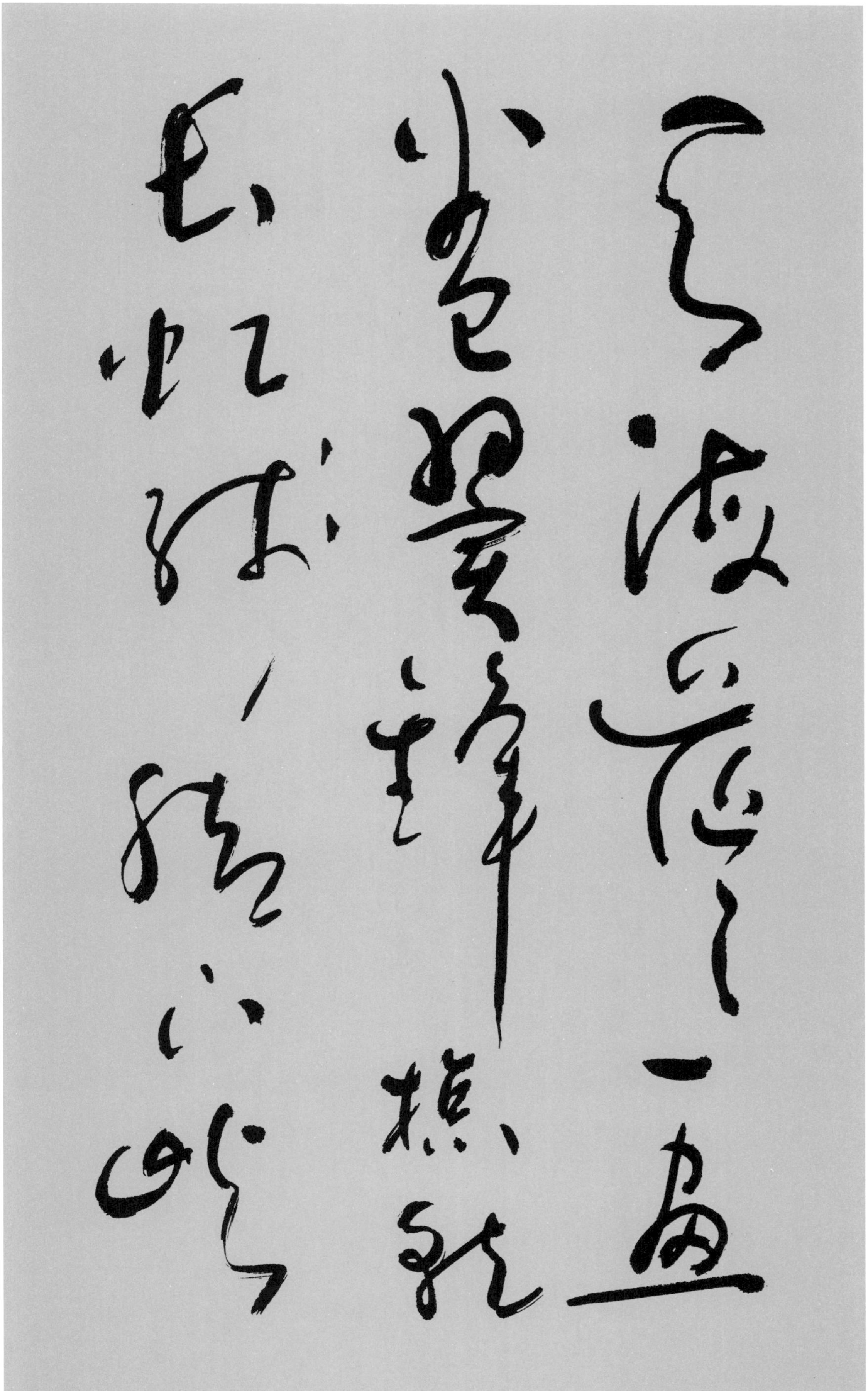

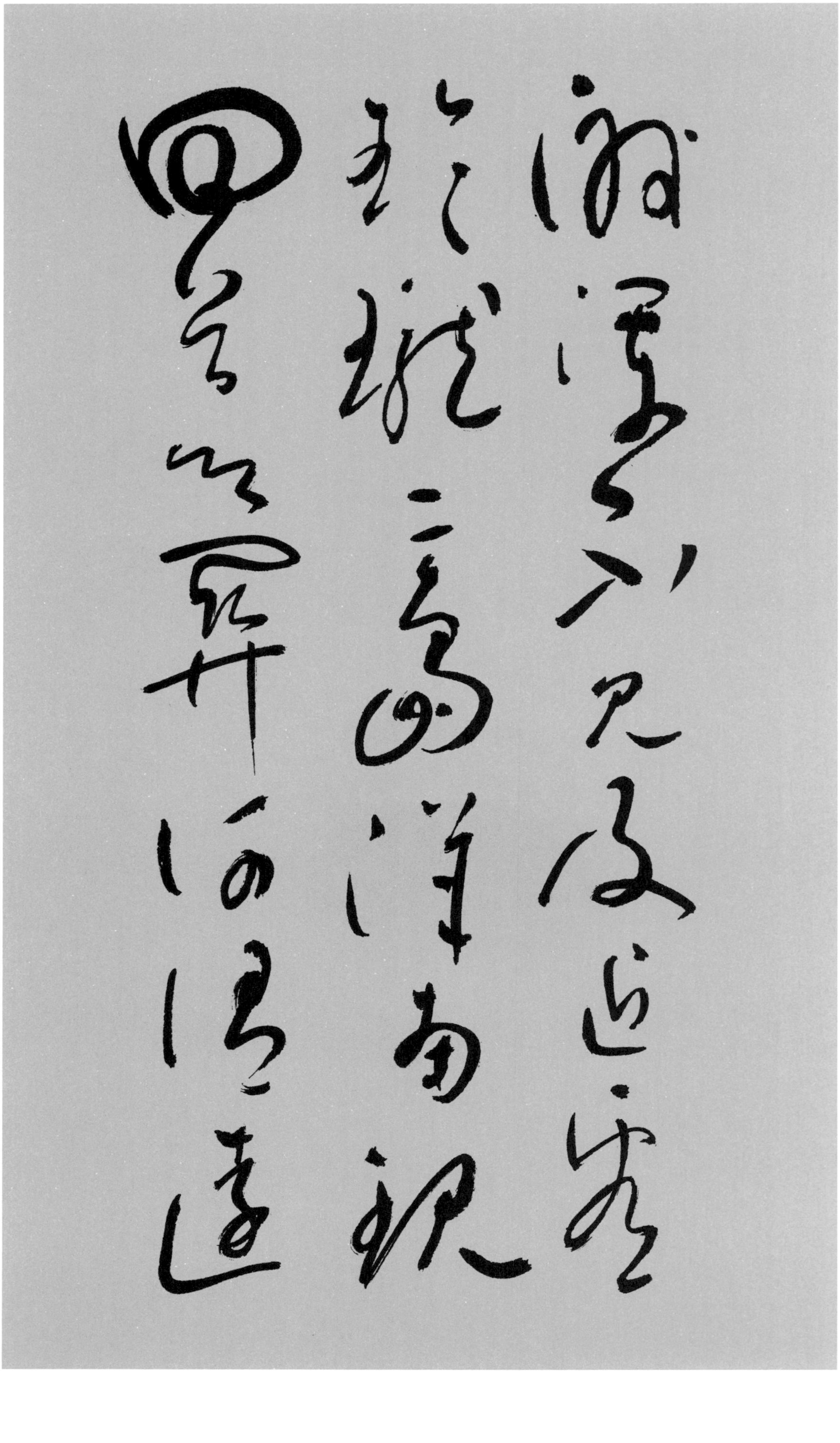

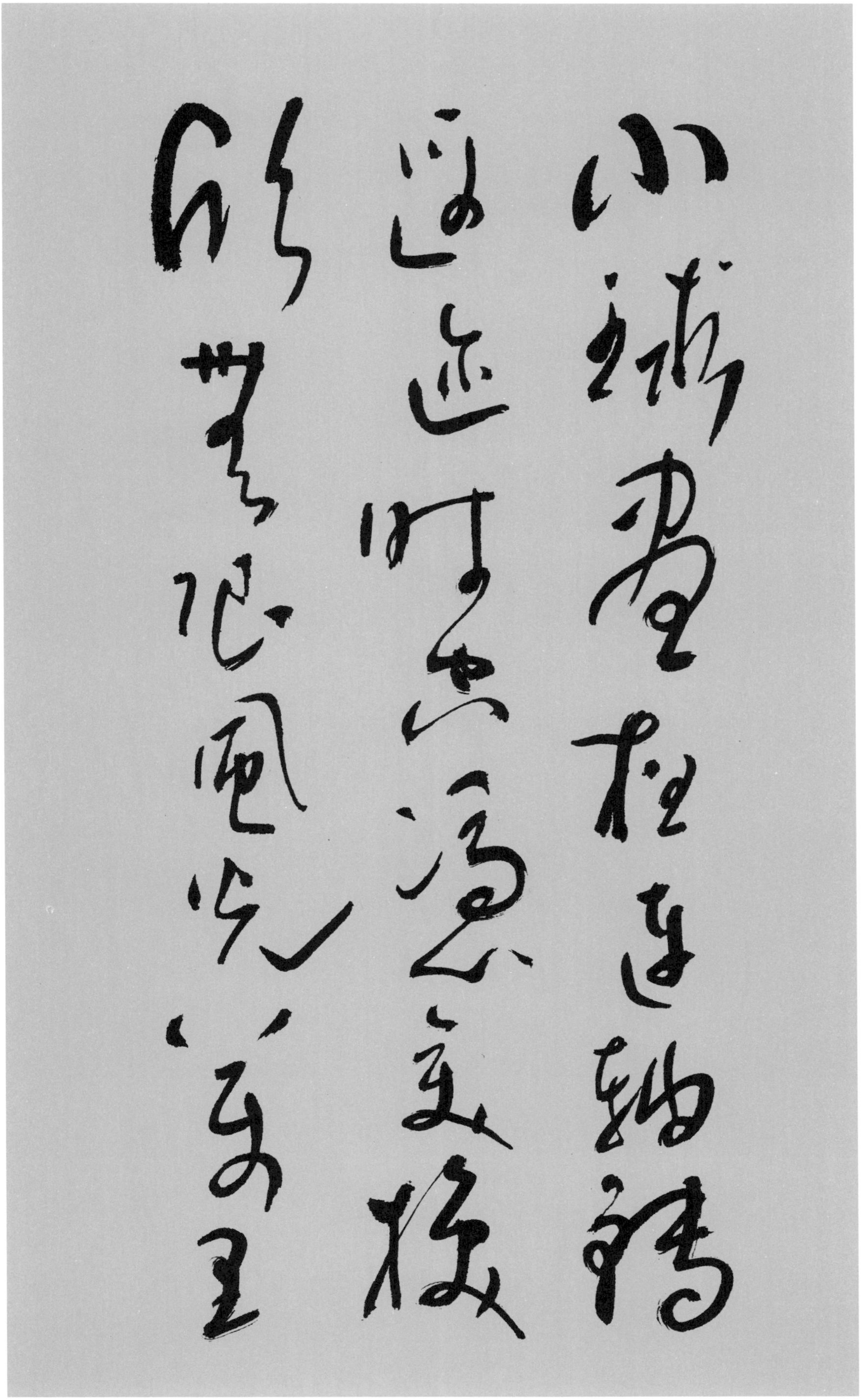

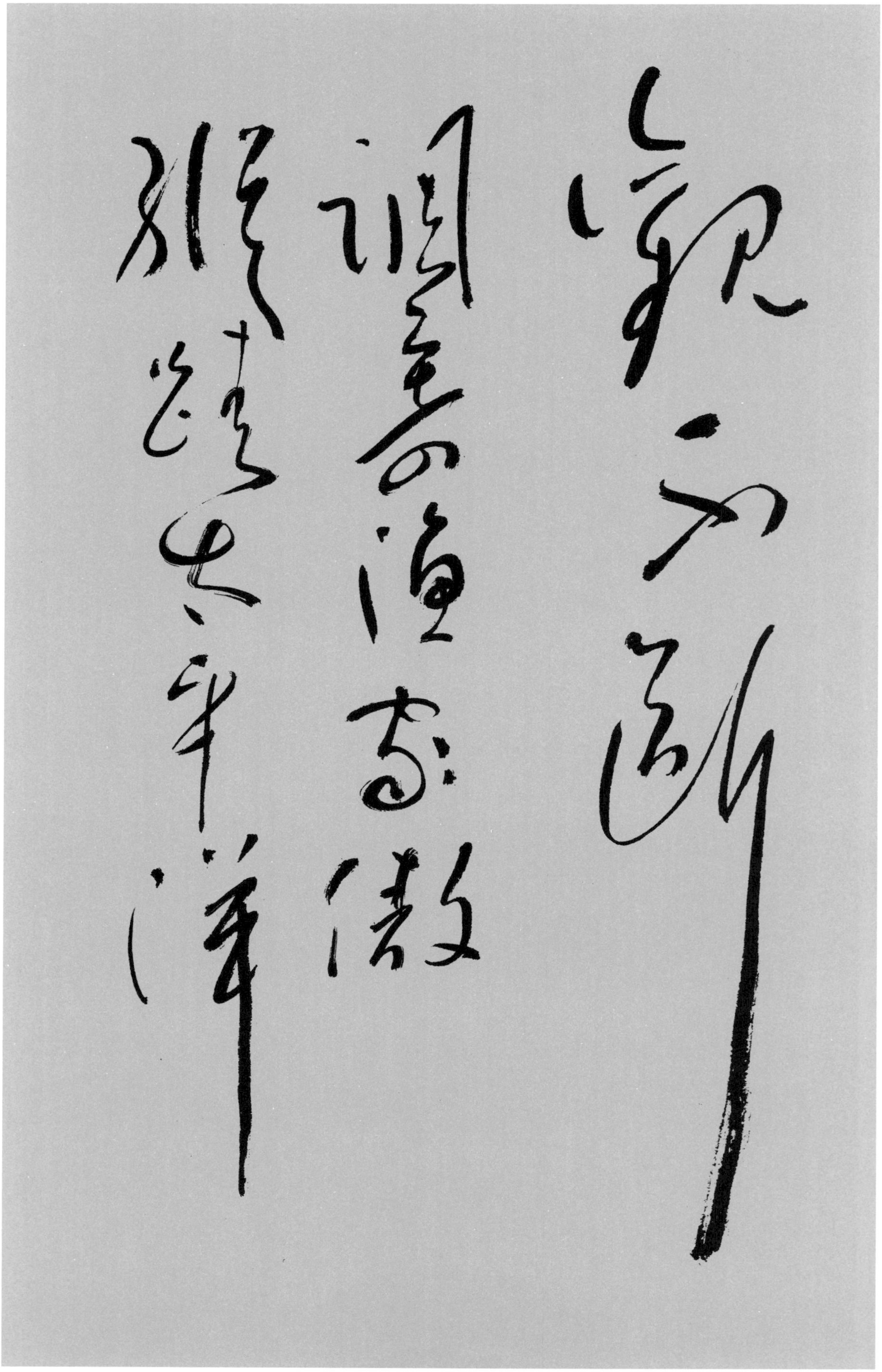

鷓鴣天・戰薩斯❶

（二〇〇三年五月六日）

雨潤陽春桃杏嬌，
狂風驟起柳折腰。
庶民惕惕披堅甲❷，
將士匆匆挂戰袍❸。

天地始，伴疾勞，
霍辛名諱義實高❹。
欣聞華李齊參陣❺，
量爾薩斯無處逃。

註釋：

❶薩斯，英文SARS，當時俗稱『非典型性肺炎』。二〇〇三年春夏，此疫蔓延猖獗，危害甚烈。

❷由於薩斯危害嚴重，且極易傳染，人們心存恐懼，出行大都戴上特製加厚（含過濾層）大口罩，使得這種口罩一度脫銷。『滿城盡戴大口罩』（披堅甲），乃當時公共場所一大特徵。

❸面對嚴重疫情，政府全力採取防治措施，醫護人員全副裝束，緊張工作在防治第一綫，如將士披挂上陣殺敵一樣（挂戰袍）。

❹霍，霍去病，漢時大將軍。辛，辛棄疾，南宋大詞人。此二人之名，寓意實惠而明確，體現着自古以來人們除却疾病、祈求健康的良好願望。

❺華，華佗，三國時名醫，相傳手到病除。李，李時珍，明代大醫藥家，相傳藥至病癒。

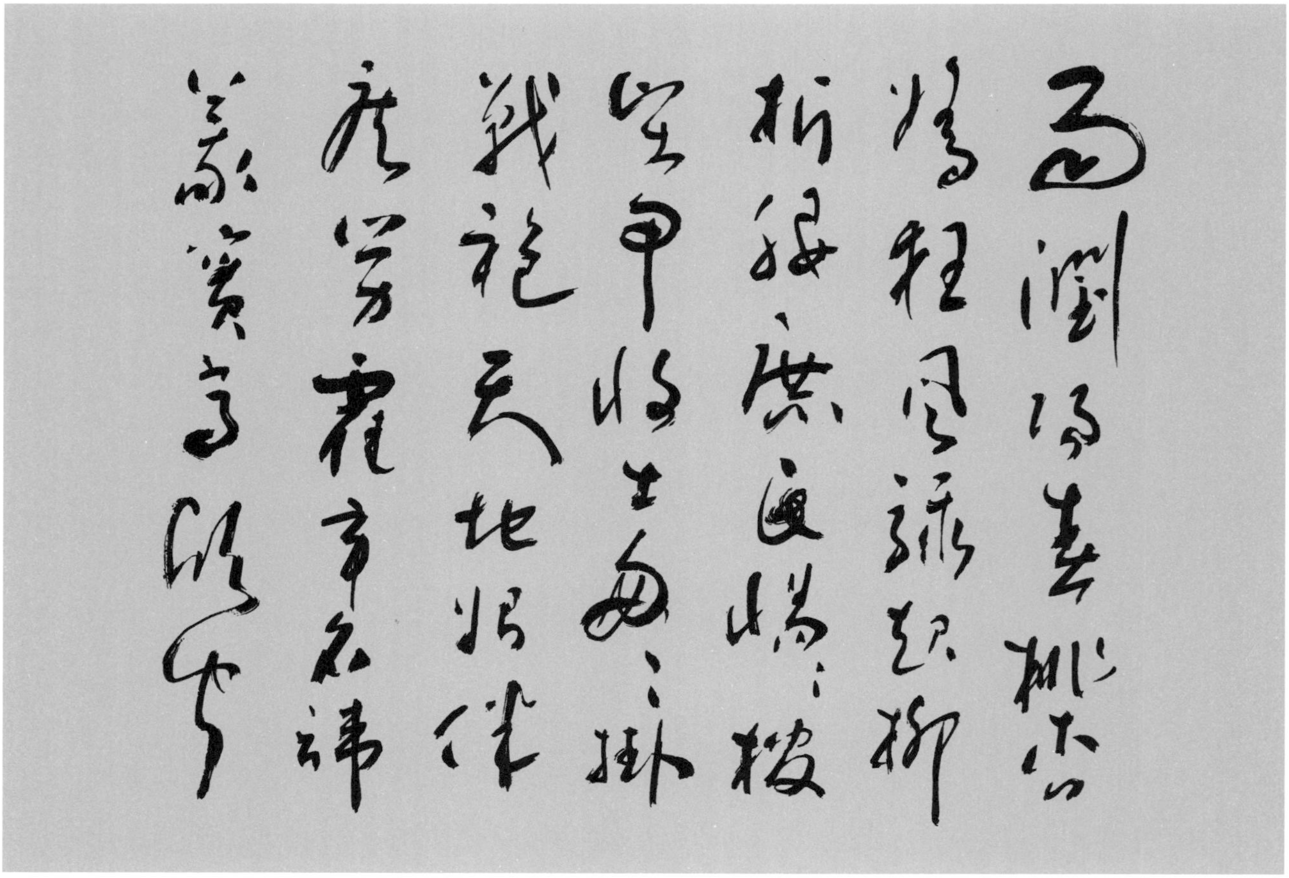

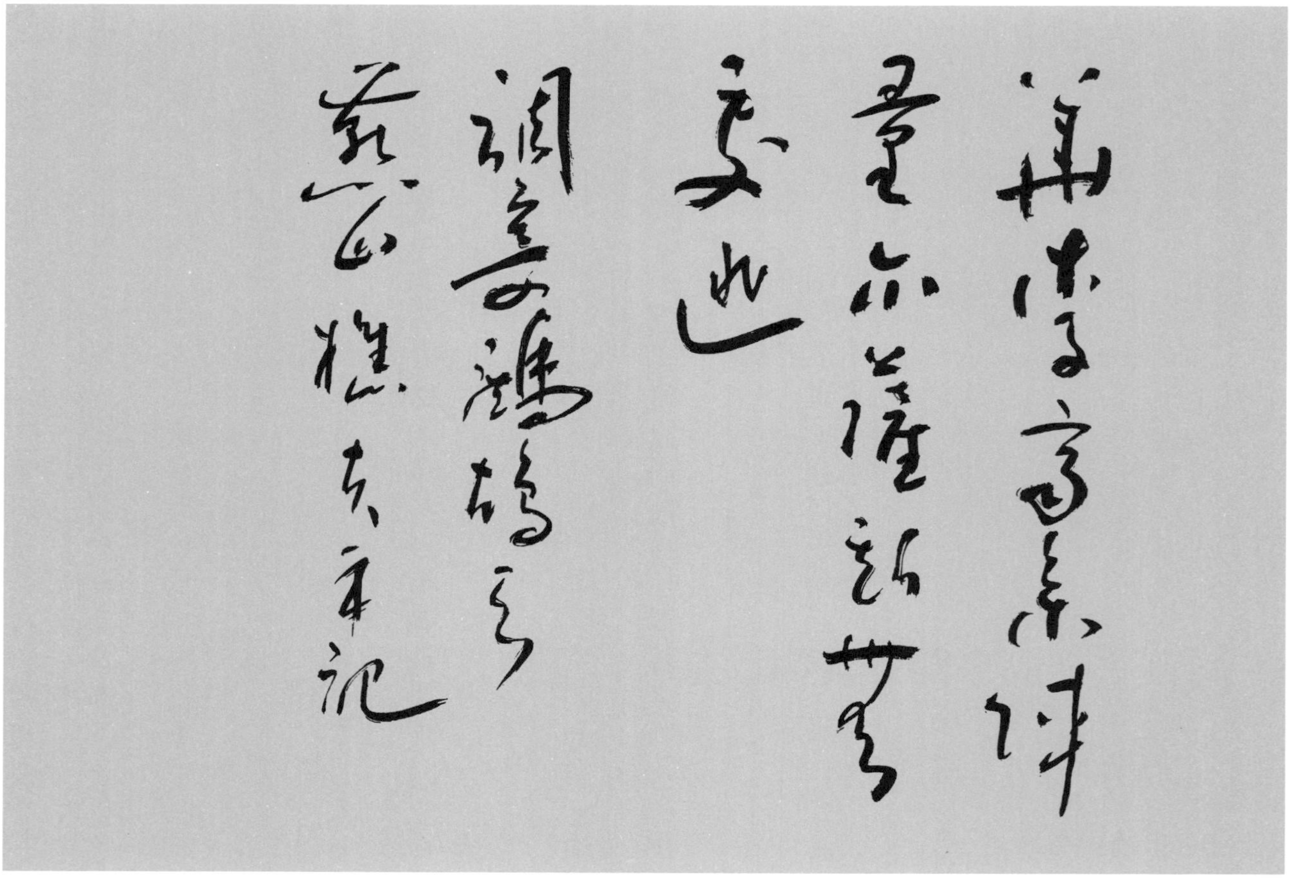

西江月·三八綫❶

（二〇〇四年五月二十日）

莽莽太白林海❷，巍巍北水山巖❸。臨津匯入漢江寬❹，鐵網攔腰斬斷。

星宿尚能有變，民族豈可不圓？君輕民貴聖人言❺，治政蒼生爲念！

註釋：

❶三八綫。第二次世界大戰期間，美蘇兩國在朝鮮半島對日軍事行動和受降範圍的臨時分界綫。因地處北緯三十八度綫上，故稱『三八綫』。一九五〇年朝鮮戰争爆發後，經過中朝人民並肩作戰，迫使美國於一九五三年七月簽署朝鮮停戰協定，在『三八綫』附近沿臨時軍事分界綫兩側各兩公里建立非軍事區。朝鮮半島被『三八綫』攔腰斬斷，形成南北分治的割據局面。

❷太白，指太白山脉，位於朝鮮半島南部東側。這裏喻指南朝鮮（即今韓國）。

❸北水，指北水白山，位於朝鮮半島北部，主峰海拔2520米。這裏喻指北朝鮮。

❹臨津，即臨津江。漢江，由南漢江北漢江合流而成。臨津江自北向南於『三八綫』（板門店界内）與漢江融匯，向西流入黄海。臨津江、漢江的交融交匯，是南北朝鮮山水相依、血脉相連的象徵。

❺『君輕民貴』，乃中國儒家第二大代表人物、被世人稱爲亞聖的孟子之經典治政思想，即『民爲貴，社稷次之，君爲輕』的至理名言。此論乃不容辯駁地成爲歷代各國各黨各派勢力的掌權者權衡政治利弊所應遵循的最高準則。

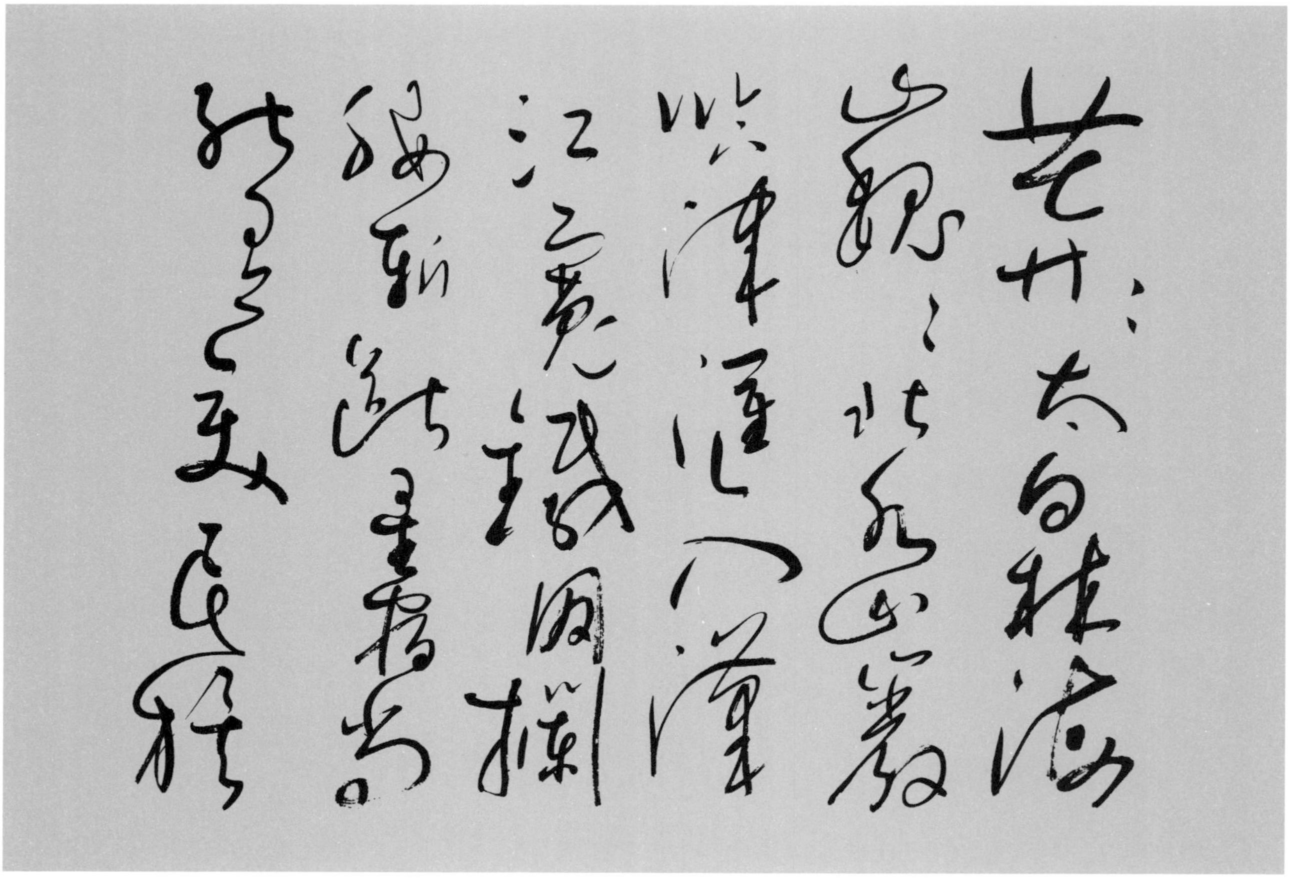

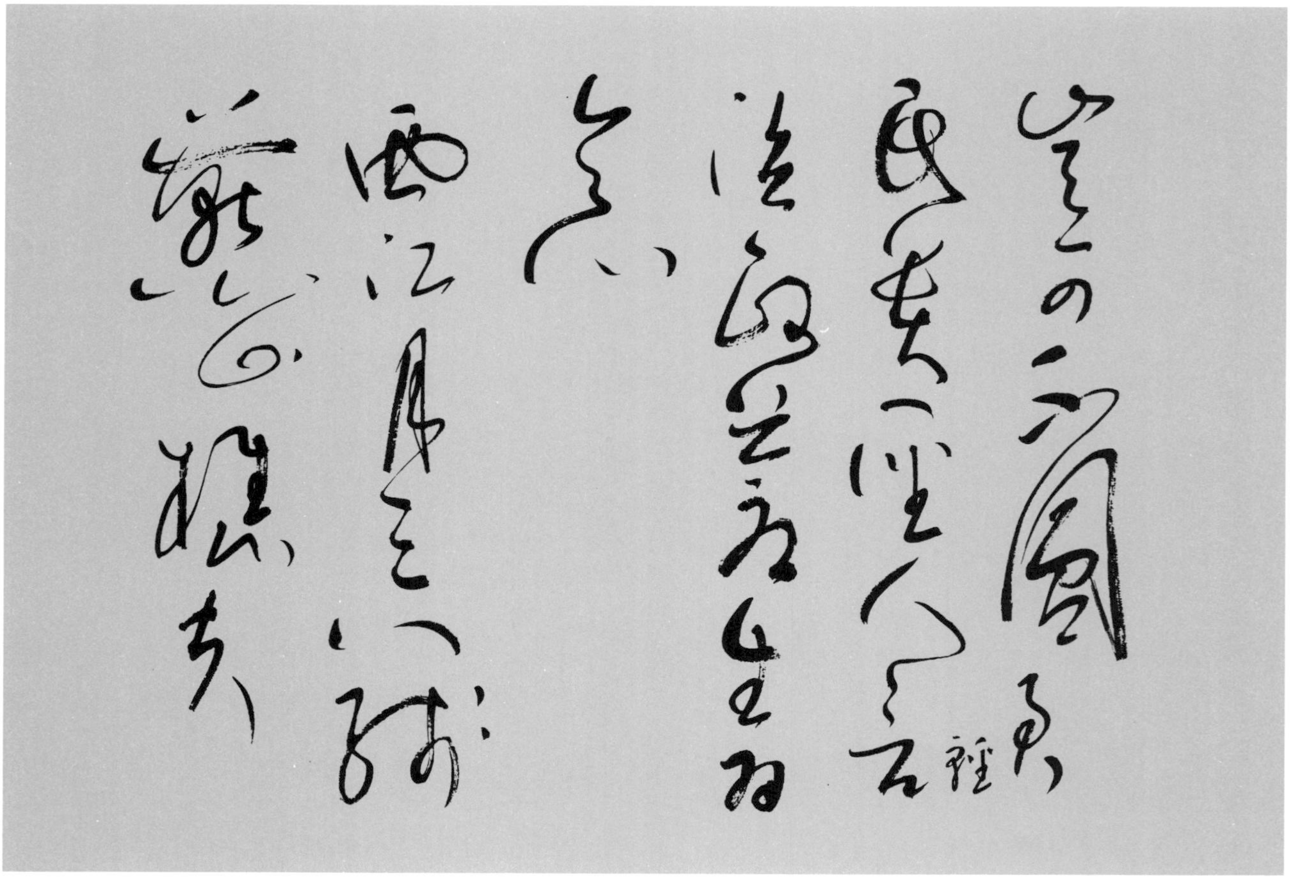

江城子・九寨觀水

（二〇〇四年十月二十七日）

此間水景羡煞人，
上金鍋，下銀盆。
五彩珍珠，
湛湛耀斑紋。
忽隱林中織錦緞，
抛萬仞❶，撒千尋❷。

詩仙見狀亦驚魂❸，
愣雙唇，啞詩文。
畫聖凝呆❹，
嗟嘆筆無神。
美景縱然皆攝録，
仍回首，望山門。

註釋：

❶仞，古時長度單位，八尺（或七尺）爲一仞。

❷尋，古時長度單位，八尺爲一尋。

❸詩仙，李白，號青蓮居士，唐代大詩人，筆力清奇，氣度豪邁，極富想象力。後人尊爲詩仙。

❹畫聖，吴道玄，字道子，唐代著名畫家，作品皆爲傳世之寶。後人尊爲畫聖。

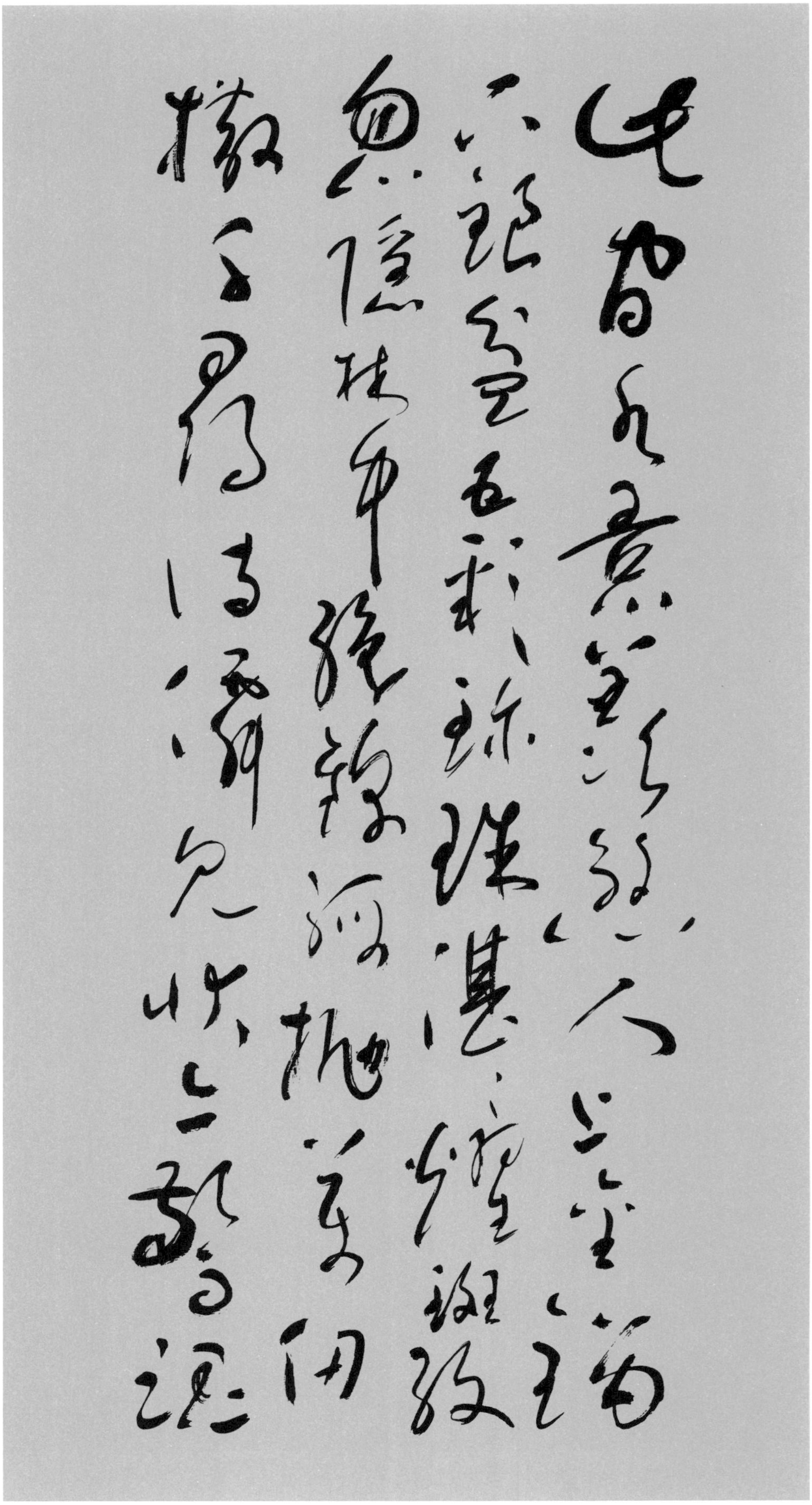

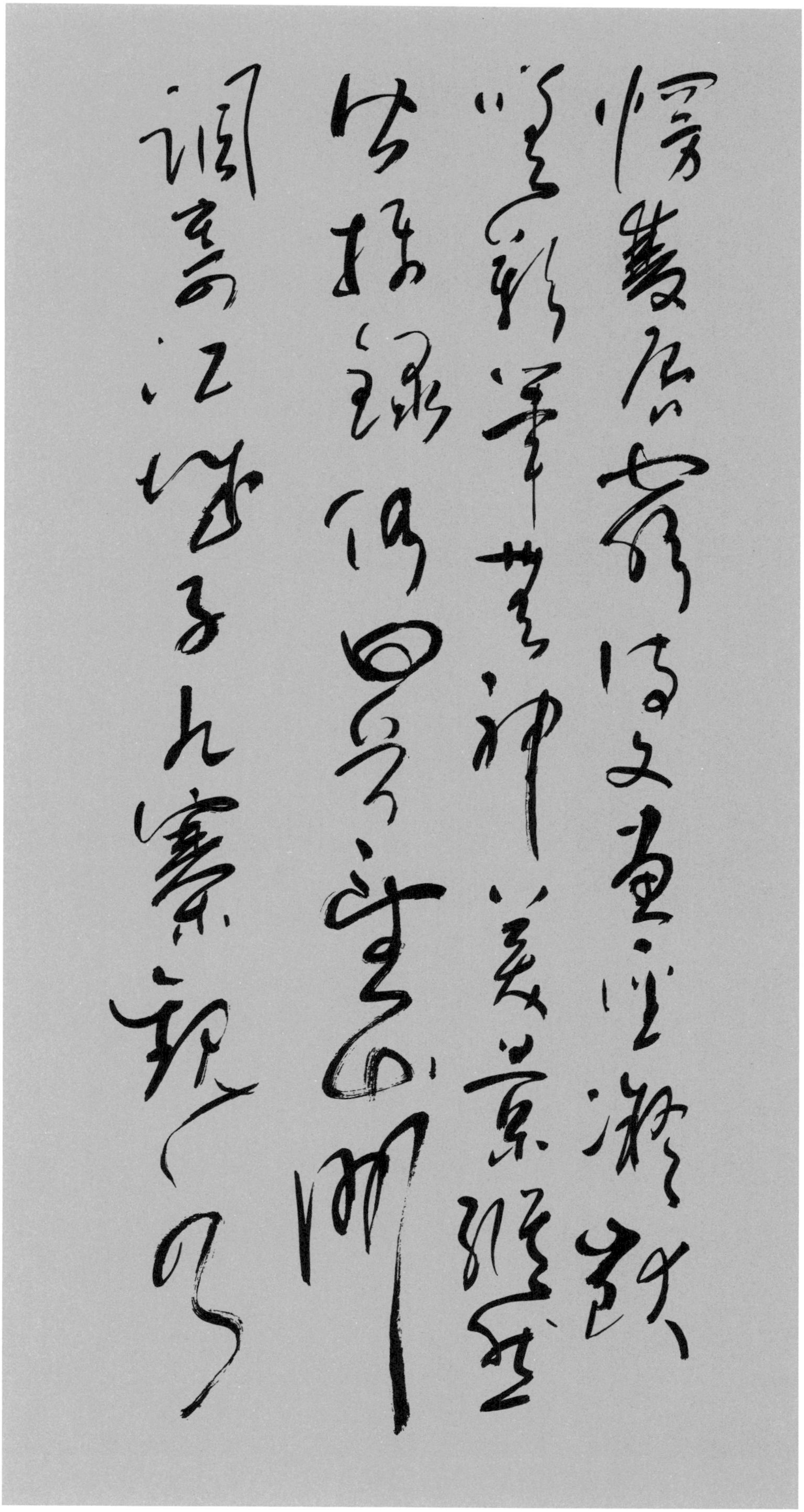

四言詩・德篇[1]

（二〇〇五年六月一日）

燕山叠巒，魚水洞磐[2]。
吾家一脉，世居東園[3]。
列祖積善，仁續德延。
傳至吾輩，一坤四乾。
長成有學，相繼出山。
心高志遠，氣昂宇軒。
報國報家，情繫鄉關。
坤猶恩重，惠海無邊。
謹於公務，福及家園。
慈悌親睦，忠孝兩全。
孰有佳喜，先與姊言；
孰有憂慮，願向姊宣。
諸家之事，盡繫胸間。
萬般憂苦，積聚心田。
歷久成疴，痛染疾頑。
吾家上下，頓起波瀾。
求醫圖治，左右周旋。
恰值天庭，神伍缺編。
遂遣王母，悄然下凡。
王母知悉，吾姊德滿。
猴年頒詔，賜姊成仙。
留下親人，悲慰攸關。
悲則失重，慰則高遷。
學姊大德，地廣天寬；
仰姊神位，北斗闌干。
巨星高照，天上人間！
由此得驗，茍况真言[4]：
積土成山，積水成淵；
積善成德，聖心備焉。

聖心既備，神明得焉。
吾家有仙，天之佑焉。
得天之佑，復何慮焉。
無憂者仁，不惑者智，
不懼者勇，聖賢成焉❺。
一人成仙，衆則成賢。
繼蒙恩露，追思永年。
縱觀成就，德之使然。
吾姊仙去，德篇永傳！

註釋：

❶此爲作者紀念姐姐頌其大德之詩篇。作者姐姐田淑娥，一九四六年出生，因患癌癥，於二〇〇四年（農曆猴年）去世，終年五十八歲。

❷作者家鄉魚水洞村，位於燕山群峰之中、河岸高臺之上，經數代不改其堅，歷風雨未損其毫，故以磐石狀之。

❸作者老家宅院名曰『東園子』。

❹荀況，戰國時大思想家。本詩引用之言乃其《勸學篇》之經典語義。

❺孔子語義，原文爲『仁者無憂，智者不惑，勇者不懼』。

无山远寒自乃
洞君至大一派活
东周了难积汉江
强住己传声至飞去一
坤乃歌长生是子和

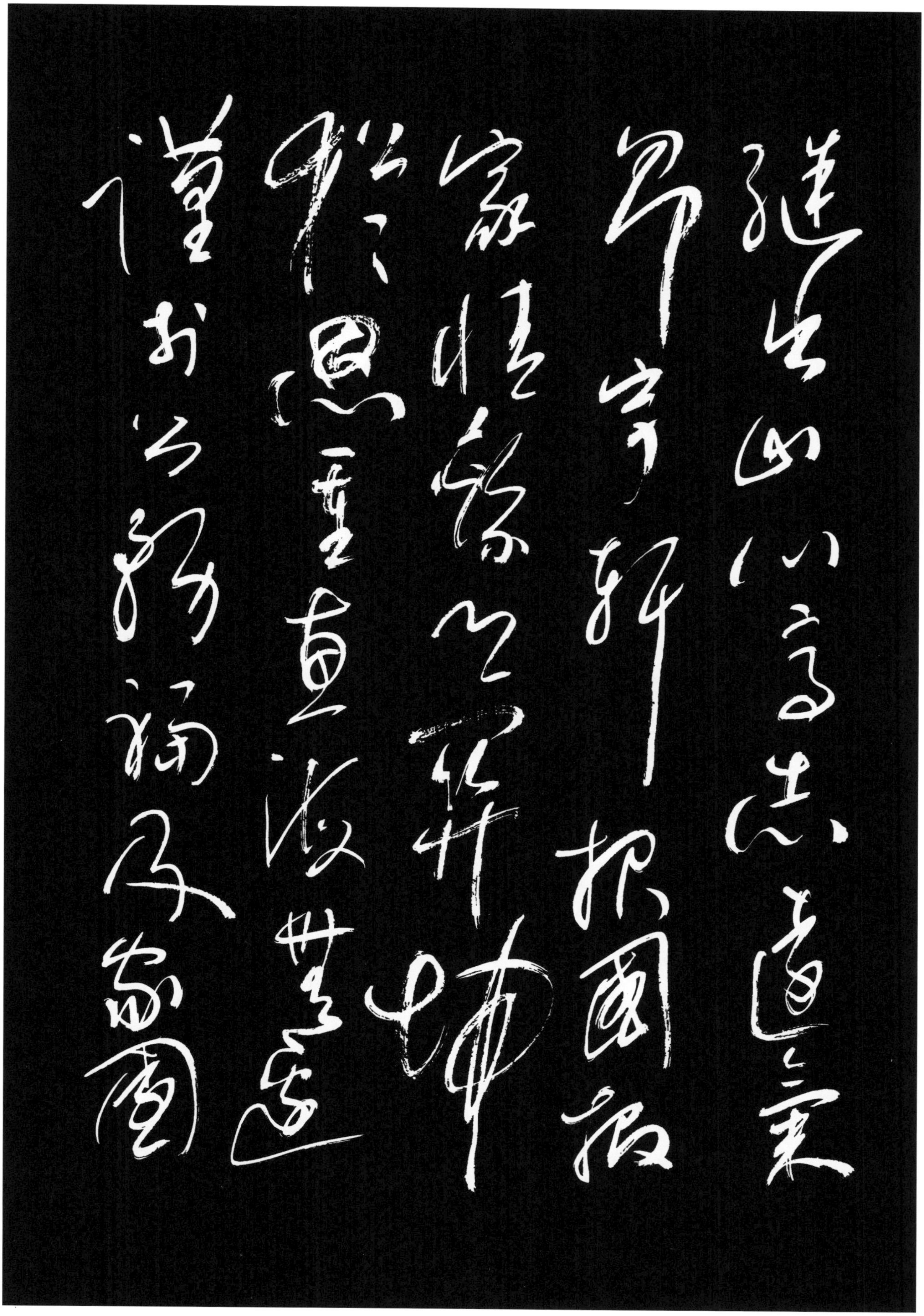

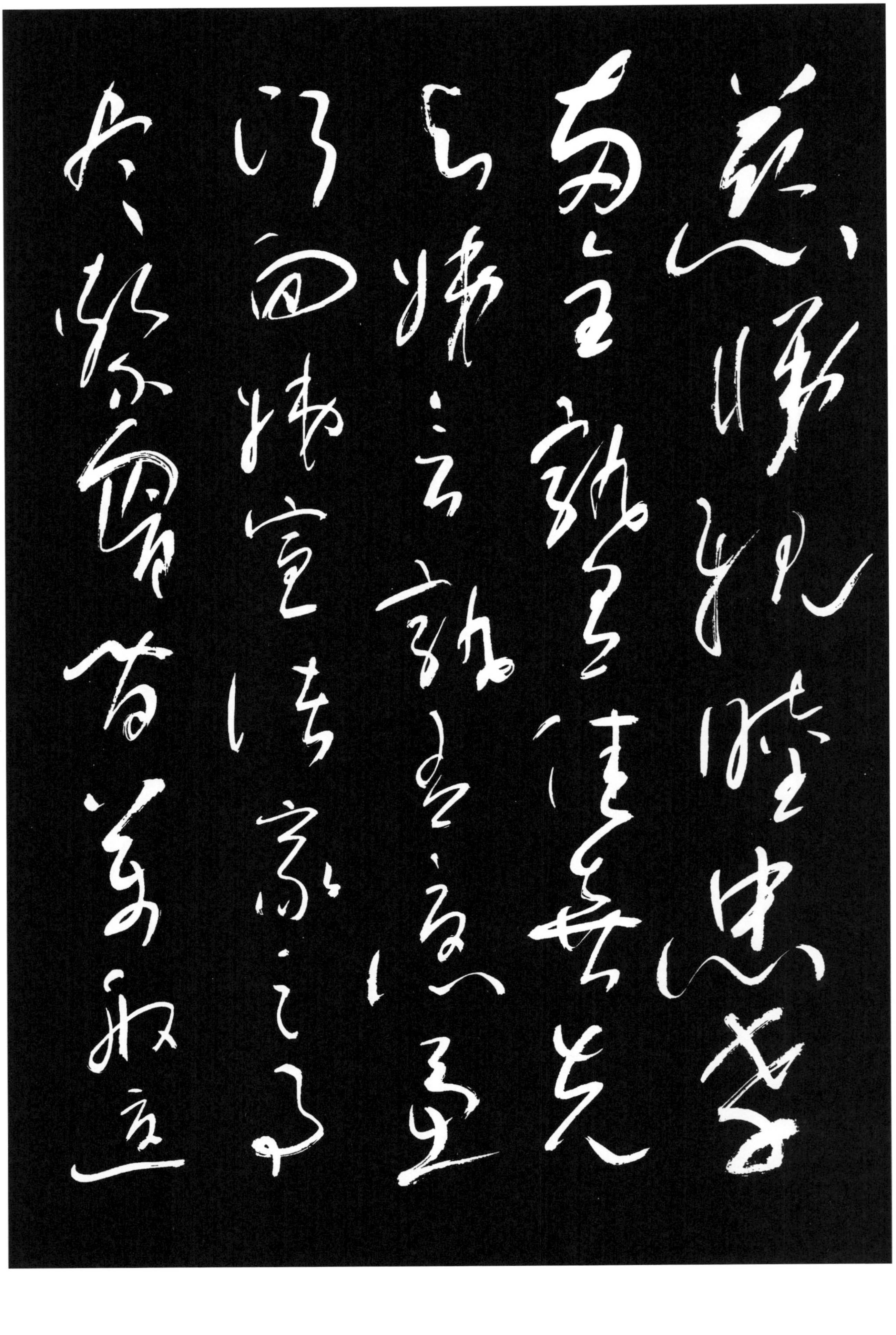

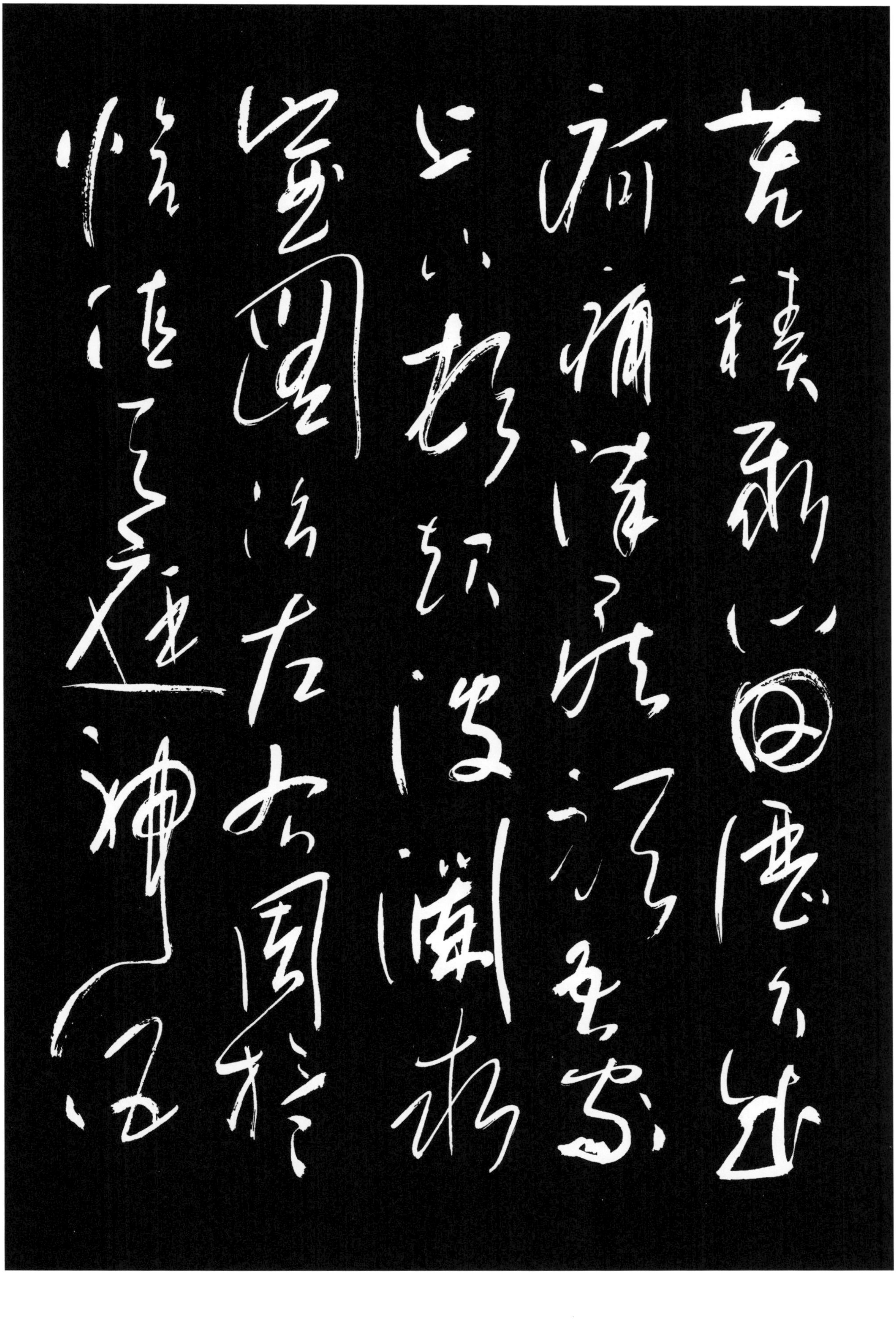

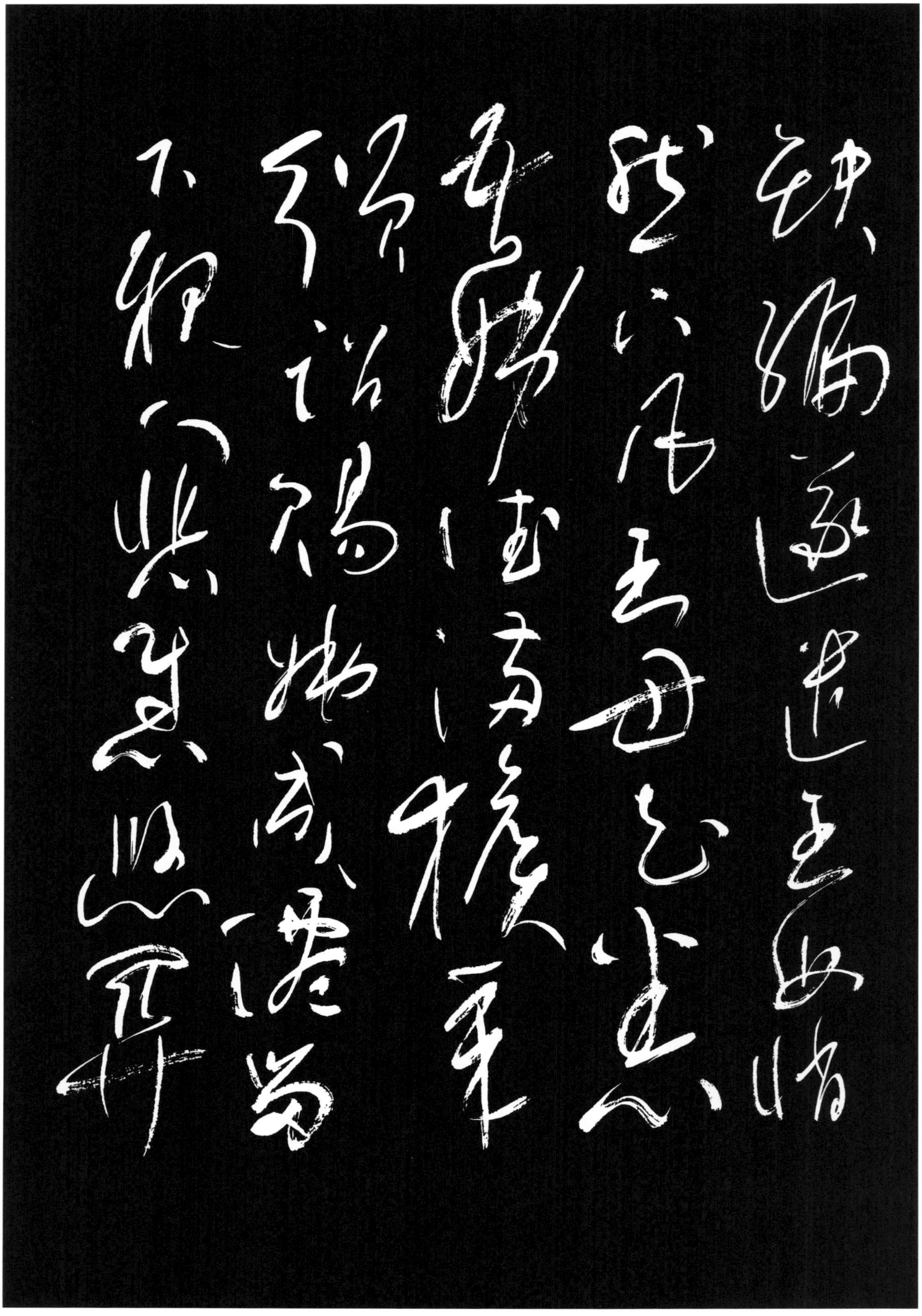

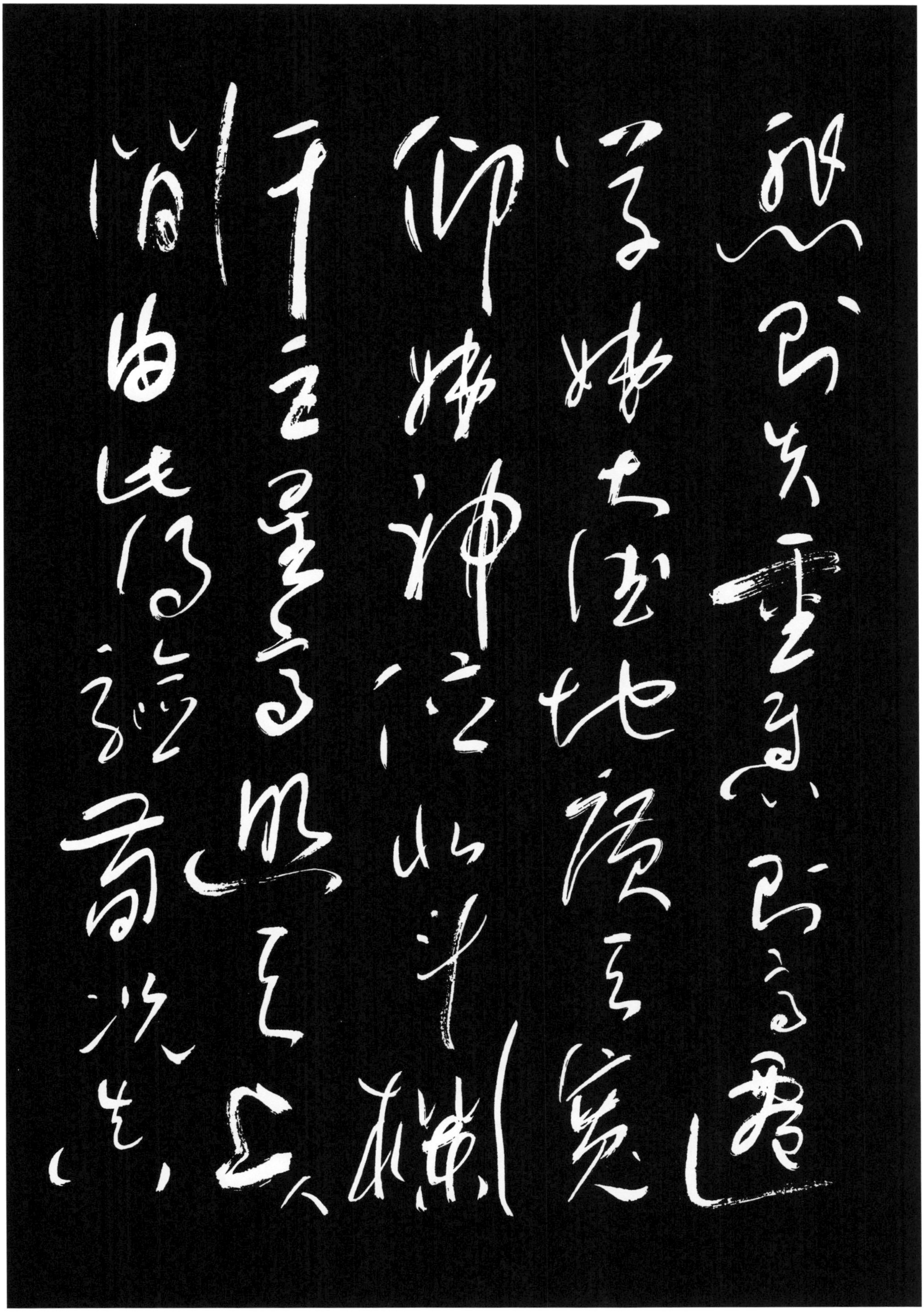

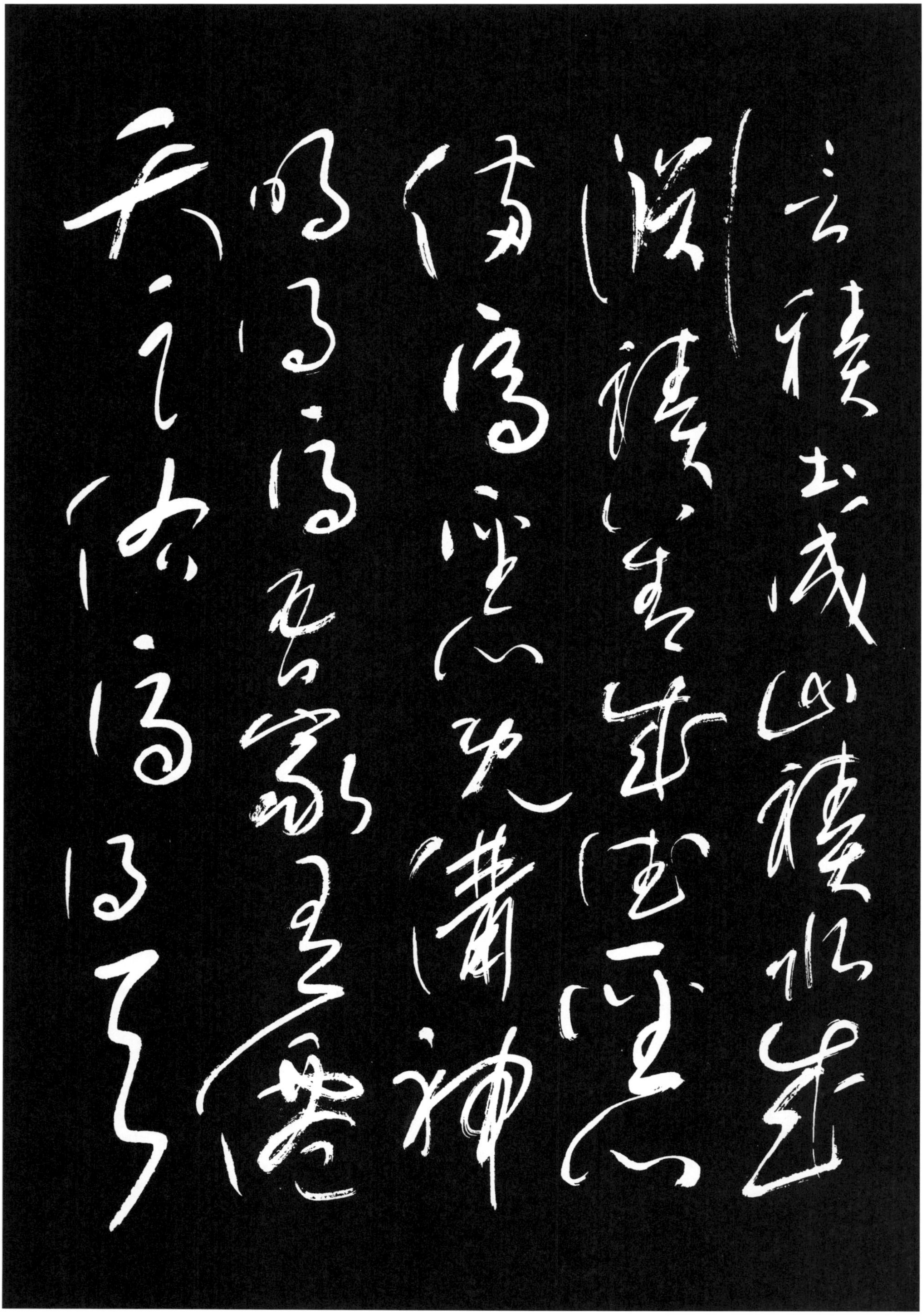

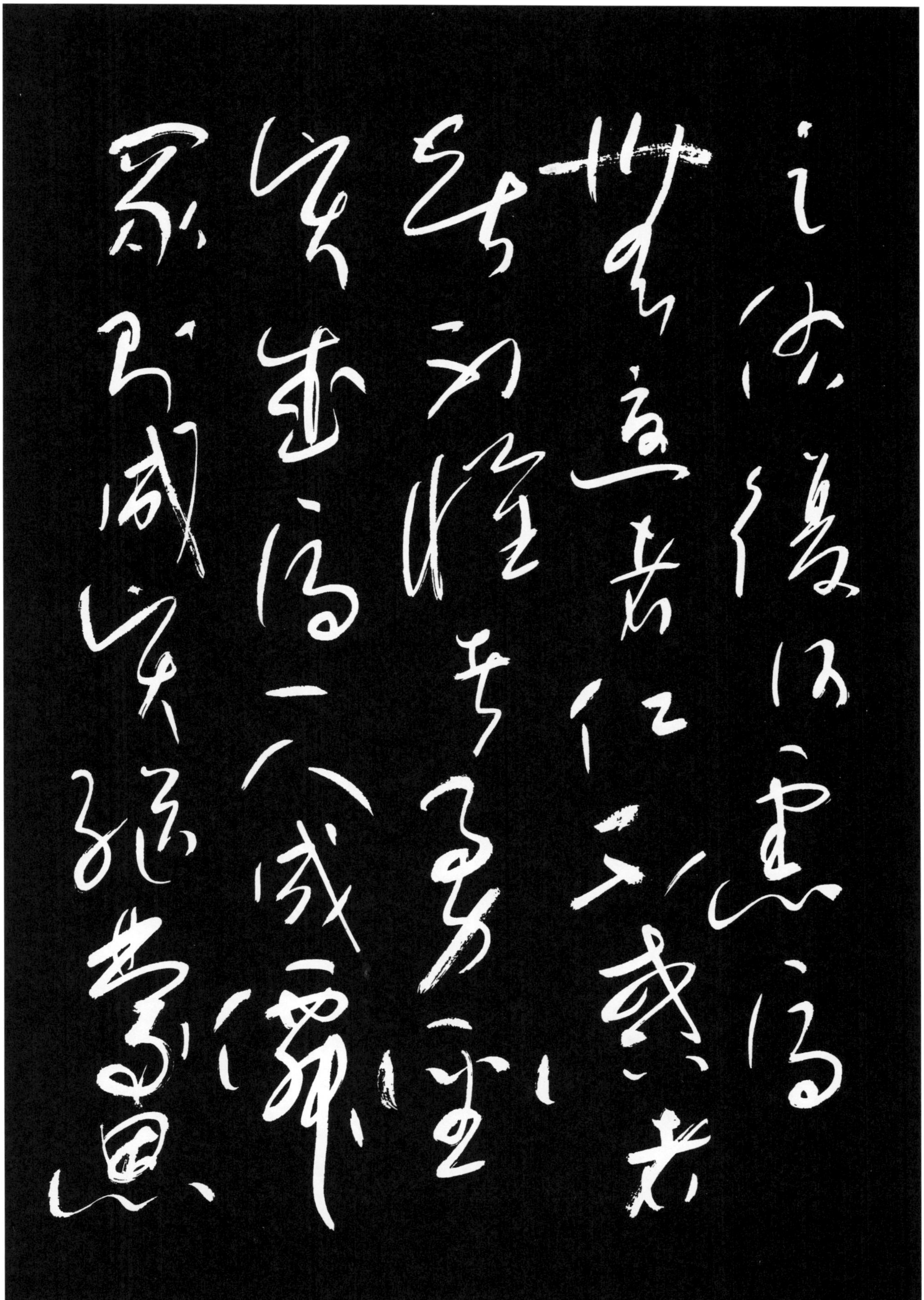

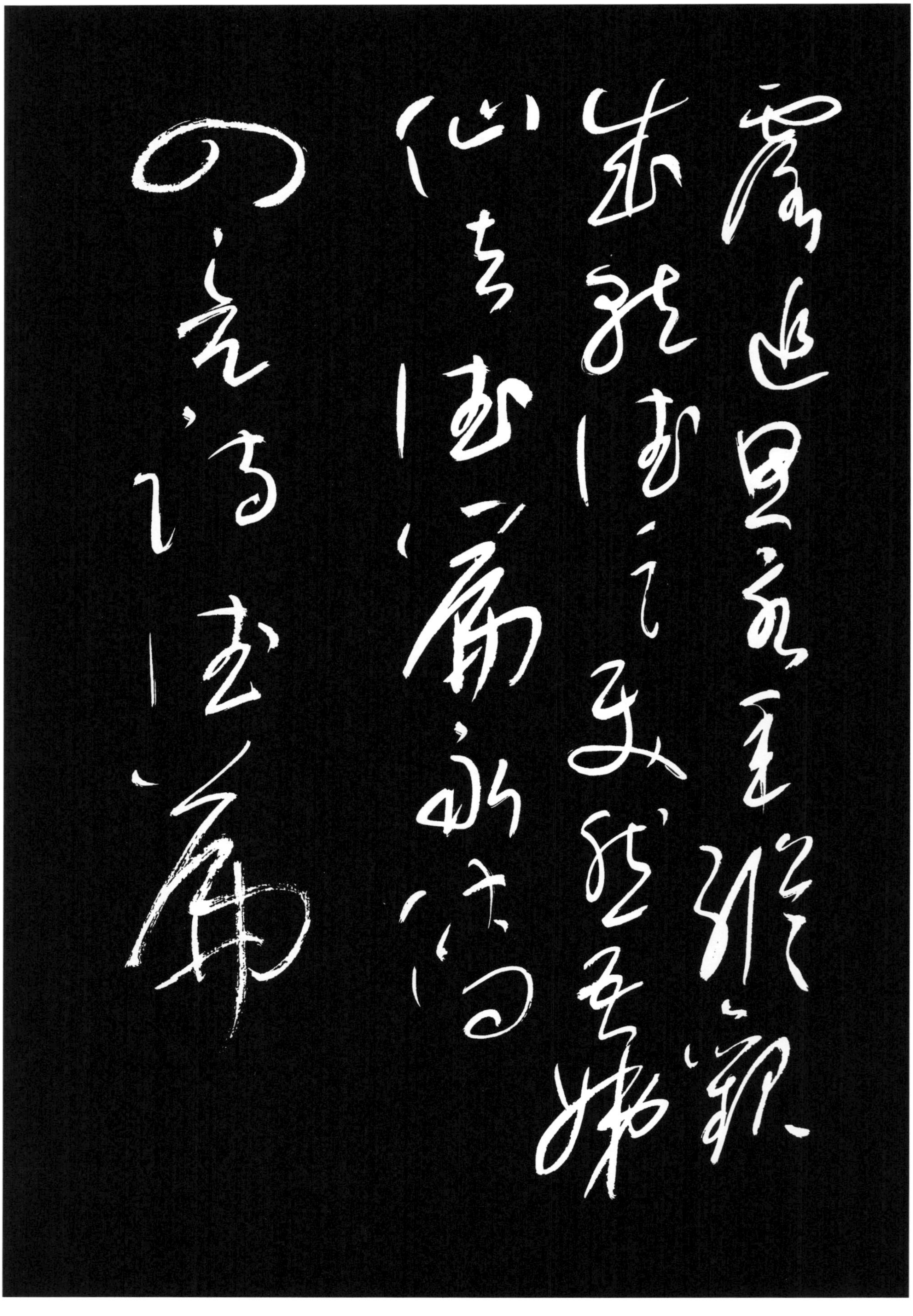

七言詩·隋唐好漢評

（二〇〇七年三月五日）

楊州奪冠勇羅成❶，七蕊梅花抖寒鋒。
衹憾驕狂生性傲，白龍寶馬陷泥坑。
行俠仗義偉單通❷，濟困疏財負盛名。
性拗執懷唐李怨，敬德鞭前鎖五龍❸。
文武兼得美王勇❹，屈身李密秉愚忠❺。
瓦岡兄弟痛分手，獨木難支歿山中。
咬金大斧向天横❻，抱病亦能斬王龍❼。
智莽諧成辭令巧，耄年暢笑是英雄。
元慶❽搖身天地動，弗如徐❾魏❿二書生。
成都⓫元霸⓬終乏力，錘钂不及雙鐧能⓭。
秦王俯首鞭下行⓮，腹有山河量無窮。
精勵九州歌盛世，貞觀一曲唱升平。

註釋：

❶羅成，北平王羅藝之子，驍勇善戰，且知曉陣法，隋唐第七條好漢。相傳手中五鈎神飛槍，使得出神入化，可抖出七枚槍尖，稱梅花七蕊，難辨真僞，衆多高手均喪其槍鋒之下。每遇危難，必建大功。後因輕敵，落入圈套，衝殺力疲，馬陷淤泥，亂箭穿身，一代杰出將才殞命，英年早逝，實爲可惜。

❷單通，單雄信，賈家樓結義排行第五。起義前爲緑林五路『總瓢把』。爲人豪俠仗義，遍施恩德，威望甚高。李世民念其忠義，極力收納，單雄信因記恨當年李淵誤射其兄單雄忠之仇，决意不從，幾番追殺李

世民以報兄仇，尉遲恭單鞭救主，將單擒獲，原瓦岡兄弟勸降未果，單執意求死，遂被殺。使得隨後趕回的曾受單雄信大恩的秦叔寶萬分痛惜，率衆兄弟哭祭。單雄信是隋唐好漢中典型的悲劇性人物，後人感念於此，留下京劇《鎖五龍》。

❸敬德，尉遲恭，字敬德。黑面大漢，忠勇剛强，善使單鞭，武藝超群，隋末唐初之名將。先保定陽王劉武周，劉亡後投李世民，爲大唐屢立戰功。『雙鐧打出唐天下，單鞭主掌李乾坤』，與秦叔寶齊名爲國柱之才，被尊左右二門神。

❹王勇，王伯當，青年才俊，瓦岡英雄，槍杆筆杆皆佳，武獲狀元，文列榜眼，乃不可多得之人才。因錯保李密，誤事昏主，悲慘喪命，實爲憾事。

❺李密，字玄邃，前爲隋朝之臣，後爲西魏之主。雖富心機，然缺高德大智，遂使衆叛親離，難逃厄運。

❻咬金，程咬金，字知節。幼時家境落破貧寒，曾做私鹽、竹耙小買賣。此人性情莽撞，常惹事端，然粗中有細，莽中見智，巧言機辯，每每逢凶化吉，稱爲『福將』，享年甚高，乃隋唐好漢中性格和經歷比較複雜多折的傳奇式人物。

❼王龍，劉武周麾下千勝大將軍，與程咬金交戰，程因腹瀉體力不支，遂借出恭（解大便）設計將王斬殺。

❽元慶，裴元慶，總兵裴仁基三子，少年勇猛，手使雙錘，被列爲隋唐第三條好漢，能與李元霸抗衡一二。祇惜少智，將星早逝。

❾徐，徐懋公，徐世勣，瓦岡英雄中的大知識分子，多謀略，富心智，任軍師。爲瓦岡事業和大唐開國均發揮不可替代之作用。

❿魏，魏徵，字玄成。懷治國論，爲輔弼才。前事瓦岡，後事大唐，以直言敢諫著稱，開創貞觀有其大功，與唐太宗李世民合稱『明君諍臣』，深爲後人稱道。

⑪成都，宇文成都，隋相宇文化及之子，隋唐第二條好漢。手使鳳翅鎏金钂，勇力非凡，在李元霸出道前，曾挂『無敵大將軍』之牌號。後喪於李元霸之手。

⑫元霸，李元霸，唐國公李淵四子。此人思想簡單，力大無窮，兩柄大錘横掃天下，無人匹敵，爲隋唐第一條好漢。後因魯莽而陣亡。

⑬雙鐧，指秦瓊，秦叔寶，總兵秦彝之子，手使一雙祖傳瓦面金裝鐧，武功中上。此人豪俠仗義，廣交朋友，人稱『賽專諸』、『小孟嘗』。多功，帥才，前期爲瓦岡起義軍頂梁柱，後期爲唐朝開國元勛，晚年榮顯，圓滿天年，乃隋唐好漢中全面體現『忠、義、智、勇』、善始善終、影響很大的杰出人物。

⑭秦王，李世民，李淵次子，封秦王，政治家之才，目光遠大，納人納諫，堪稱一流。曾爲收降忠勇將才尉遲恭，應其苛求，屈身從其鋼鞭之下走過，此舉亦足顯李超人膽識與雅量。李世民初時輔其父打出李唐天下，後繼爲君，於千瘡百孔中，勵精圖治，創出貞觀盛世，乃歷史上少有的具大作爲之君主。

蘭陵王（改用平韻）・尋軍營[1]

（二〇〇七年四月）

尋軍營，揮車千里縱橫[2]。
思往昔，初貫戎甲，青春年少氣如虹。
武當鑄長劍[3]，百花山下扎營[4]。
視今日，原址凋零，自信英雄起蒿蓬。

尋營，長葛行[5]。
中原古戰場，小試鋼鋒。
兩番寒暑功業成[6]。
今祇桐花照，人去樓空[7]。
雖擁一百單八將，吾非宋公明[8]。

尋營，範陽城[9]。
行轅換新宇，幾無舊踪。
追憶當年楊柳風[10]。
暢飲三巡後，老酒更濃。
虎符再掌，戰無行，器無兵[11]。

註釋：

[1]尋軍營。作者二十一歲參軍，四十一歲轉業，於五十六歲時尋訪探視服役二十年間生活過的軍營。此次尋營選擇三站：一是剛入伍時的連隊營房（湖北老河口），二是擔任指導員時的連隊營房（河南長葛），三是擔任團政委時的部隊營房（河北涿州）。此三站爲作者軍旅生涯中最具代表意義的三步曲，其餘各站尚無暇顧及。

[2]作者尋訪老部隊，爲便利，駕車自京出行，沿京珠高速公路，跨過華北大平原，入中原至許昌向西，過南陽，經襄樊轉至老河口，單程千里有餘，故曰『揮車千里縱橫』。

❸武當，武當山，位於湖北北部，我國著名道教聖地。武當太極劍，舉世聞名。

❹百花山，位於漢江老河口段東岸，距武當山八十公里，與其隔江遥望。作者入伍後的老連隊即駐扎於此山之下，從連隊到機關先後度過九個春秋。

❺長葛，地處中原大地，鄭州之南，許昌之北，嵩山之東。作者任指導員的老連隊即在此駐。

❻『兩番寒暑功業成』。作者到該連上任後，同連隊班子緊密團結，艱苦卓絶，第一年甩掉後進帽子，第二年跨入先進行列，使該連進入輝煌時期。兩年功成，作者隨即調離。

❼作者離開長葛老連隊兩年之後，人民解放軍百萬大裁員，該部隊撤銷，該連隊全體官兵先後轉業退伍到全國各地，『人去樓空』。作者思念這些同甘共苦、赤誠相佐的戰友，無限感懷。祇有作者離開連隊那年院中栽種的早已長大成林的梧桐樹，花滿枝頭，濃香四溢，照應着這位昔日當事人、今朝尋訪者。

❽作者當年所在連隊是警衛通信兩業合一的大連隊，在職官兵一百一十多人，戲稱『一百單八將』。梁山一百單八將，轟轟烈烈，被宋江宋公明的投降路綫葬送。然警通連的失散則是軍隊精簡大局所需。『鐵打的營盤流水的兵』，營盤也未必都能鐵打不變。部隊是國家的，不是個人的。

❾範陽城，河北涿州，古時曾稱範陽，歷爲軍事重鎮。乾隆曾題之爲：『日邊衝要無雙地，天下繁難第一州』。作者任團政委的部隊即在此處。

❿涿州部隊營房大變，拆掉原團部小樓，蓋起大樓。作者原辦公樓前曾有成排垂柳，飄飄灑灑，迎風摇曳，另具一番雅趣，也折射出作者當年超然灑脱的工作風格和舒卷自如的工作狀態。當年該團八大常委於樓前柳下虎虎生風的合影亦浮現腦海。『追憶當年楊柳風』，不僅是思景，更是思人、思勢。

⑪『戰無行，器無兵』，《老子》第七十一章中語義，指用兵作戰使敵不見其行列，手執武器又使敵不見其刀戈，如此戰則無敵。此爲老子『守柔示弱、大巧如拙、大象無形、大盈若衝、大成若缺』的辯證思想在軍事上的應用。作者以此喻指如再行挂帥統兵則應上升一個更高層次。

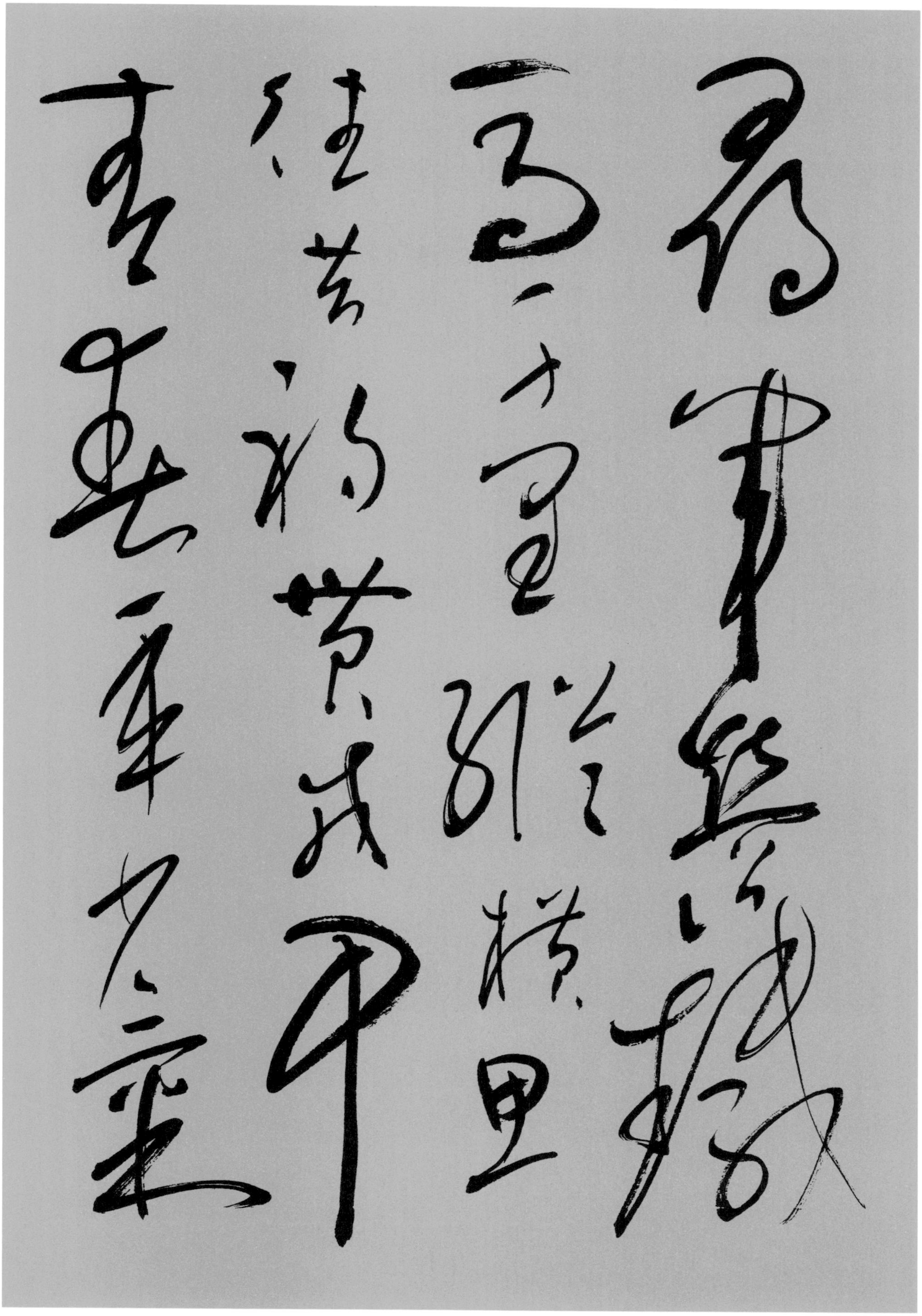

沉浮携来百侣曾游
忆往昔峥嵘岁月稠
恰同学少年风华正茂
书生意气挥斥方遒

君當長萬年原
去戰場小試環宇鋒
方當寒暑英功第
老只問棋人

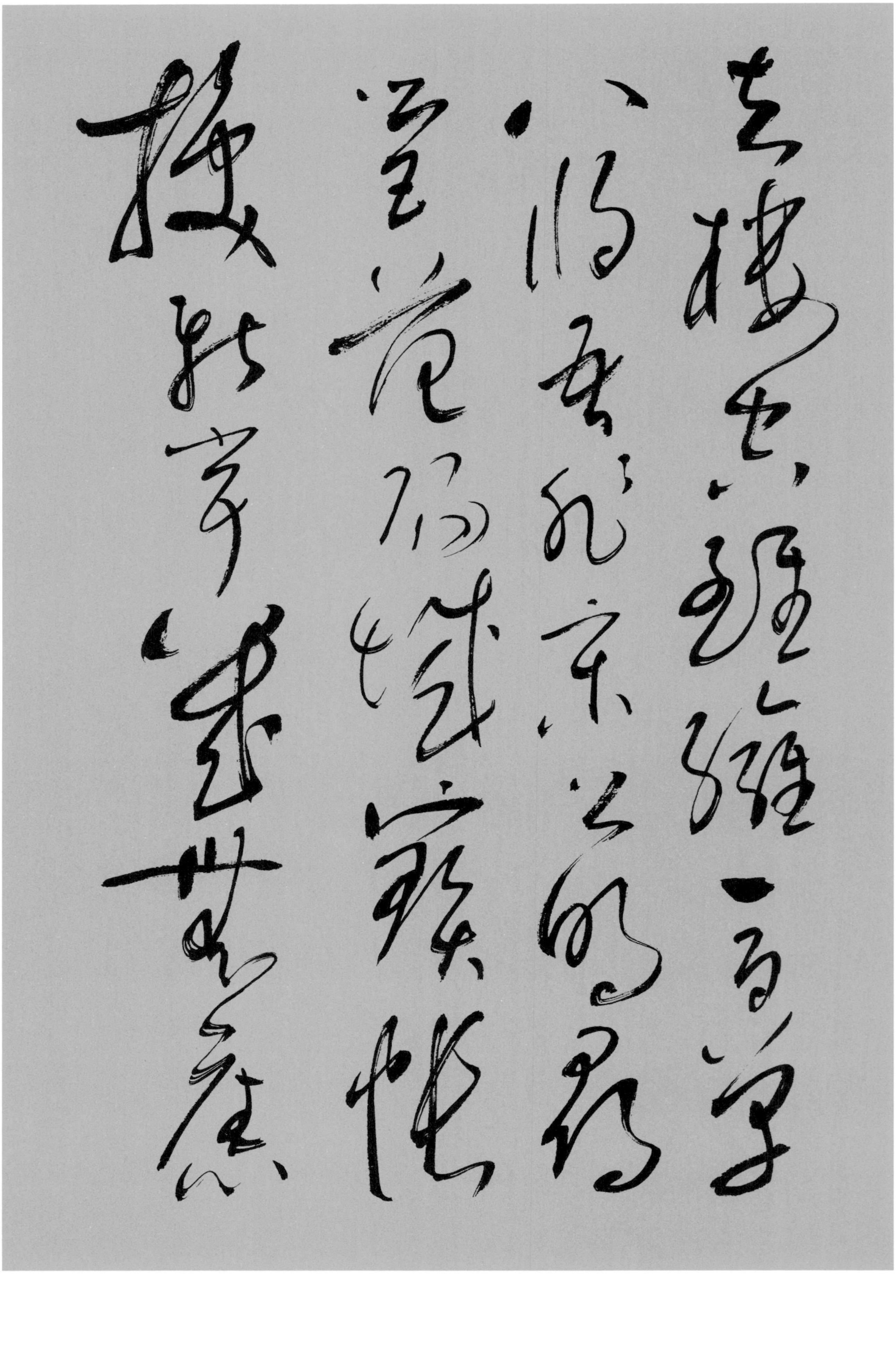

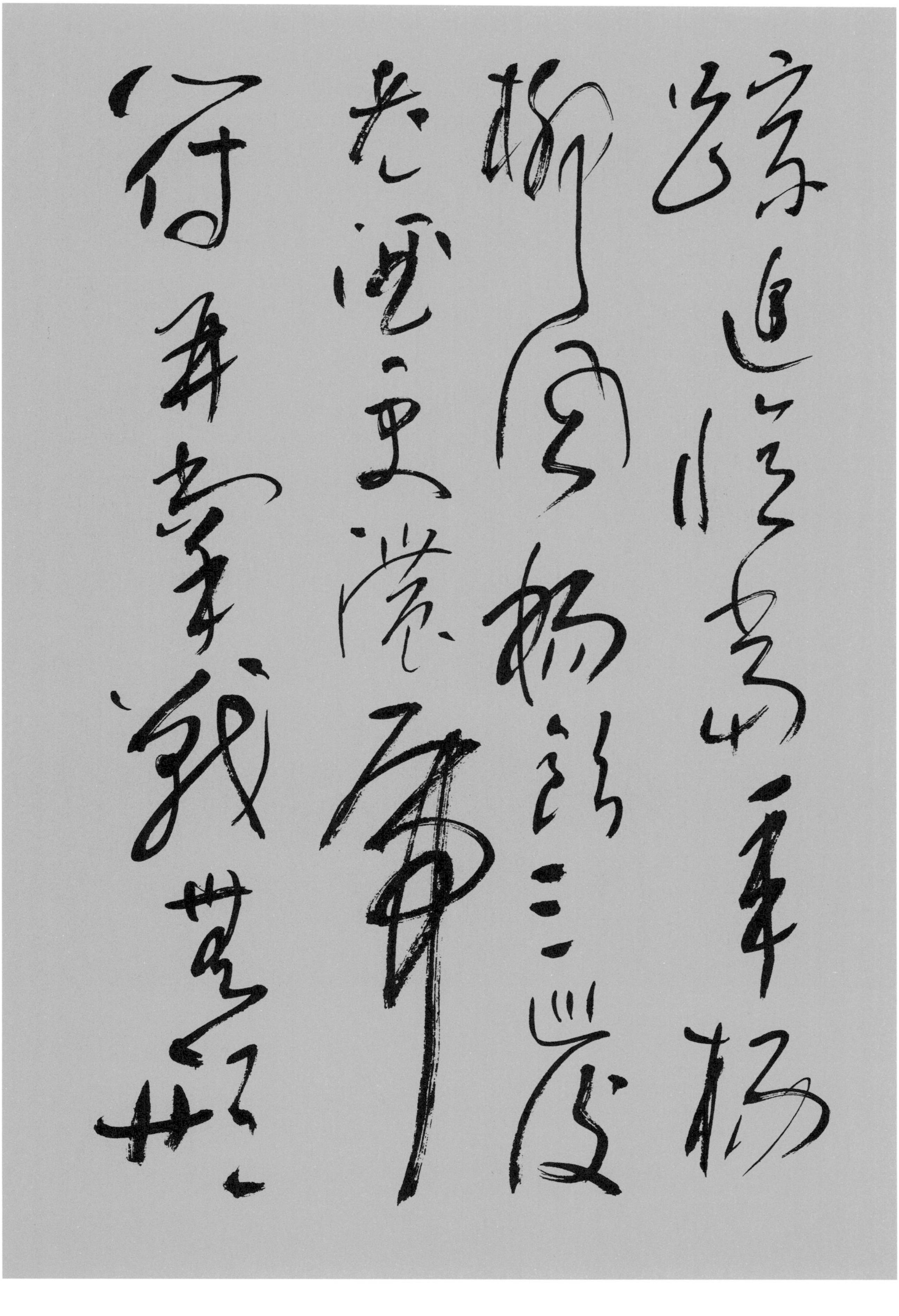

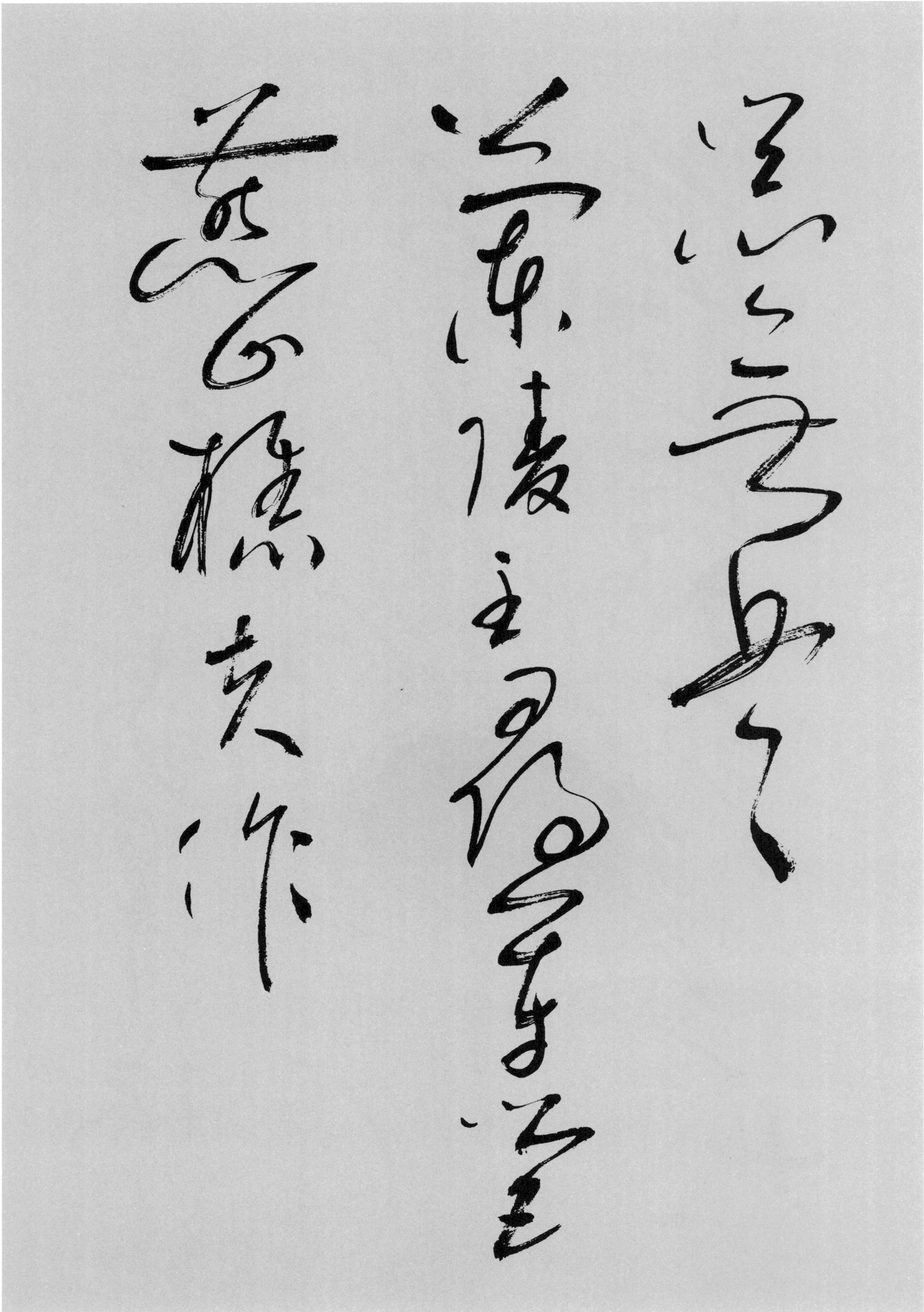

雜言詩·黃果巨瀑奇觀❶

（二〇〇八年五月二十六日）

十里見迷霧，五里聞濤聲。
對山沐細雨，隔岸觀彩虹。
取道簾瀑後，躬行崖壁中。
陰風嘯嘯偕瀑走，巨浪隆隆並肩傾。

巨浪何所生，高差何所成？
地表幽幽深谷陷，天河滔滔大堤崩；
龍王匆匆趕洪水，濁浪急急向潭衝。
砸得犀牛震天吼❷，嚇得河神遁無踪。

物有奇景色，人有大心胸。
天地風雷起，吾人壯志生。
無窮天功不可拒，浩然心力未可輕。
天地發功造萬物，吾將天地囊心中。

註釋：

❶黃果樹瀑布，位於我國貴州西部，世界著名大瀑布之一。作者觀覽時，因上游連降暴雨，水量翻倍，瀑勢甚雄，聲威甚壯，撕天裂地，蔚爲奇觀。

❷瀑水墜入之深潭，狀似犀牛，名犀牛潭，故有此喻。

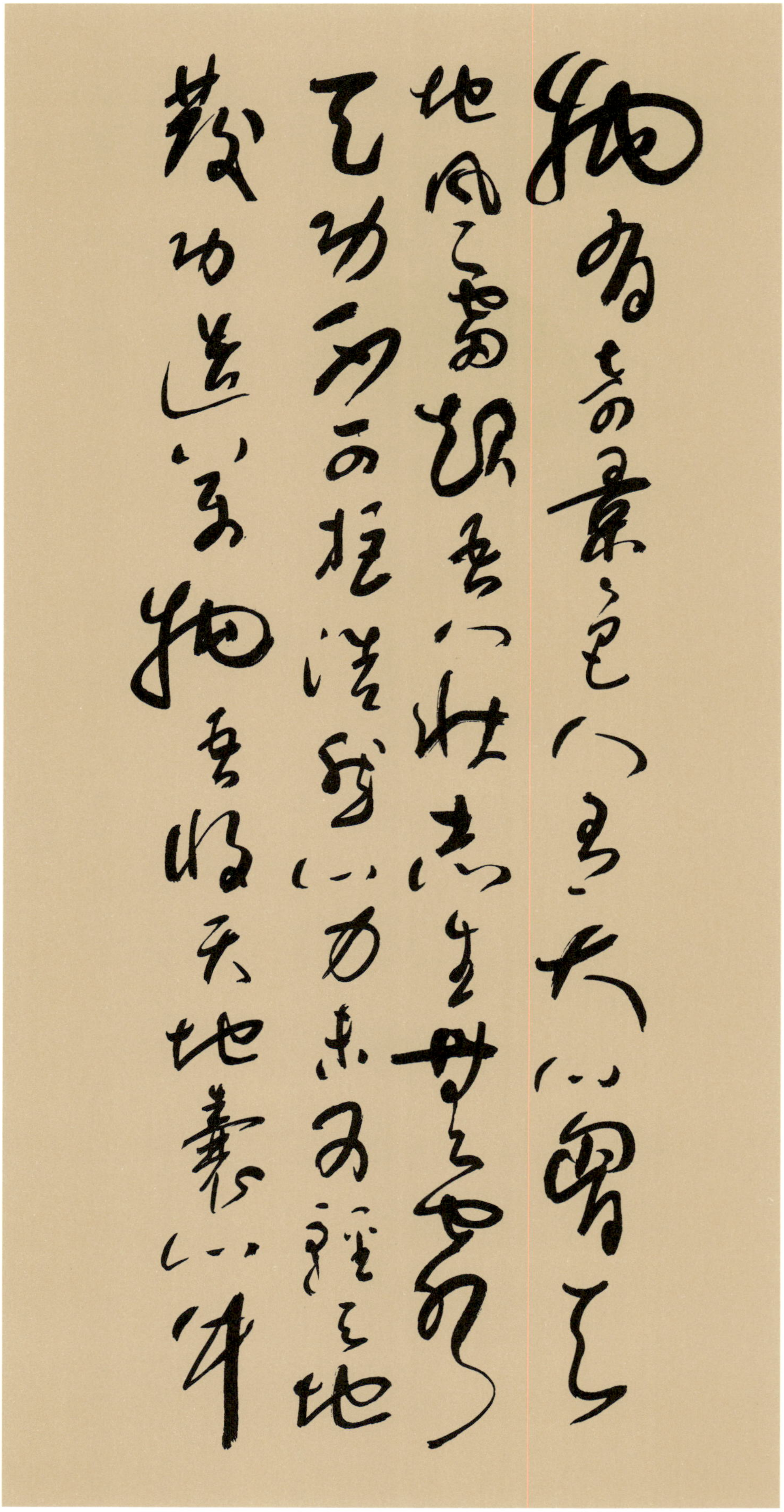

七律・神州多事秋

（二〇〇八年七月十六日）

神州戊子沐春遲，經濟錦圖本難織❶。
歲始西疆播鬧劇❷，年初南域落芳枝❸。
川西川北蒙灾日❹，京外京中備戰時❺。
任爾千椿萬般事，邦興人礪賦新詩。

註釋：

❶該年（農曆戊子年）全球性能源危機、糧食危機、金融危機凸顯，國內整體經濟形勢嚴峻，完成年度經濟指標困難甚大。

❷達賴藏獨分子活動猖獗，三月十四日，在拉薩街頭打、砸、搶、燒，造成惡劣影響。

❸冬春之交，因受寒流襲擊，我國南方大部分地區遭受凍雨、冰雪侵害，損失甚大。

❹五月十二日，我國四川西部、北部，陝西甘肅南部等地區，遭受强烈地震，危害極大。

❺申辦不易的、舉世矚目的北京奧運會，日趨臨近，建設、安保等籌辦工作异常緊張而繁重，亦使我國面對重大考驗。

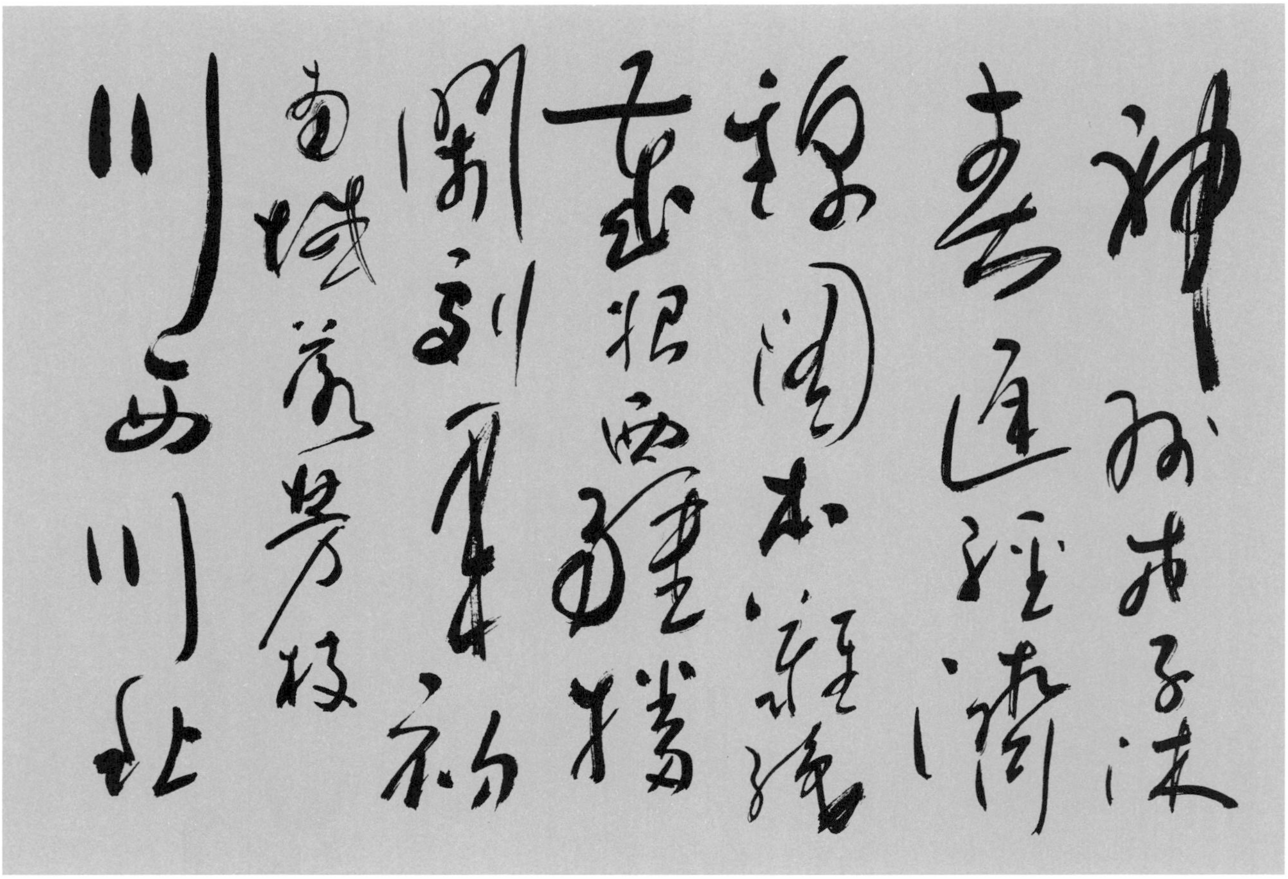

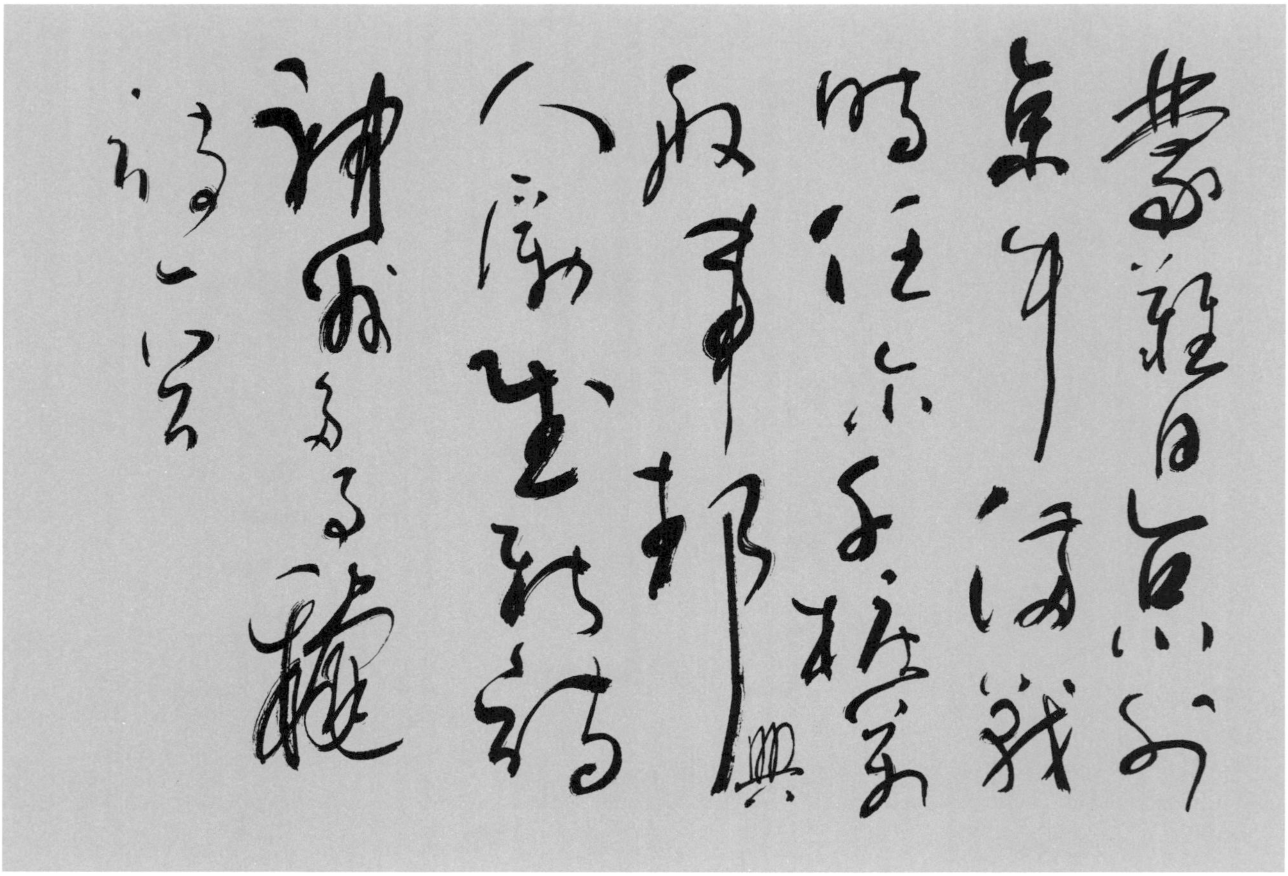

卜算子・望晨空

（二〇〇八年九月二十三日）

日朗彩雲親，
氣爽蒼山近。
霾霧撥開萬物新，
昨夜秋風勁。

風雨沐乾坤，
雷電雄風振。
欲辨真金烈火燒，
磨礪出才俊。

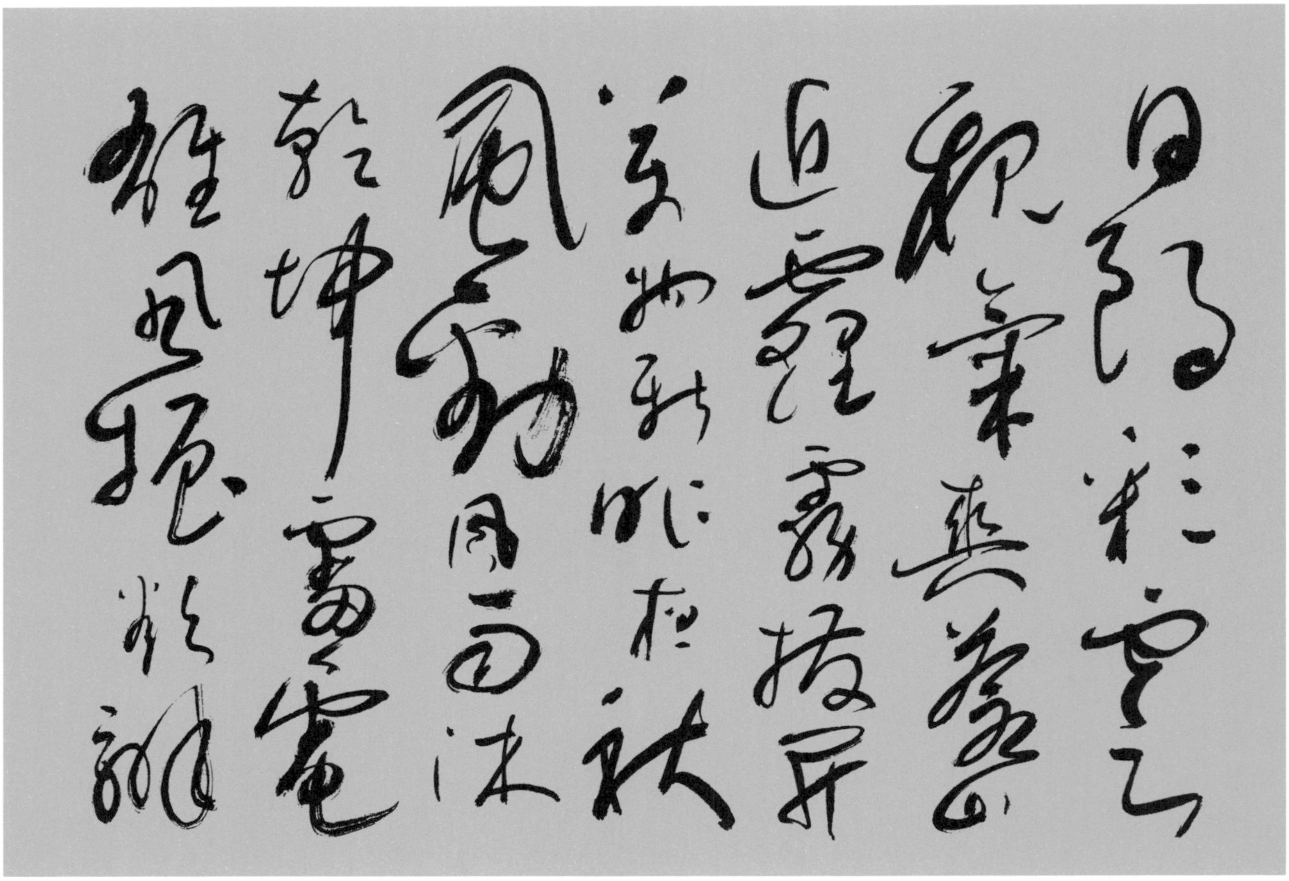

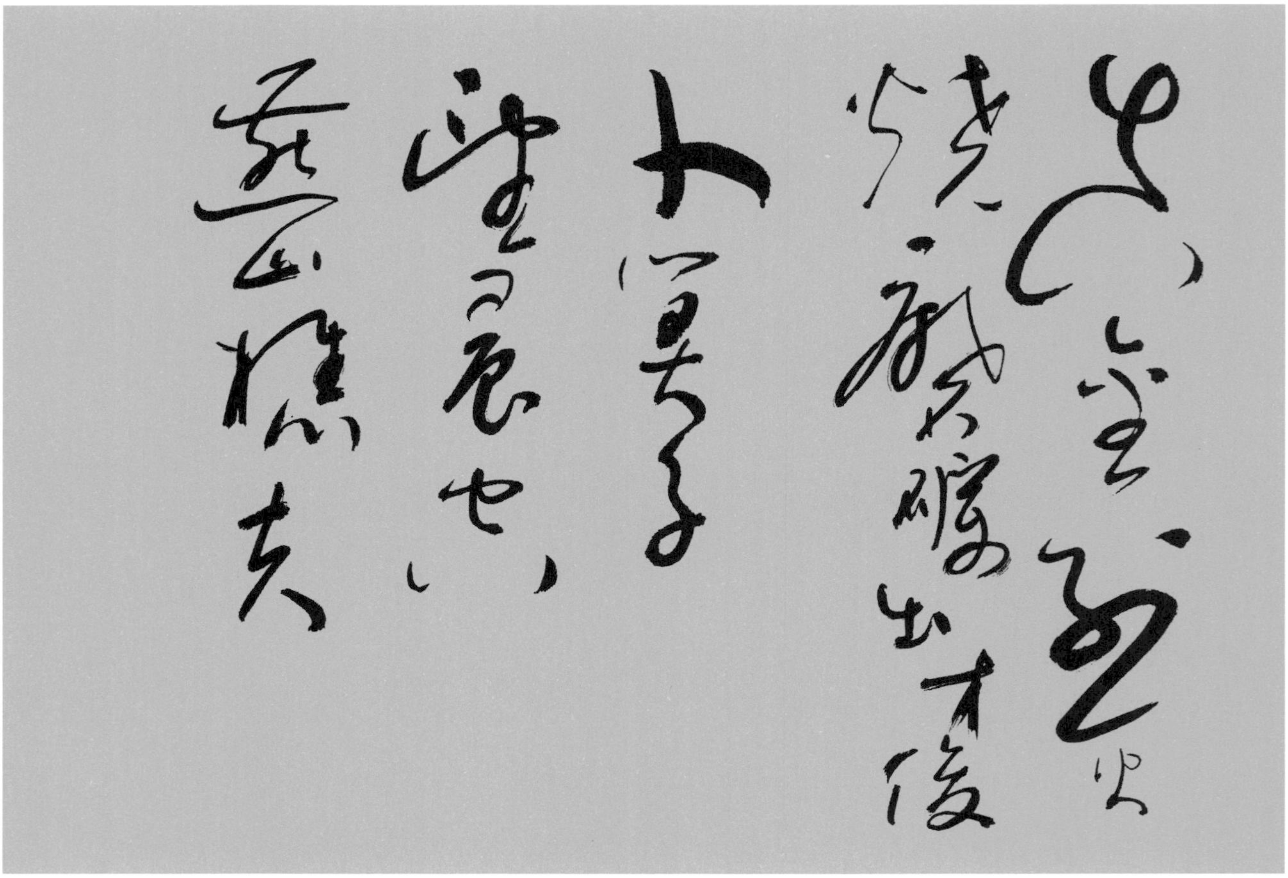

長相思（三疊）·話兩岸

（二〇〇九年四月三十日）

閩水流❶，淡水流❷，
流到海峽一脉收。
陽明望閩侯❸。

鼓浪洲，金門洲，
對峙多秋始罷休❹。
同根勿記仇。

武夷幽❺，阿里幽❻，
海島悠悠一葉舟。
飄零有盡頭。

註釋：

❶閩水，閩江，福建之代表性水系，經福州向東南注入海峽。

❷淡水，淡水河，臺灣最大河流，經臺北流入海峽。

❸陽明，陽明山，原名草山，位於臺北市北，淡水河畔。閩侯，地名，位於福州之側，閩江之濱。閩侯鼓山與臺北陽明山隔峽相望，山水相連。

❹鼓浪洲，指厦門鼓浪嶼。金門洲，指金門群島。自一九四九年起，兩岸對峙，其間炮擊數載，敵對狀態近年方緩。

❺武夷，福建北部之武夷山脉。

❻阿里，臺灣島中段之阿里山。

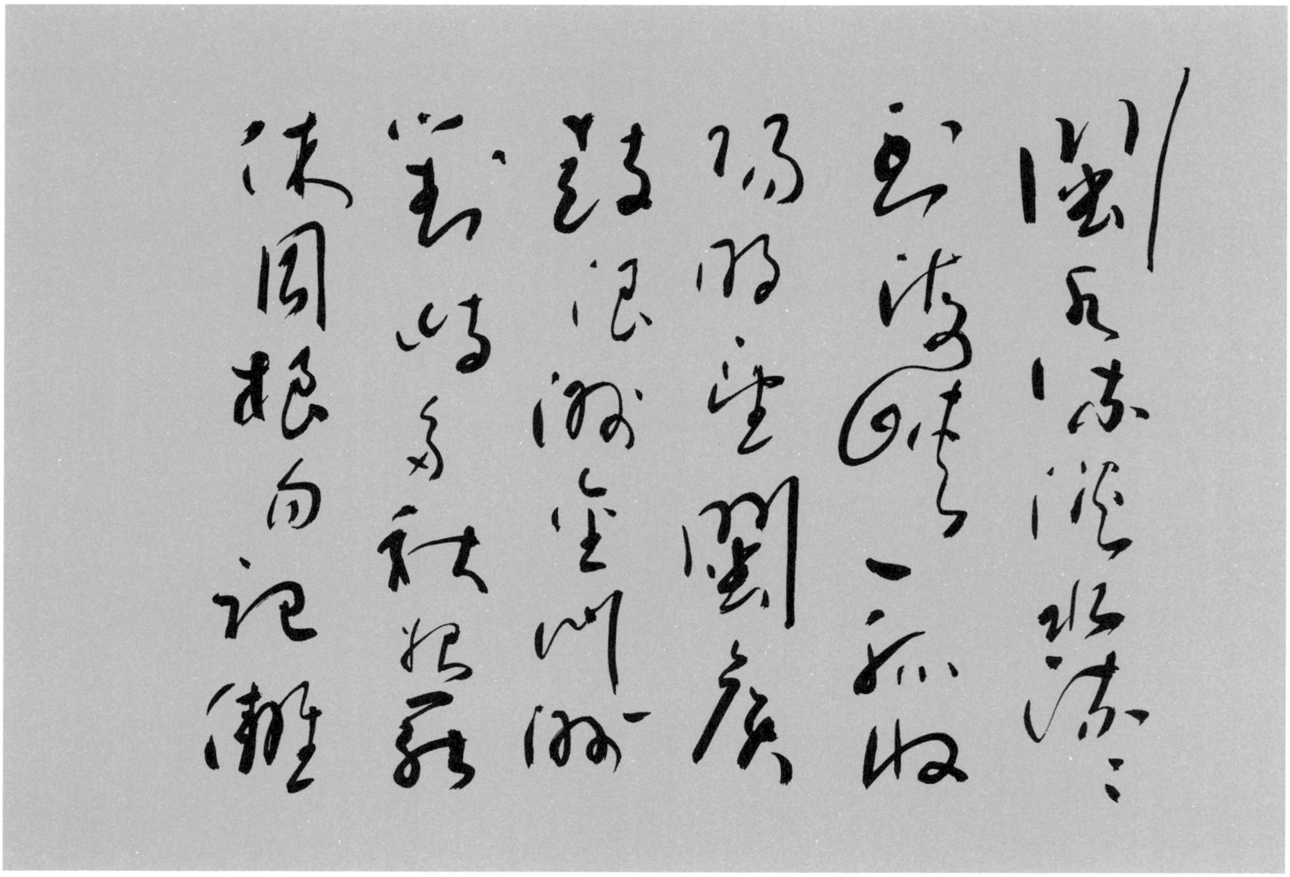

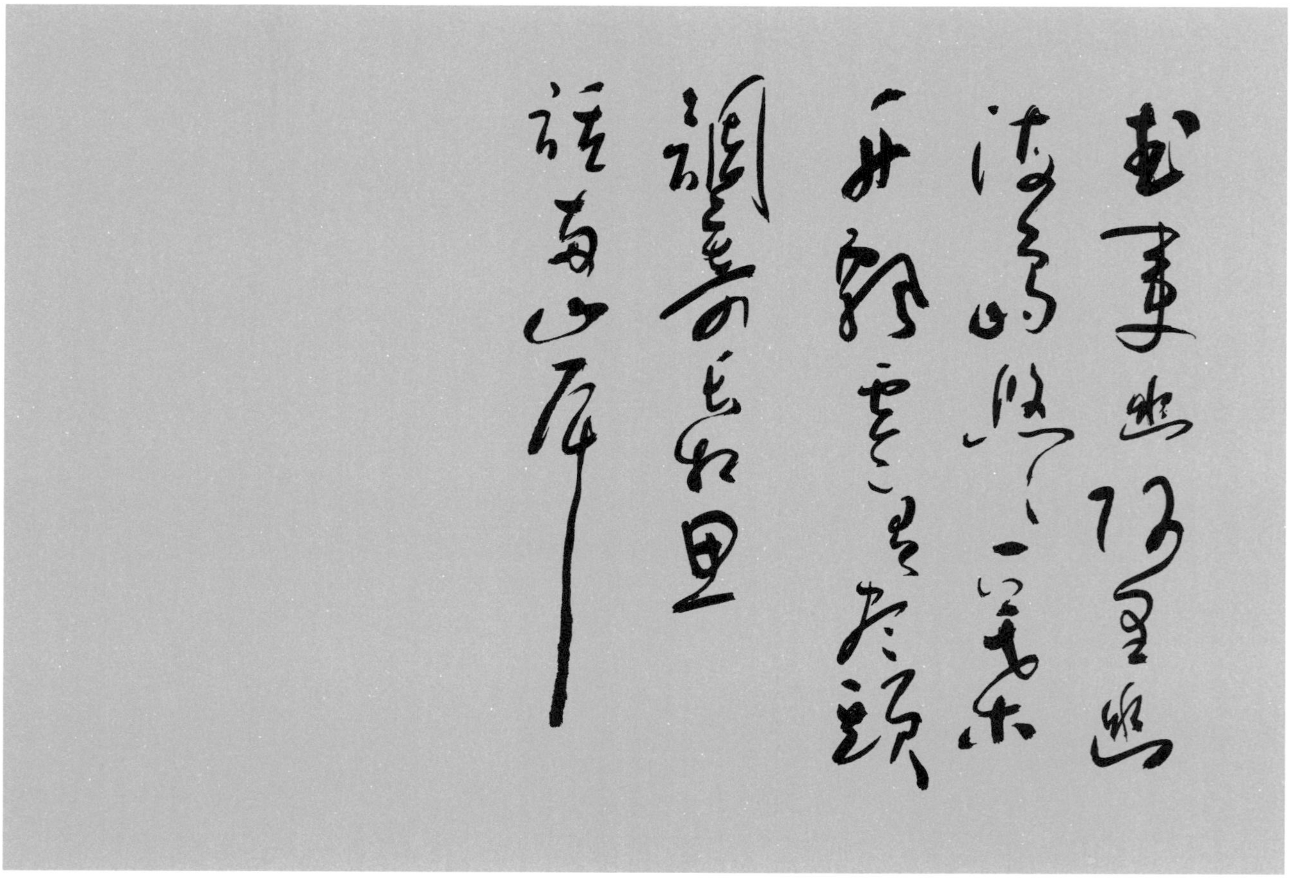

七言詩・武夷三景[1]

（二〇一〇年四月）

青龍瀑[2]

一瀉青龍落大川，橫潭竪瀑靄雲間。
林中静坐聞天籟，恰有湍音送耳邊。

天游峰[3]

天生巨卵上仙雕，緞錦圍妝萬丈高。
孵至暑期殼體裂，鯤鵬振翅九重霄。

九曲溪[4]

蜿蜒溪水向東流，兩畔奇觀滿眼收。
獨有大王停虎步[5]，面朝玉女久凝眸[6]。

註釋：

❶武夷，武夷山自然風景區，位於我國福建省，爲世界自然、文化雙遺之地。

❷青龍大瀑布，又名通天河瀑布，位於武夷山大峽谷生態公園西側。

❸天游峰，位於九曲溪六曲之北，山體爲一巨巖演化而成，遠遠望去，形若巨卵。一側似上天仙人巨掌雕刻成條壁狀，名仙掌峰，亦稱曬布（緞錦）巖。

❹九曲溪，爲武夷山景色重點觀賞之地。該溪流經武夷山九曲十八彎，兩岸盡爲自然造化之美景。

❺大王，即大王峰，雄踞九曲溪一曲之北。

❻玉女，即玉女峰，聳立於九曲溪二曲之南，與大王峰隔水相對，曾寓有美麗之傳説。

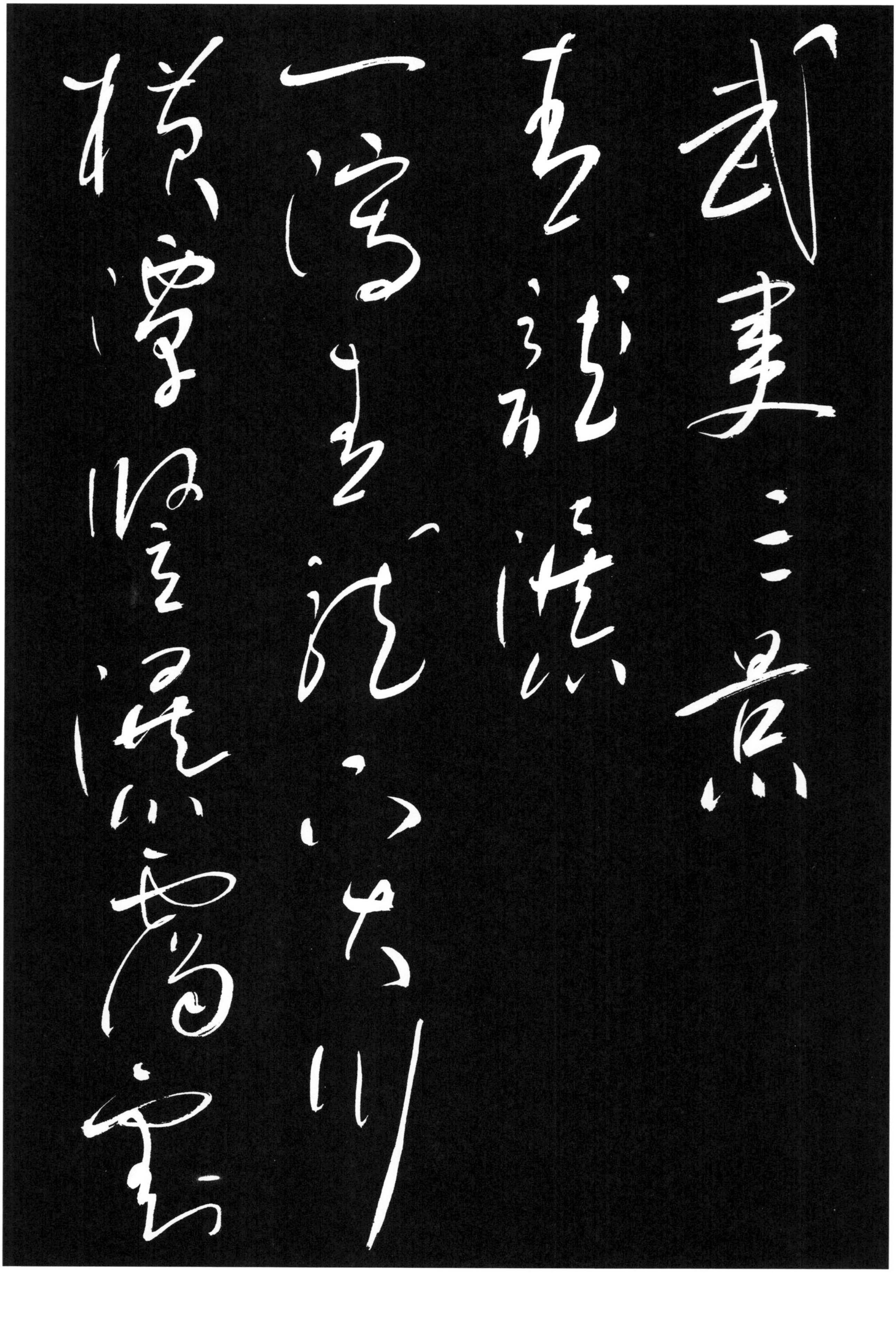

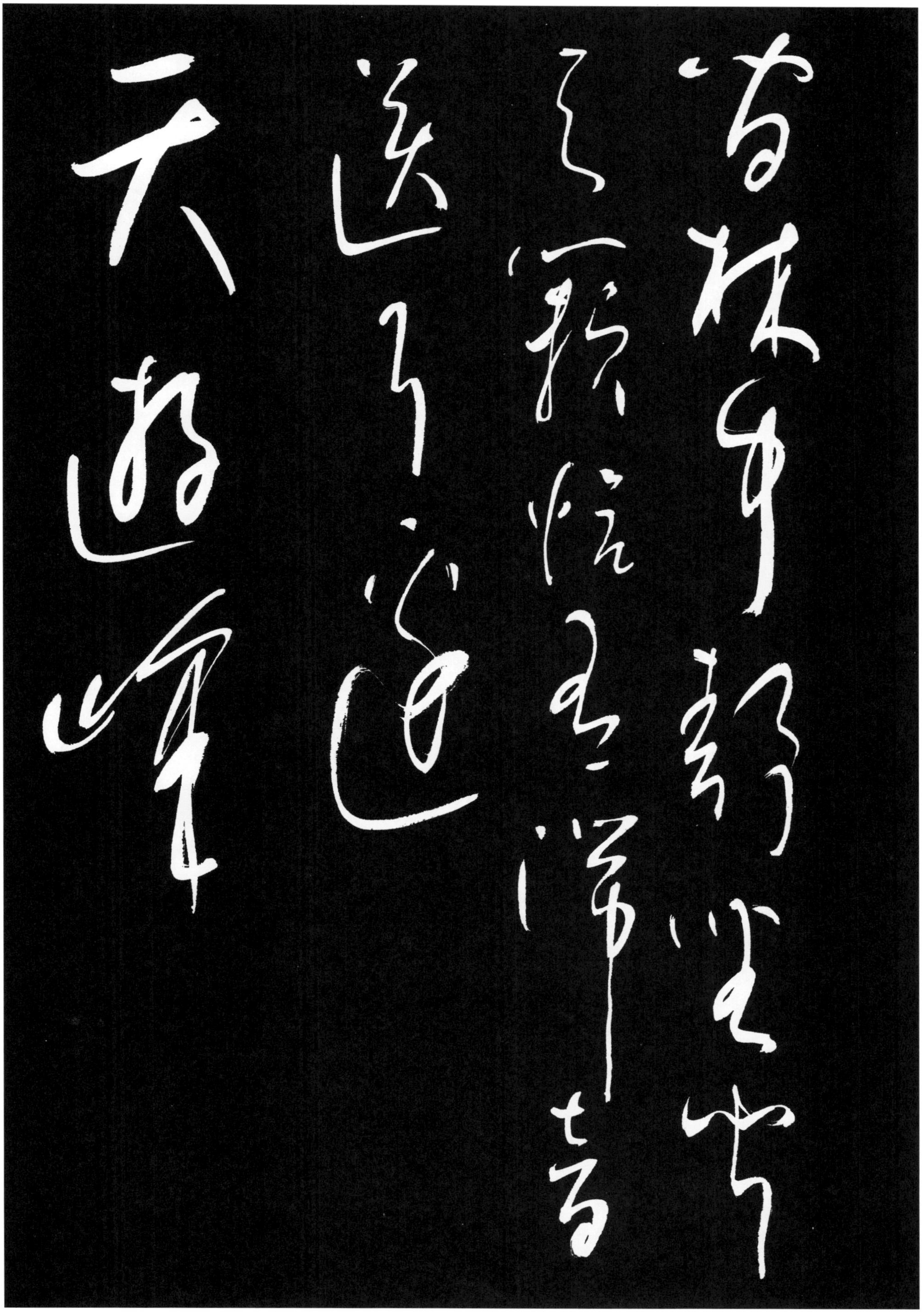

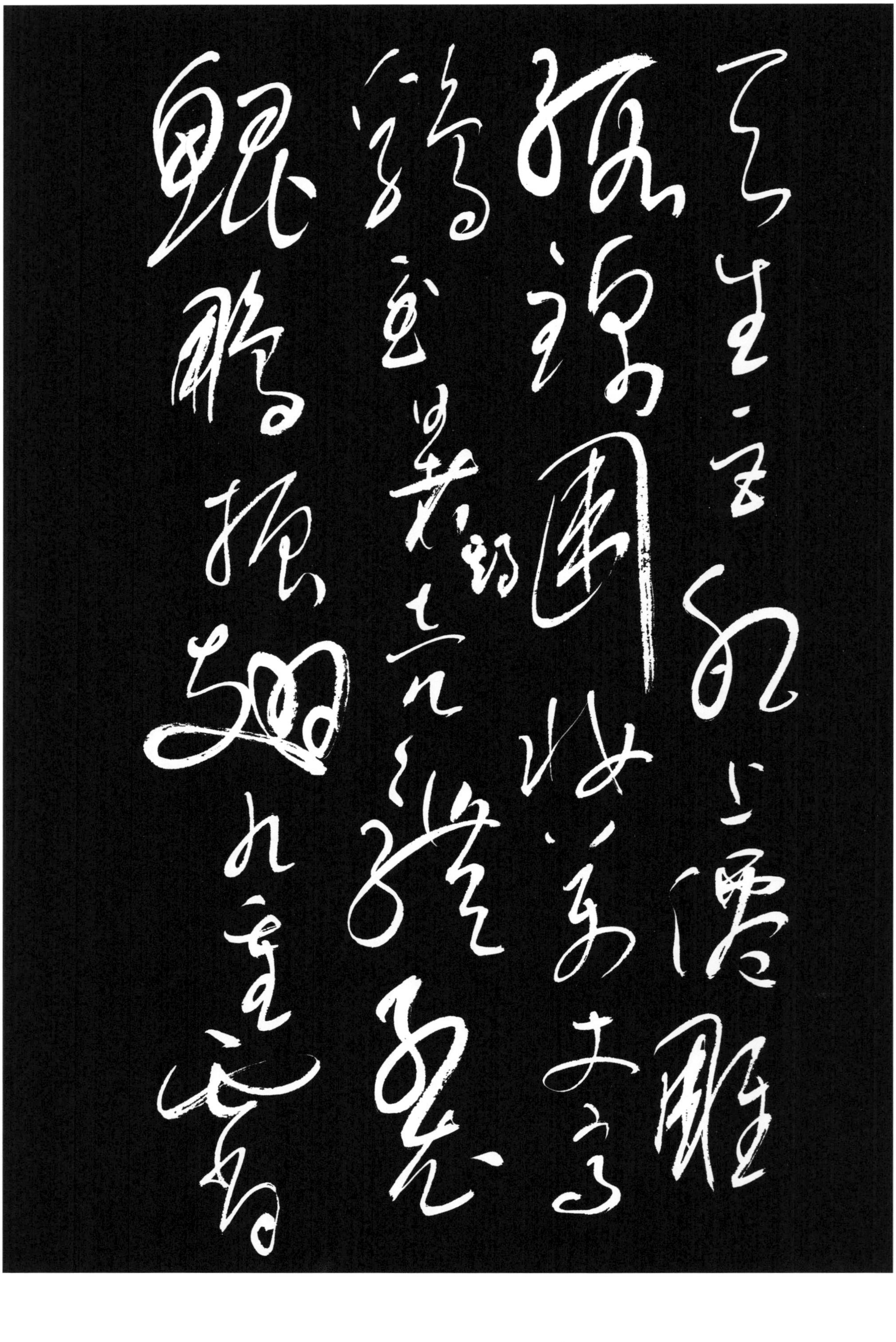

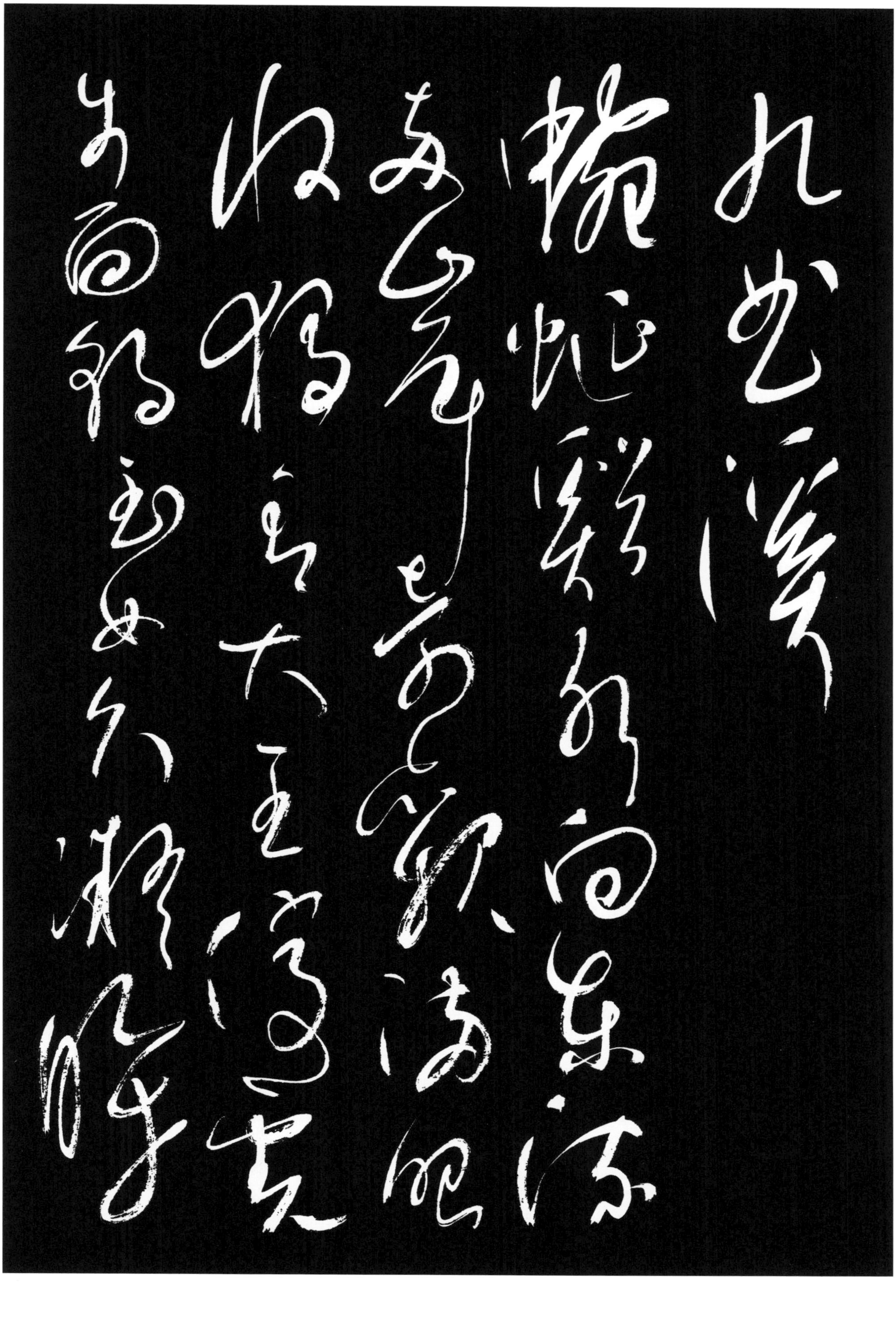

京劇唱詞・骨肉情

（二〇一〇年六月九日）

（一）小嬰兒一出世啼聲陣陣，
便有人頓生起責任之心：
患疾病發高燒憂急至甚，
抱懷中駕背上前後連心；
辨入託愁上學情思注盡，
身體長學識增愜意歡心；
爲兒女這一生幸福好運，
有人願傾付出一生艱辛。

（二）見爹娘逐年老日顯遲鈍，
又有人漸生起責任之心：
過日子逢節令時時過問，
得病後圖醫治事事關心；
出家門行户外照看謹慎，
要脾氣鬧矛盾還得操心；
爹與娘百年後壽終正寢，
自有人理後事敬奉孝心。

（三）勿掩飾勿客套勿計分寸，
是任性是撒氣還是責嗔；
哪怕是心情惱出言不遜，
到頭來還是那一往情深；
不論是有糾結幾多鬱悶，
不管那久未見曠日未聞；
即便他遠隔在天涯海角，
心裏面却還是至近至親。

（四）敬天地明大義人倫爲本，
日月轉山河易不改血親；
老吾老幼吾幼愛心不泯，
骨肉情第一重代代延伸。

自由詞・樹峰《讀辛》唱和❶

（二〇一〇年七月二十三日）

（一）

才感《南鄉子》❷，又品《水龍吟》❸。
瓢泉居士心弗爽❹，魑魅當朝志不伸。
不伸，已伸，成就千秋大詞人。

（二）

賞罷《皖南雪》，再悟《小溪》魂❺。
天悦園中囊瑰寶❻，黄山脚下作《讀辛》。
讀辛，續辛，傲骨華章壯乾坤。

（三）

既賦《浪淘沙》，未見《沁園春》❼。
巨鼎在肩難起舞，脱身宮外方舒心。
舒心，寫心，釀滿激情唱古今。

註釋：

❶樹峰，趙樹峰，河北高陽人，一九五五年出生，職業軍人。此人德才俱佳，政績彰顯，業餘創作頗豐，尤以軍旅原生態歌詞詩章創作爲甚，於業内享有盛譽。作者此和乃其中《讀辛》一首。

❷《南鄉子》，指辛棄疾《登京口北固亭有懷》。

❸《水龍吟》，指辛棄疾《登健康賞心亭》。時值南宋勢衰政敗，奸賊當道，愛國志士、抗敵英雄屢遭讒貶，空懷壯志，報國無門。辛棄疾此詞抒發的便是這種激憤悲愴之情懷。趙樹峰讀此頗有感觸，遂賦《讀辛》，以寄胸臆。

❹『瓢泉居士』，指辛棄疾。辛於江西鉛山瓢泉旁建别墅一座，即以『瓢泉』爲名。辛常與朱熹、吕祖謙等名士就此論學，並於附近鵝湖寺游憩。

❺《皖南雪》、《小溪》，均爲趙樹峰詞作中之名篇，詞句清麗自然，寓意深刻，體現着詞作者秉正剛毅、不流世俗之超然本色。

❻天悦園，趙樹峰於黄山龍川所建中華奇石文化園，取名爲『天悦園』。

❼《浪淘沙》，指毛澤東《浪淘沙·北戴河》。《沁園春》，指毛澤東《沁園春·雪》。其中，《浪淘沙》作於建國執政之後，《沁園春》作於革命苦難之時。二詞氣度皆不同凡響，但作者仍推《沁園春》之大氣磅礴、空前絕後。

附：趙樹峰《讀辛》歌詞

楚天千里秋無際，玉簪螺髻新如洗。
讀你何止千百遍，無時不會登臨意。
雖無翠袖揾熱泪，却有千古不朽詞。
堅信天地有公道，不教英雄空嘆息。

辛棄疾《水龍吟·登健康賞心亭》

楚天千里清秋，水隨天去秋無際。
遥岑遠目，獻愁供恨，玉簪螺髻。
落日樓頭，斷鴻聲裏，江南游子。
把吴鈎看了，欄杆拍遍，無人會，登臨意。
休説鱸魚堪鱠，盡西風、季鷹歸未？
求田問舍，怕應羞見，劉郎才氣。
可惜流年，憂愁風雨，樹猶如此！
倩何人唤取，紅巾翠袖，揾英雄泪。

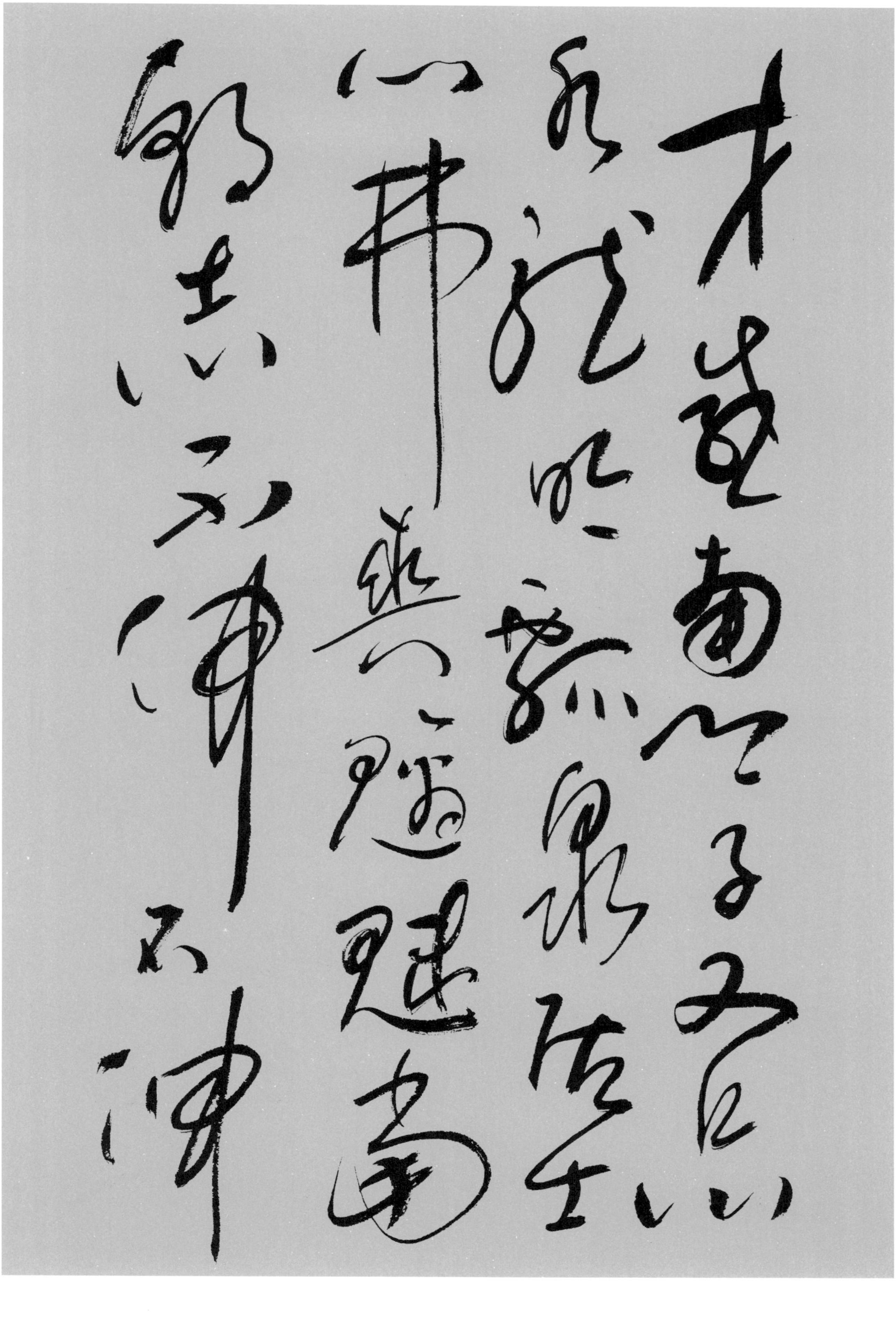

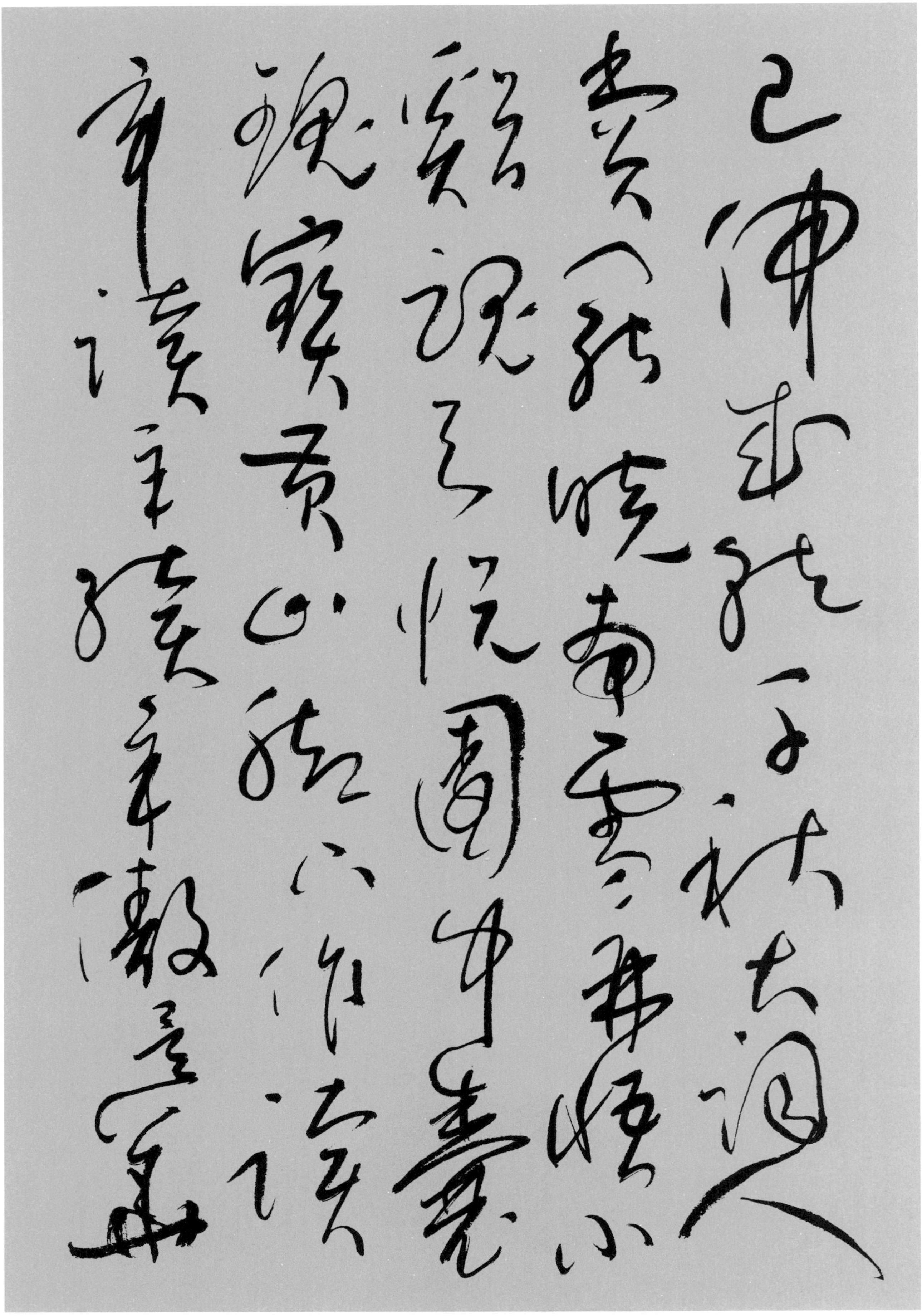

年壮乾坤纪要江
湘沙未见沁园春雪
主席至今难录世界
写于宝多方韵心
韵心写心聪涛鸿

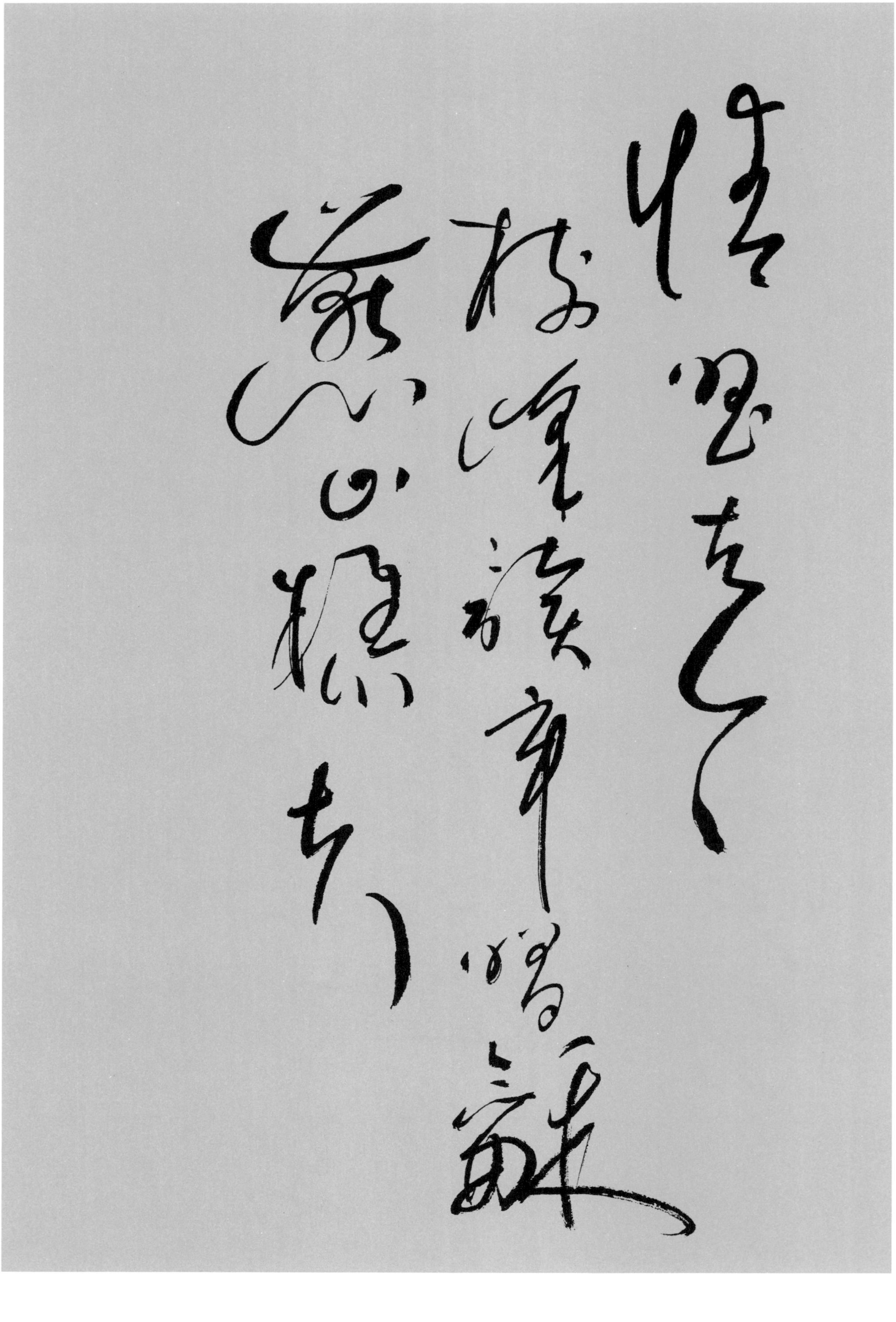

七古·雨中世博

二〇一〇年九月十三日觀上海世博會，入場時天降暴雨，別具景致，聊以記之。

呼啦啦，始下車，
黑雲灌頂雨滂沱。
霎那間，天渠折，
平陸汪洋地成澤。
但見得，攬一鍋，
千足競渡萬傘摩，
呼朋覓友亂穿梭。
所爲何？觀世博。
奇形异色布星羅，
方寸之地呈列國。
無須覽，看客多，
入場雨景先聲奪，
雷電同賀天地歌。
我欲和，至天國，
摘取七星譜銀河。

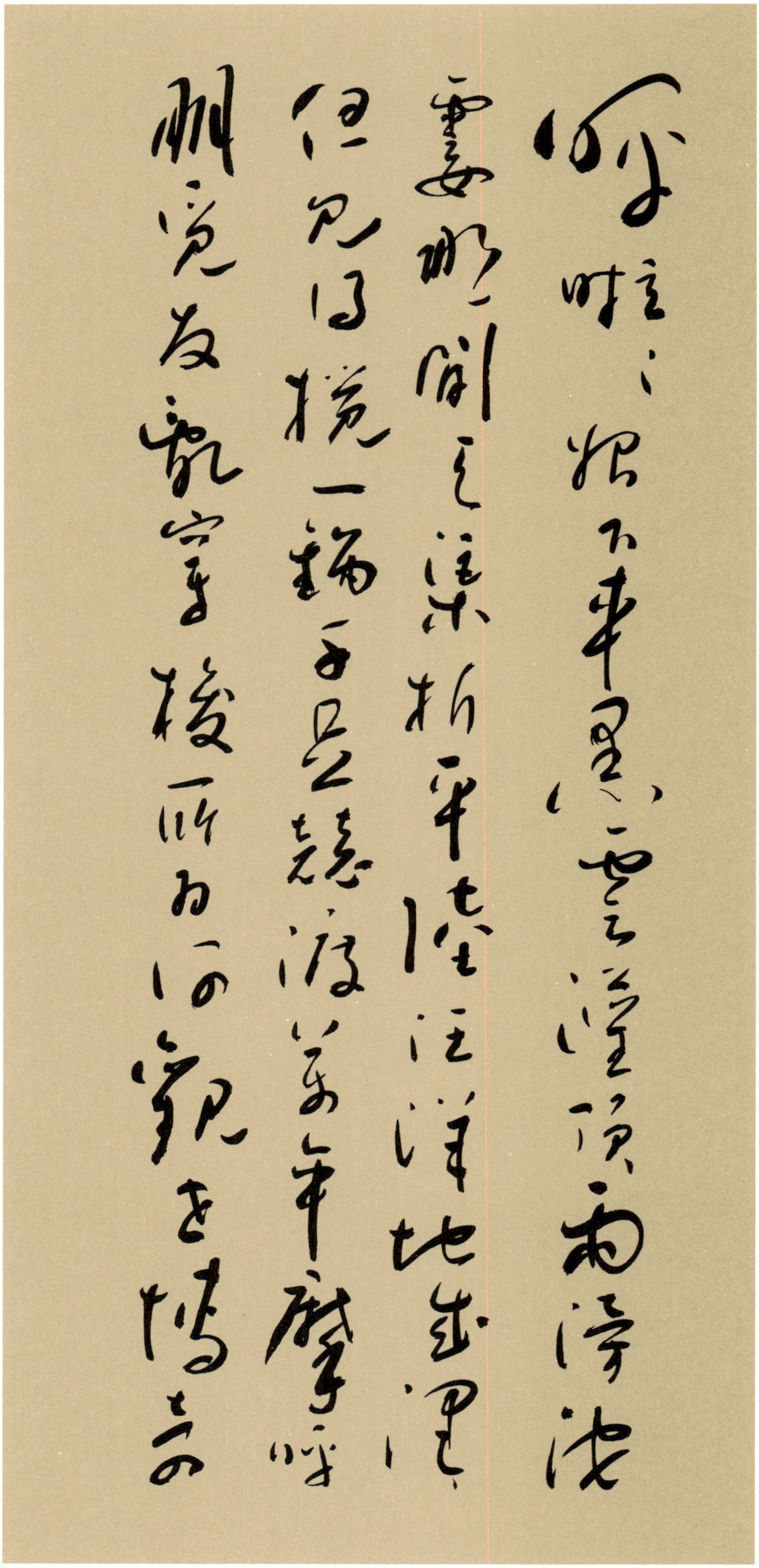

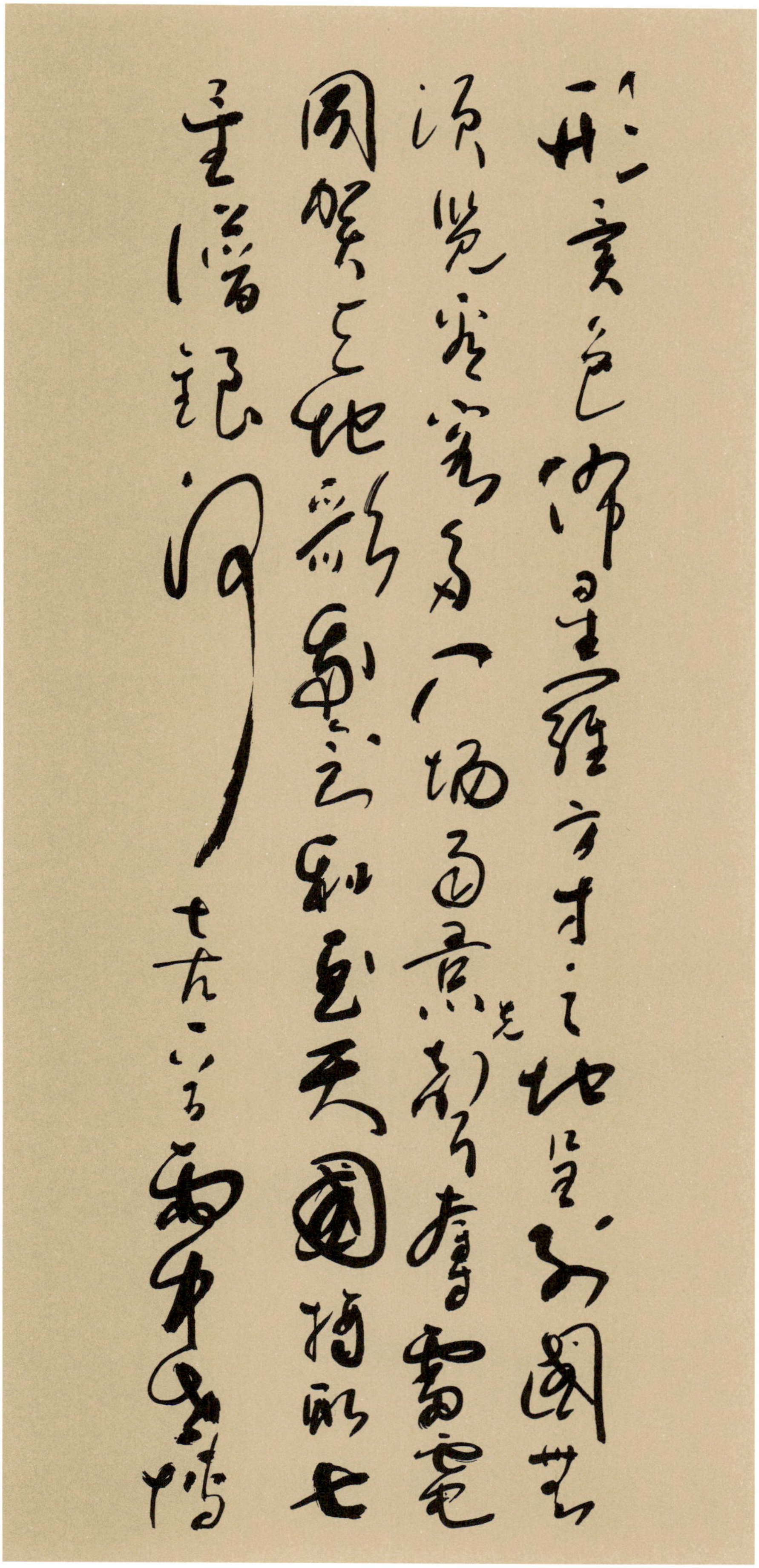

七絶・花向人

（二〇一一年三月三十一日）

矚目窗前小陽春，
玉蘭初綻啓香唇。
枝枝注力朝天宇，
朵朵凝神向吾人。

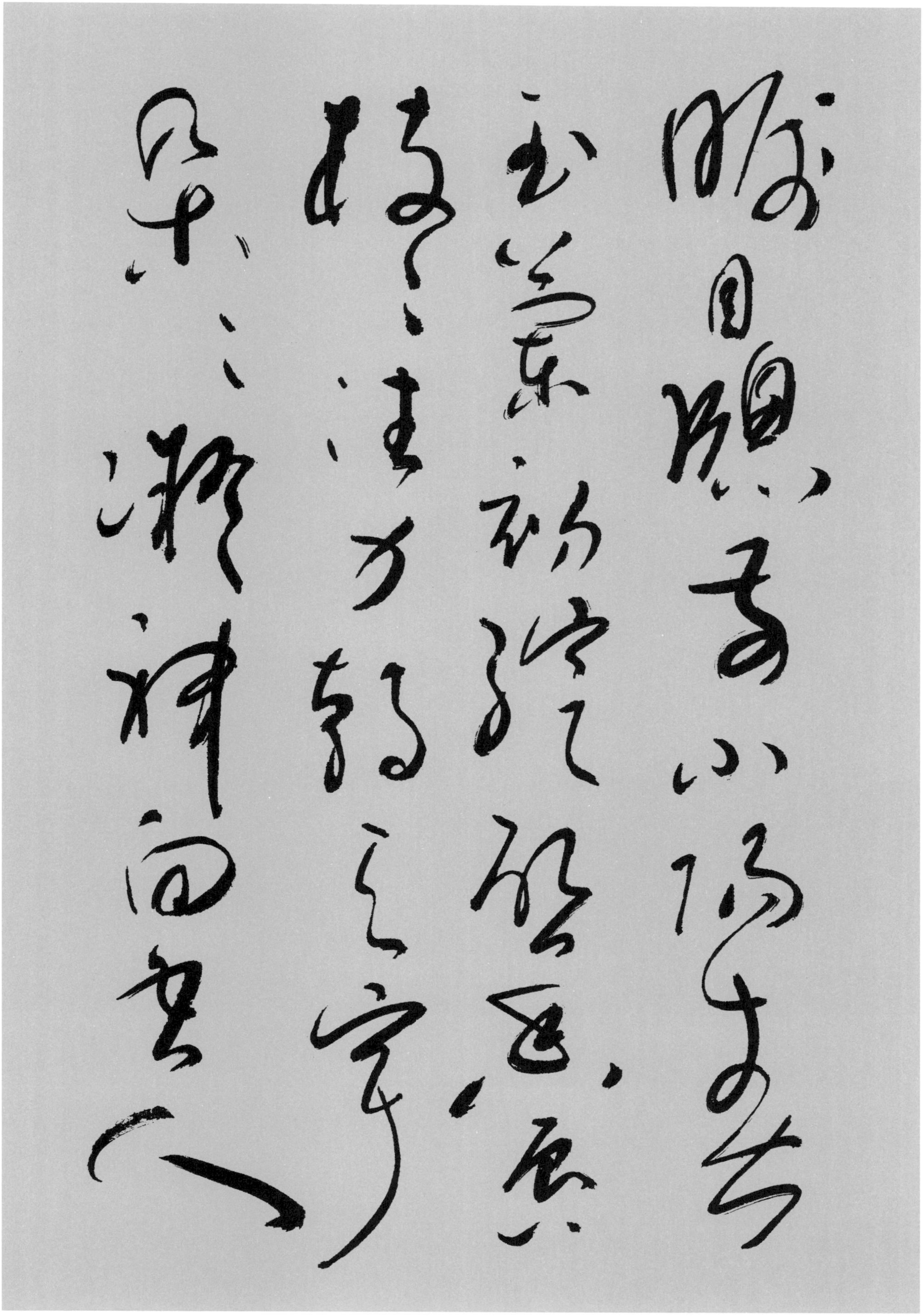

花非花·閱兵張家界[1]

（二〇一一年五月二十四日）

巖鑄身，松植髮。
雷奏歌，雲織甲。
金剛十萬礪千年，
待我登臺閱兵馬。[2]

註釋：

[1]張家界，地處湘西，大山深處，巖峰林立，石柱拔天，高聳入雲，個個酷似千年不朽之金剛武士。

[2]臺，指張家界景區内袁家界之高崗平臺。踞此臺可盡覽周邊石柱巖峰。

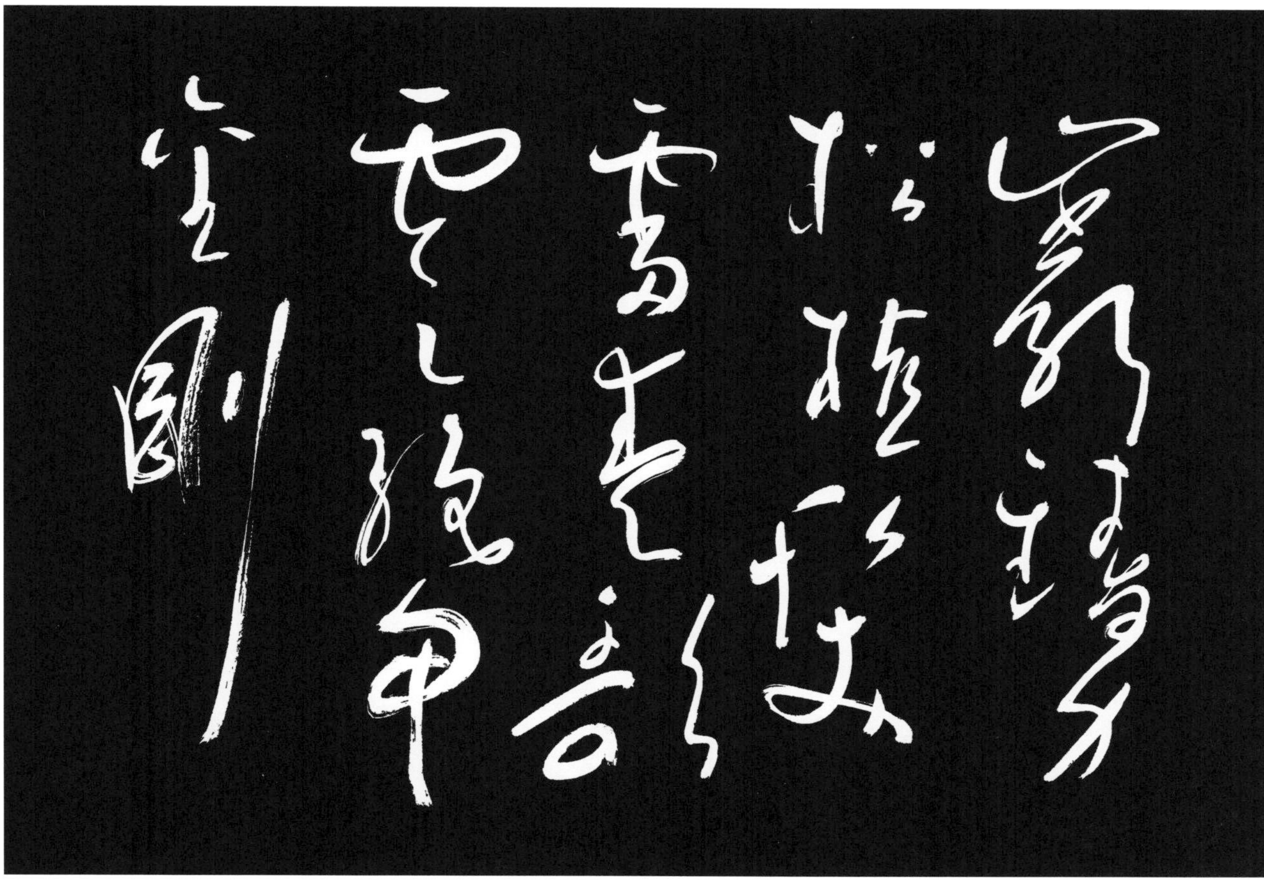

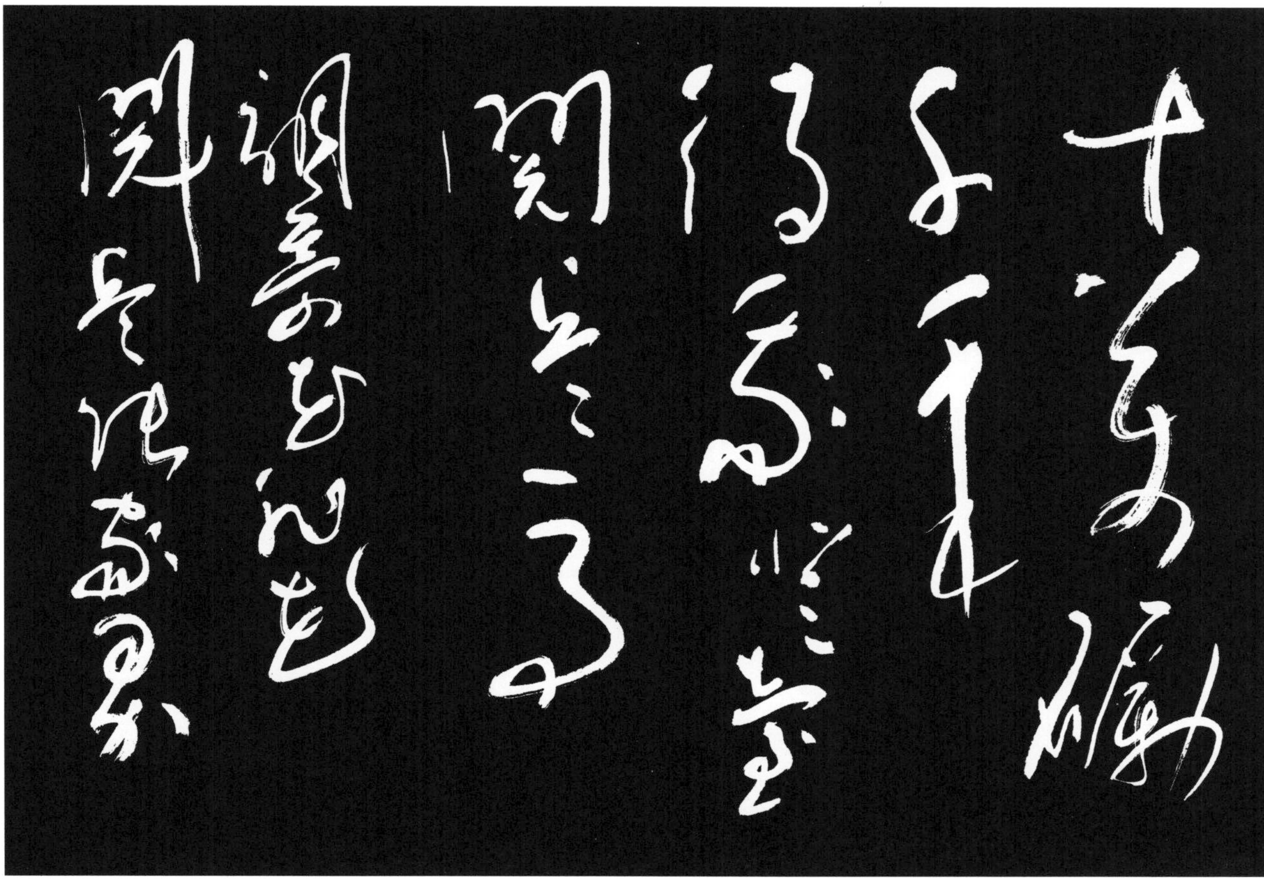

七律·雨中觀荷

（二〇一一年八月二十六日）

雨打荷花葉點頭，

葉凹水半自傾流。

頭低造就千花首，

水棄修成萬卉侯。

蓄物超額鋼鐵弱，

積財適度髮絲遒。

盈虧大理荷知曉，

道法天然可自由。

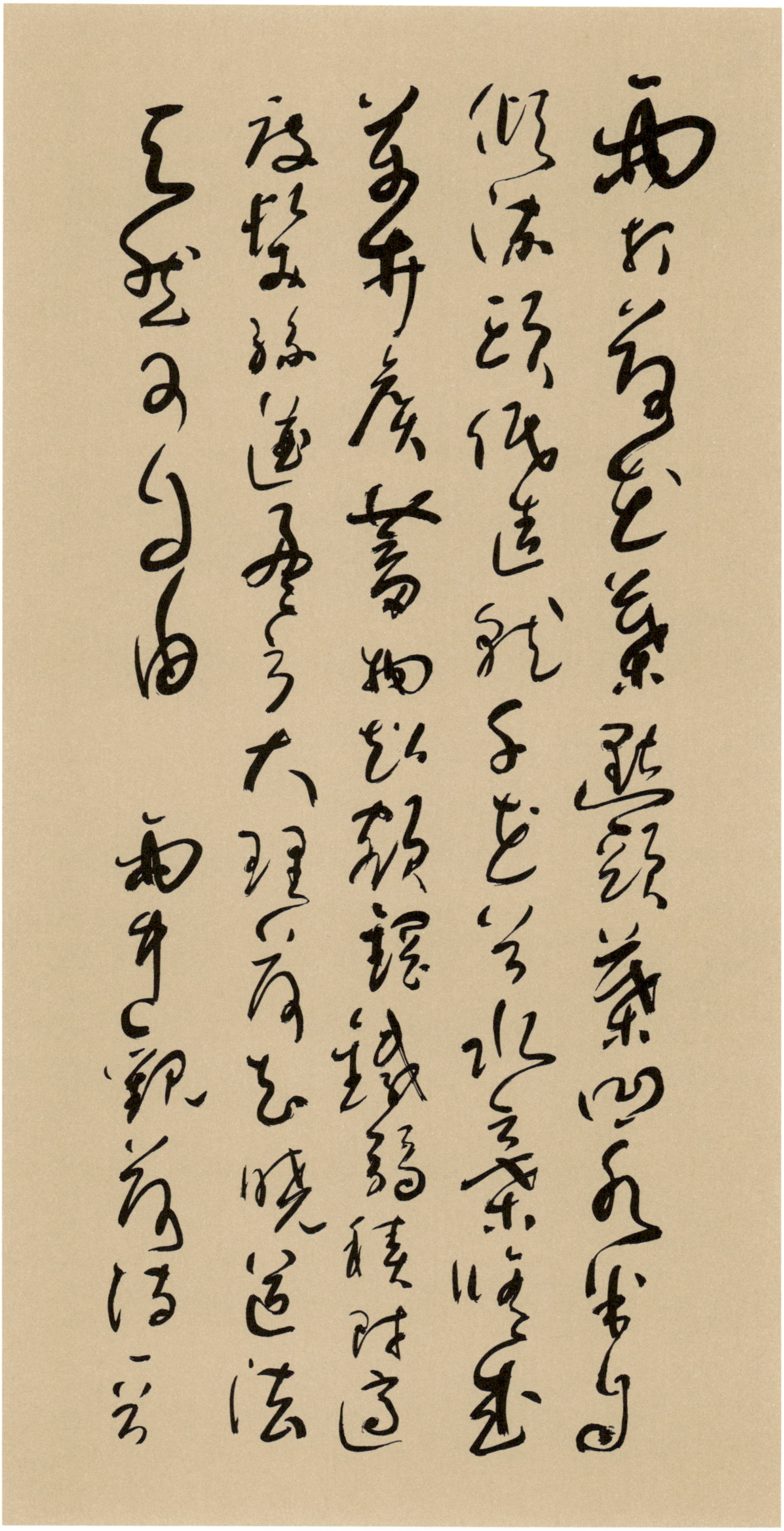

菩薩蠻・禾木❶售畫

（二〇一二年九月十五日）

仙人昔日淩霄過，
風疾手顫潑油墨。
此墨落人間，
染成五彩山。

老夫聞此狀，
策馬高臺上❷。
取景售丹青，
收銀交太空。

註釋：

❶禾木，地名，位於新疆北部阿勒泰地區群山之中。其山北坡樹豐林茂，尤至秋季，色彩斑斕。山麓之牧民部落，炊烟裊裊，人行馬馳，動態靜態，渾然一體，乃活生生一幅天然畫卷。

❷高臺，指該部落對岸之高臺。該臺平坦寬闊，相傳爲當年成吉思汗點兵臺。此臺爲觀賞禾木景色最佳之地。

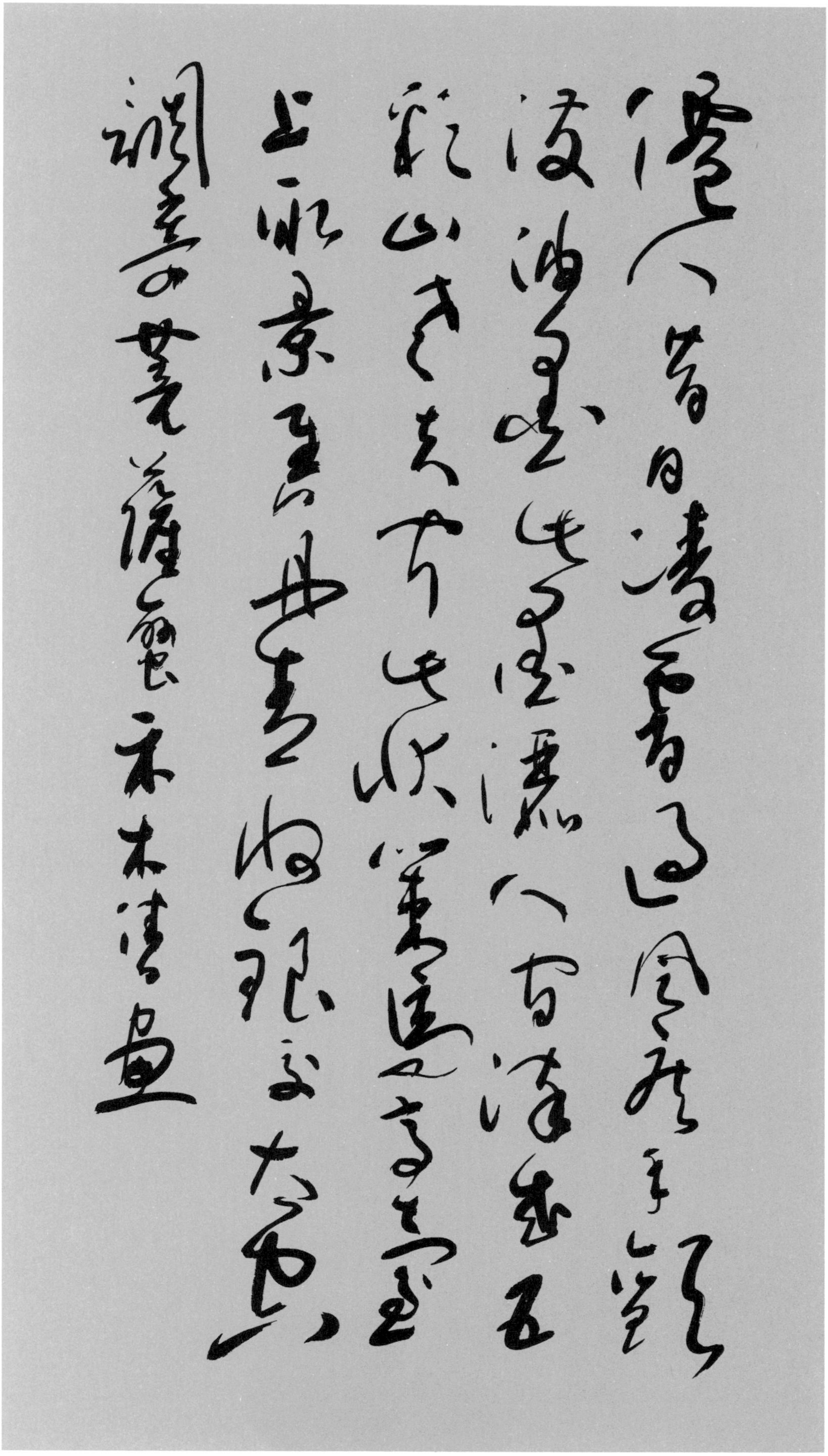